夫婦で行くイスラムの国々

清水義範

夫婦で行くイスラムの国々　目次

夫婦で行くイスラムの国々

本文写真・清水ひろみ

・序の章・

インド

―― イスラムの幻影 ――

タージ・マハルはあまりにもプロポーションがいいので、つい実際よりも小さく感じてしまう。私も、3階建ての東屋ぐらいでしょうかと言ってしまったことがある。とんでもない話で、高さ58メートルもあるのだ。この建物はムガール帝国がイスラム国であったことを何より感じさせてくれる。

1

四十歳にして初めて海外旅行を体験した。それももう二十年も前のことになってしまったが。

行ったのがインドである。初体験なのにいきなり、海外旅行上級者コースとも言うべきインドへ行ってしまった。そこへ行った旅行者は、まるで逆の二つのタイプに分かれると言われるインド。つまり、すっかりインドにはまってしまい、何度でも行きたいと思ってしまう一群があり、その反対に、こんなところは二度とごめんだ、と嫌ってしまう一群もあるのだそうだ。要するに、好くか嫌うかはともかく、かなり強烈な国だということだ。

初の海外旅行でインドを選んだわけは、妻がすすめたからである。私の妻は独身時代に、母親と二度インドへ行っているのだ。そして特に母親のほうが、インドのコロニアルな味わいを好んでいた。つまり、植民地時代のなごりで、ホテルでのボーイたちのサービスが貴族に対するようなもの（チップをやるからだが）だというようなことを、気に入っていたのだ。インドの味わいは本当はそれだけではないのだが、そこだけを感じ取って好きになる人もいるわけだ。

妻はそこまでインドが気に入ったわけではなかったが、しかし強烈な国で面白いなと思っていたらしい。そこで、結婚後しばらくして、ようやく仕事が安定してきた私に、海外旅行の提案をしたのだ。どうせなら、どこよりもハードなインドをまず体験させてしまえと。

正直なところ、ビビッた。まず、その頃《ころ》の私は飛行機が苦手で、飛んでる間中落ちつかない気分で縮みあがっているのだった。数回の国内旅行の飛行機があれだけいやな気分だったのに、外国へ行くとなれば長時間乗っていなければならず、考えただけで尻《しり》ごみする気分だった。このまま、海外へは生涯行かなくてもいいか、なんて気もするのである。

しかし、飛行機が恐くて外国へ行けないとは愚かである、とも思うのだった。確率的に、飛行機がかなり安全な乗り物だということを、理屈の上では承知しているのである。行くしかなかろう、と考えた。そして、行き先がインドであることは、恐くないわけではないが、どうせ初体験なんだからどこへ行こうがマゴつくわけで、だったらその強烈な国をエイヤッと体験してしまおう、と決心した。いきなりインド体験というのもかえって面白いかも、という気もしたのだ。

それに、そのツアーが身内で行くものだったことが心強かった。旅行会社のパッケージ・ツアーではなく、妻の母が企画して、参加メンバーを募るというものだったのだ。妻の母は洋裁学校の先生をしていた。そして、インドが気に入っている彼女が、知りあいの旅行社の人とオリジナル・ツアーの企画を立て、先生仲間や、昔の教え子や、娘夫婦などを誘ってなんとか成立させた団体ツアーだったのだ。ということは、参加メンバーが多少なりとも妻の母にゆかりがある人で、まるで知らない他人と団体を組んで行くよりは、気がおけないだろうと考えた。

漠然とそんなふうに考えただけで、私はインドへ行ったのだ。一九八八年の三月末から四月頭にかけての一週間ほどの旅だった。

ちょうどその時は、私が吉川英治文学新人賞というものを受賞することが決まって、授賞式を四月にひかえている頃だった。自分の人生に大きな転機が訪れたことを、初体験の海外旅行で祝うような気分もあった。

旅のコースは、デリーからインドの東海岸にかけて、というものだった。インド洋のベンガル湾に近い、ブバネシュワール、プリー、コナラクなんてところへ行くのは、少し珍しいコースかもしれない。洋裁学校の先生がお仲間用に組んだコースなので、絹のサリーを織っている村を訪ねるとか、更紗《さらさ》の工場見学、アップリケが名物の村に立ち寄るなどといった企画が組み込まれていた。私にしてみれば、どうせ何を見たってひたすら珍しいのだろうから、すべておまかせでつれていかれればいいという気分だった。

東海岸地方からデリーに戻る途中で、ベナレス（最近はインドの地名の表記がかなり変化してきている。イギリスの植民地時代に、イギリス人に呼ばれた名を、もともとの自分たちの呼び名に戻しているのだ。ということで、ベナレスは今は、バラナシと呼ぶのが普通）というガンジス河畔の都市と、アーグラという古都を訪ねる。その二カ所は、インド観光の目玉であり、そういうポピュラーな観光地も一応コースに組み込まれているのだった。

私は、行く前に下調べなど何ひとつしなかった。外国へ行くのは楽しみのためであり、何かを勉強するつもりはないと思っていたのだ。新しい体験を楽しめばいいのだ。

当時の私はそんなふうに思っていた。

2

そういう、最初のインド旅行が始まったのだが、あっさりと本当のことを白状してしまうと、私はあきれるほど臆病《おくびょう》な旅行者だった。着いて空港で入国審査を受けるその時から、インドに圧倒されてしまったのだ。ずらりと列を作って並び、その列がいっこうに前へ進まない。そんなに面倒なことだとも思えない入国審査に、なぜそんなに時間がかかるのか私にはさっぱりわからなかった。係官が、一人すますたびに隣の奴と雑談するのはなぜなんだと、頭の中は疑問符でいっぱいである。要するに私は、生まれて初めて日本ではない社会を体験して、自分の今までの人間理解を打ち砕かれ、ショックを受けたのだ。

列がちっとも進まないので、トイレに行っとこうかな、と妻に言ったら、こういう返事だった。

「中に人がいて、水道の蛇口をひねってくれたりするからチップをやらなきゃいけないわよ。まだルピーに両替してないから、一ドルでいいけど」

トイレは我慢することにした。小一時間かけてやっと入国できる。そしてスーツケースを取るところへ行くと、新調のそれの角が大きくへこんでいた。

インド人ガイドのシンさんの出迎えを受け空港を出ると、深夜だというのにいきなり子供の物乞《ものご》いが何人か手をさしのべてきた。そもそも、深夜でも空港のガラスの壁にへばりつくようにして中をのぞいている人間が何十人もいる、というのが驚きである。どうやら、そこにいて、何かをどうにかすることで生活しているらしいのだ。

空気の中に、奇妙な香辛料の匂《にお》いがこもっていた。バスでホテルへ向かう途中の、夜の街が変に懐しく暗い。三月だというのに、汗がにじみ出るほど暑い。

いきなり私はインドのムードに寄り倒されたのだった。ホテルでのドルからルピーへの両替も、ルームサービスでビールを頼むのも、すべて妻にやってもらった。英語に弱い私よりも妻のほうがもうひとつ心もとないのだが、独身時代に何カ国か海外旅行しているので、度胸だけでなんとか目的を達してしまうのだった。

翌朝、モーニングコールで起こされて、早朝の国内便で東海岸に近いブバネシュワールへ飛んだ。ホテルにチェックインしたあと、遺跡を見物した。ウダヤギリと、カンダギリという、紀元前一世紀頃のジャイナ教石窟《せっくつ》寺院群だ。

遺跡や名所の見物には何の問題もないのだ。珍しい建築様式だなあ、と目を楽しませ、写真を撮りまくるだけのことだ。

しかし私は、名所以外のインドそのものを見てしまうのだ。見ずにはいられず、見ては怯《おび》える。

どこへ行っても、ビーズのネックレスのような土産物を持った売り子が四、五人で取り囲んで、ワンルピー、ワンルピーと言いながらついて歩く。ノー、と言いながらかき分けるように進まなければならない。

物乞いも多い。バクシーシーと言って手を出す。足が不自由だとか、指がないのだ、というのを見せる物乞いもいる。

小さな屋台のような店があちこちにあって、タバコとか、菓子とか、正体不明のものとかを売っている。その売り子の目つきの鋭さも気になる。

裸足の人が多い。道端の木の陰で寝ている人もいる。どうやらそこが生活の場らしい。なんだかぬかるんだゴミだらけのところに、高さが一メートルもないような黒い布のテントを張って、そこで生活しているらしい人も見た。なんであんなところで暮すんだ、と思ってしまう。

そういう細かいことまで夢中で見て、私はひたすら、なぜなんだ、と考えている。インド人はなぜこうなんだ、というのがわかるまで、ゆったりと安心できないのだ。

ブバネシュワールではヒンドゥー教寺院遺跡も見物した。石を積んでもっこりとした塔のようにそそり立っているもので、ただもう口をポカンと開けて見るばかりだ。

次の日はバスでプリーという街へ行き、巨大なジャガンナータ寺院を隣の建物の屋上から見物した。遺跡ではなくて、今現在信仰されているヒンドゥー教寺院には、信者以外の者は入れないからだ。ヒンドゥー教の四大聖地のひとつで、山車《だし》祭りで名高いところだそうだ。

ガイドのシンさんもここへ来ることはあまりないそうで、我々に自由時間をくれると、現地ガイドと二人で寺の中へお参りに行ってしまった。その自由時間に、妻に、ちょっと雑踏の中を歩いてみましょうよ、と言われて、本当にいやだったのだから我ながら情けない。やむなく、おっかなびっくり歩いてはみたのだが。

その次の日は、コナラクという街へ行き、スーリア寺院を見た。巨大な石造りの寺院を馬車に見たてて、四隅に大きな石の車輪がついているという面白い建築物だ。彫刻も見事で、男女交合像もある。

だが、そこを見物した日ぐらいまで、私はひたすらビクビクしていたのだ。ビデオカメラを持って行ったのだが、インド人に文句を言われたら恐い、という思いからそれを堂々と構えることができず、腰の位置に持って隠し撮りをするというていたらくで、撮れた映像はガタガタ揺れて見られたものではなかった。

しかし、そのあたりから私は少しずつ変ってくるのだった。

3

コナラクからブバネシュワールへ戻るバスの中で、ぼんやりと窓の外をながめながら、ひたすら無口に考え込んだ。あんなにひとつのことを考えたことはそうない、というぐらいのものだった。考えていることは、なぜインド人はこうなんだ、ということである。

ボーイはチップをやるまで帰らない。道路工事をする作業員は、十人ぐらいが全員のろのろと地面をシャベルでこすっているだけだ。リキシャの運転手は降りたところで、もっと金をくれと言う。スチュワーデスはやけに威張っていて客に命令口調でしゃべる。

ホテルや飛行機がダブル・ブッキングになっている。飛行機の搭乗券に、DC8と書いてあるのにその飛行機はプロペラ機だ。とにかくすべてがいい加減であり、にもかかわらず人々は自分の権利を大声でまくしたてるのだ。

バスの運転手はなぜこんなにクラクションを鳴らしまくるのか。そのバスには助手が乗っていて、市街地へ来ると開けたドアを手でバンバン叩《たた》いて人を追い散らすのだ。なぜそういうふうに生きているのか。

バスは田舎を走っていて、窓から小さな村が見える。川があって、すっ裸の子供が飛び込んだりしている。

その時、私はこう思ったのだ。

私も、ここに生まれ育てばああいうふうに生きるのだろうな。

その思いとともに、ふいにわかってきた。

私と妻は毎夜、ホテルの部屋で酒を飲む。ルームサービスでビールやワインをとったり、成田空港の免税店で買って持ち歩いているブランデーをなめたりだ。そして、二人ともだんだん饒舌《じようぜつ》になってきて、見たこと、感じたことをとりとめもなく話しあうのだ。

「ホテルに戻ってきた時、きのう部屋に荷物を運んでくれたボーイが、すごくニコニコして、グッド・イブニング・サー、って言っただろ。それはなぜだ」

「きのう、小銭がなくって、十ルピー札をチップでやったからよ」

「うん。そういうことをちゃんと覚えていて愛想よくするんだ。じゃあこれはどう。道路工事の人間はなぜのろのろと働くのか」

「それはわからないわ」

「がむしゃらに働いたって、絶対に出世するわけではないからだよ。それどころか、仕事が早くすめば、翌日の分の仕事がなくなる」

「そうか、カーストね」

　インドの身分差別として知られるカーストは、細かくは二千以上に区切られている。その実態は、つく仕事が決められている、というものだ。たとえばホテルのボーイは、どんなに有能であってもマネージャーに出世することはないのだ。それがカーストである。

　近年、インドでもカーストの縛りは少しずつ弱くなってきている。違うカーストとの結婚も見られるようになっているそうだ。だが、やっぱり根底のところにそれは厳然としてあるのだ。

「インドにはどうしてこんなに物乞いが多いのかだよ。それに対して、インドは貧しいから、と答えるのは愚かなんだ」

「インドには貧しくない人もいっぱいいるのよね」

「うん。国民の二〜三割は中流階級で、テレビも車も持ってて、今ほしいのはビデオだという感じだ。そういう日本人とそう変らない人々も二〜三億人いるんだから、ここは大変な市場だよ」

「それどころか、ごく少数だけど大富豪もいるわよ。それはまた、日本人には想像もつかないようなお金持ちなの。お城に住んでたりするんだから」

「うん。そして、約七割の人が貧乏だ。この数字もすごいけど、そのうちの、下の二割ぐらいは住む家もないというすごい貧乏さだ。そしてこの貧乏は改善の望みがない」

「階級としての貧乏なんだものね」

「ところがだよ、インドではそういう貧乏な人も餓死することはないんだよ。十億人近くが、とにかく生きていけるんだ。駅のホームに暮して、残飯を食べて生きていく人もいるというふうに、それらの人にも生きる術《すべ》はあるんだよ」

「つまり、それもカーストのせいね。カーストは一方では、全員を食べさせているとも言えるんだわ」

「インドは、すべての立場の人間を抱えたまま、すべてを生かしてくれるという社会だったんだ」

そういうことが私にはわかったのだった。そうしたら、インド人が自分と何も違っていない人間だと思えたのである。

インド人にも友情はあり、愛情もある。だがそれとは別に、荷物を運んだら、重かったから約束の倍の二十ルピー下さいよ、と一度は言ってみるのだ。それで本当にくれたらラッキーだからである。

ホテルがダブル・ブッキングをするのは、予約がキャンセルになることだってあるからである。そうなって客が来ないよりは、ダブル・ブッキングのほうがいい。両方が来ちゃったら、その時はその時でなんとかすればいいのだ。

スチュワーデスが威張っているのは、そんな職につけるのは上級カーストの子女で、大学も出ているエリートだからである。威張って当然である。

旅行をしながら、私にはそういうことがだんだんわかってきた。そして、そういうインド人に対して、それはこの上なくまっとうな、必死の生き方じゃないか、という感想がわいたのだ。

そしてインド人にはちゃんと宗教がある。いちばん多いのはヒンドゥー教徒だが、イスラム教徒やキリスト教徒もいるし、ジャイナ教徒、ゾロアスター教徒なんてのもいる。生きるためにはなりふり構わないように見えるインド人だが、宗教に対しては敬虔《けいけん》だ。そこに、根本の律がちゃんとあるのだ。

そしてインドには歴史があり、文化がある。実はインド人には歴史をあんまり学問として尊ばないという不思議なところがあるのだが、歴史を学ぶことはなくても、四千年前のインダス文明の頃から文化を継承しているという事実が、彼らの存在に筋を通しているのだ。文化のあるところでは、人間はちゃんと美しく生きられる、ということを私はこの後だんだんに実感していくことになるのだが、最初のインドでも、それに近いことは確かに感じた。文化があるからこそ、インド人は自信満々だし、誇りをちゃんと持っている姿のよさみたいなものが感じられるのだ。

インド人に接していると、相手が年下の青年であっても、なんだか年上のお兄ちゃんと話しているような気がする。それこそが、文明の底力なのかもしれない。

私は、そのあたりからだんだんインドにいることを楽しみ始めたのだ。

4

飛行機で、ガンジス河畔のベナレス（この旅行の時は、私はその名で認識していたのでそう書く）という街へ来た。インド人にとってガンジス川は聖なる川で、人々はそこへ巡礼に来て沐浴《もくよく》する、という話はよく知られているだろう。人間がごった返している階段状になった河岸で、人々が川に入って頭から水をかぶったりしている映像を見たことがある人も多いと思う。あの映像が、ほとんどすべてベナレスのものである。一方では人々が水に頭まで潜ったり、口をすすいだりしているのに、そのすぐ近くに火葬施設があって、死者を焼いた灰を川に流しているのだ、と紹介されるあそこ。あそこがベナレスだ。

非常にインド的な混沌《こんとん》としたムードのある街である。私はそのベナレスを、かなりゆったりとした気分で楽しんだ。船で川を観光し、朝日の昇るのを見た。

私はだんだん、生きるためになりふり構わず主張しまくるインド人が好きになり始めていた。なぜなら、それこそがここでは生活そのものであり、つまり生きることに真剣な姿なんだとわかってきたからだ。

黙って行儀よくしていれば、周りが察してくれてなんとなくうまく収まる、というのは日本の文化の中にあることで、それはなかなか美しいものだとは認めるが、そうじゃない生活文化もよそにはあるのだ。わめきたてなければいけないことも、時にはちょっとズルすることも、ここでは生活の一部だったりするのだ。

そして、よく見ているとだんだん見えてくるのだが、そういうインド人が家族や仲間に対しては優しかったり、親切だったりするのだ。外国人に対してだって、商売がらみのこと以外では親切で、好奇心もいっぱいだ。

この生き方のどこがいけないものか、というような気分に私はなってきた。そして、私のビデオカメラの映像が安定してきた。

ベナレスの次には、アーグラへ行く。かつて、ムガール帝国の都があったこともある古都だ。

実を言うと、そこに着いてしまっても、私にはまだムガール帝国が何なのかよくわかっていなかった。昔、世界史の授業で確かに習ったよな、とは思うものの、そういうのは知識ではないのだ。アクバル大帝という人がいる。そうだ確かに暗記した覚えがある、なんてのは何ひとつわかっていないということだ。

アーグラで、観光客は絶対に二つの名所を見せられる。それが、タージ・マハルとアーグラ城だ。それを見て、私はああこれもインドだったのか、と思った。

タージ・マハルはとんでもない建造物である。初めて見るのに、ああこれなのか、これなら知っている、と思うのだ。ドーム型の屋根を持つ白亜の廟《びょう》である。基壇の上に左右対称のその建物があり、基壇の四隅に塔が建っている。

インドの話を始める、となるとテレビが必ず映すのがタージ・マハルなのである。だからその姿を知らない人はいないだろう。インドには何の関係もないのに、明石家さんまの『踊る！さんま御殿!!』というテレビ番組では、おそらく御殿という言葉からの連想だろうが、オープニングにタージ・マハルの絵が使われている。そういう、写真などで見てよく知っている、というものの現物を、私は自分の目で見たのだ。

これはムガール帝国五代目の皇帝シャー・ジャハーンが、亡くなった妻のために建てた白大理石製の霊廟だ。完成したのが一六四八年（周辺の建造物まで含めて全部完成したのは一六五三年）で、江戸時代の初期である。

現物を見てしまえば、なんて美しいのだと声をのみ、圧倒されるしかない宝石のような建造物だが、私の頭の中には、なんでこんなものがインドにあるんだろう、という疑問が浮かんでいた。

ドーム屋根があって、イーワーンというアーチ型にくぼんだ入口があって、前後にも左右にも対称のその建造物は、それまで見てきたヒンドゥー教寺院とはまるで別世界のデザインだったのだ。それはあたかも、『アラビアン・ナイト』の中に出てくるのが似つかわしいような、アラビアの宮殿を思わせる建物であった。

それから何度も海外旅行を重ねて、だんだんわかってきたことを先走って書いてしまうのならば、私はタージ・マハルを見て、初めてイスラム建築に接したのだ。イスラムの文化であり、イスラムの美術であるものを初体験した。

そしてその時の私は、こう思った。これは何だ。インドにとってこれは何なのだ。

ムガール帝国というのが、中央アジア（現在のウズベキスタンのフェルガーナ地方）に生まれたバーブルという、イスラム教徒の王が南下してきてインドに攻め入って作った国であり、もちろんイスラム国だった、ということを、タージ・マハルは他の何よりもわかりやすく見せてくれるのだった。

インドにはこれもあるのか、というのがその時の実感だった。

タージ・マハルの次に、アーグラ城を見物する。ムガール帝国の都だったアーグラの、王たちの住んだ城だ。そこも、大いにイスラムの味わいを持っていて、帝国の権勢の巨大さを実感した。華麗な宮殿やハレム、王族のプライベート・モスクなどがあり、往時の栄華をしのばせてくれる。

こんなものまで平気でのみ込んでいるインドはすごい、というのが私の感想だった。

かなりインドが好きになってしまっている。

私の初めての海外旅行は、アーグラから汽車でデリーへ戻り、そこをほんの少し観光して終った。

アーグラにいた時の移動のバスの中でだったか、妻が私にこう言った。

「顔が変ったわよ」

「どんなふうに」

「ものすごく力の抜けた、ゆったりした顔になってる。あらゆるストレスから解放されたみたいな顔」

「初めの頃は、ものすごいストレスを抱えて旅行してたのにな」

「実は、インドが性に合う人だったのよ」

意外な言葉だったが、そうかもしれないと私は思った。

5

で、それから続けて二度もインドへ行ったのである。二回目のインド行きは、初体験の旅行の一年半後、一九八九年の十一月のことだった。

つまり、私としては最初の旅行で、特にその前半、自分がビビりすぎていたのがくやしくて、リターン・マッチを挑んだというわけだ。もうインドの味わい方はわかったから、かなり気に入ったそこを、あらためてじっくり見てみようと思った。

その時は、名のある旅行会社のパッケージ・ツアーに参加するという方式にした。様々な手続きや交渉は添乗員にまかせてしまうのがいちばん楽だ、と思ったのだ。

そして、インド観光の最もポピュラーなコースにした。ゴールデン・トライアングルと呼ばれる、有名観光地をめぐるコースだ。ウダイプールやジャイプールといった、ラージャスタン州の古都と、またしてもアーグラと、デリーを見て廻《まわ》る。ラージャスタン州というのは、王族の地という意味で、各地に王族（ラージプート）が群雄割拠していた。そしてムガール帝国が勢力を拡大する十六世紀には、そこと戦ったり、同盟を結んだりした。だから宮殿の中を見物すると、旧式の鉄砲があったりする。そういう、いわば戦国大名家をめぐる旅になるわけだ。

私はインドの強烈さには慣れ、例によってダブル・ブッキングや、ストライキのせいでスケジュールがガタガタになる旅（添乗員は大変だったであろう）をゆったりと楽しんでいた。

ピンクシティと呼ばれることもあるジャイプールでは、風の宮殿が有名だ。王妃たちがこっそりと通りをながめたという、ピンク色の、不思議に扁平《へんぺい》な建物である。そしてまた、この町には天文台が残されている。天文台と言ってもイメージがわきにくいだろうが、巨大な石の日時計があったり、天球儀があったりの、古代天文学の遺物だ。その日時計は今も正確な時を示している。

そこを見物した時にはまだよく知らなかったのだが、かつてまず天文学が発達したのはイスラム文明の国々なのだった。だから、インドに古い天文台があるのは、イスラムの影響だと考えてよい。

だから、そんなところからも、インドの中にチラチラとイスラムの影が見えると考えられるのだ。

またアーグラへ行き、タージ・マハルを見た。何度見ても飽きない見事すぎる廟だ。

そしてこの旅では、アーグラにほど近い山の中にある幻の都、ファテープルシクリーを見物した。ムガール帝国の三代目皇帝アクバル（この皇帝だけは、アクバル大帝と呼ばれる）が、その山中に住む聖人の予言によって最初の王子を得たことに感謝して、都をそこに移したのだ。だから、イスラム風の宮殿が建ち並んでいて見事だ。五層閣とも呼ばれるパンチ・マハルは柱が屋根を支えるだけで壁のない五層の物見台である。数々の宮殿やモスクは、イスラム様式とインド様式の混合として貴重なのだそうだ。

ファテープルシクリーは山の上で水の便が悪かったせいで、わずか十数年で都であることをやめ、いきなり捨てられた。だからこそ当時のままの姿で残っており、滅びの美のようなものが感じられた。

それに加えて、この時の旅でイスラムを感じたのは、デリーでジャーマ・マスジッドを見た時だ（ジャーマ・マスジッドは金曜モスクの意味。街ごとに、いちばん中心となるモスクがその名で呼ばれるので、インド各地にジャーマ・マスジッドがあるが、デリーのものは最大級である）。三つのドームを持ち、正方形の中庭を囲むまぎれもないモスクだ。この旅行中、ここへ入る時だけは、スカートの短い女性は腰にスカーフを巻いて足を隠せと言われた。そのことが、そうかイスラム教だものな、と実感させてくれる。

現在のインドが独立してすぐの頃、イスラム教徒とヒンドゥー教徒が衝突して、国が二つに、その後三つに分かれた。つまり、イスラム教徒の多くは、今のパキスタンと、バングラデシュに移住して別の国になったのだ。だが、今もインドにイスラム教徒は一定数住んでいる。ムガール帝国以来の、イスラムの影響をインドから消し去ることはできないのだ。

インドを旅行してみて、私の頭の中に、なんとなく気になるものとして、イスラムの影響のことが残った。気になるとはつまり、ここにある文化のことを、私は何も知らないなと感じるってことだ。イスラム教とは、マホメット（ムハンマド）が開祖で、聖地はメッカで、回教とも呼ばれる、なんてことだけ言えたって、それを知っていることにはならない。その文化を肌で感じたことは、それまで生きてきて一度もないのだから。

インドを旅行して、私には妙に気になるもうひとつの世界、がほんの少し見えた。だがまだ気になるだけで、実態はよくわからない。何か不思議な世界があるみたいだ、という気がするばかりである。

三回目のインド旅行のことは簡単に述べよう。一九九五年の年末から、九六年の正月にかけて、南インドを旅したのだ。東海岸側のマドラス（チェンナイ）とその近郊、デカン高原にあるバンガロール、マイソール、西のアラビア海に面するコーチン、ゴア（正しくはゴアは州の名で、町の名はパナジ）、ボンベイ（ムンバイ）などを廻った。

南インドは、北インドとは少し味わいが違っている。ヒンドゥー教寺院の、ゴープラムという楼門はそこだけの独特のデザインであり、やや原始宗教的な味わいがある。南インドにはイスラムの影響はあまり見られず、むしろ、イギリスやポルトガルからの影響のほうが目につく。

私と妻は、旅の最終目的地ボンベイで、インド門の背後の海に、こっそりと翡翠《ひすい》の指輪を投じた。その二年前に、思いもかけず妻の母が脳梗塞《のうこうそく》で亡くなっており、インドを愛していたその人の指輪をアラビア海に投げることで、供養としたのだ。その旅のいちばんの目的はそれだった。

そして、私はこう思っていた。

またいつか来たくなるかもしれないが、とりあえずインドにはしばらく来なくていいな。この地から学んだことは多いが、そろそろ別の国も見たい。

さて、次はどこへ行くのがいいだろうか。私が見たいのは、どんな国のどんな文化なのか。

その答えが、半分見えかかっているような気もする私だった。

オアシス・コラム① 水のこと

砂漠や土漠といった乾燥地帯へ行く旅では水は必需品である。国によっては水道水が飲める所もあるが、一般的に旅行者は飲まないほうがいいだろう。神経質な人は歯を磨くのにもミネラル・ウォーターを使っていたが、私たちは水道水で歯を磨いて具合を悪くしたことはない。いずれにしてもボトル入りのミネラル・ウォーターを手に入れて飲むことになる。水の味は硬質、軟質いろいろだが、ヨーロッパと違ってガス入りは少ない。

水をどうやって手に入れるかは、ツアーによっていろいろだ。毎朝、ペットボトル一本ずつ水を配ってくれるツアーもあった。気のきいたガイドや添乗員が、町中の水を売っている店でバスを止めてくれることも。東トルコの旅では田舎町の食料品店や地方都市の公園のキオスクなどで水を買った。水の値段はまちまちで、都会と田舎で違うし、観光客が多い場所でも高くなる。

また、現地のツアー会社がバスに水を積んでいて、売ってくれたりする。バスに冷蔵庫がついていて冷たい水が手に入るが、一本一ドルなどと、高めのことが多い。パッケージ・ツアーでは食事の時に水の二リットル・ボトルを何人かに一本つけてくれることが多い。大抵は残るので、それを誰がもらうのかが微妙な問題だ。なんとなく順番にもらって部屋へ持ち帰るのだが、今日は私たちは水が余ってますからどうぞ、などとさりげなく譲り合うメンバーが多いツアーもあれば、我先にという感じになってしまうツアーもあったりして面白い。

ラマダン中のイエメンでは、日中、町の水屋が、店にいっぱい水のボトルを並べているのに、買おうとしたら、売れないと言った。つまり、店の主人も水が飲めなくてイライラしていたからだろう。それもラマダンという珍しい体験だと思うしかない。

私たちは一度だけ、日本のお茶の五百ミリリットル入りのペットボトルを二十本ほど持っていったことがあるのだが、それも旅情のないことだという気がして、緊急用の二、三本を持っていくだけにするようになった。突然お腹をこわしたような時に助かることもあるのだ。それからは、日本で水出し緑茶のティーバッグを買って持って行くようにしている。むこうで買った水のペットボトルに、そのティーバッグを入れて、緑茶を製造するのだ。意外にその緑茶でリラックスできたりした。

とにかく、乾燥した国へ行くのは、水をどうするか常に意識しているってことだ。そういう国ばかりへ行っているから、私たちは水のことばかり気にしているのだが、それもまたこういう旅行の醍醐味かもしれないという気がしてくるのだった。

・第一章・

トルコ

――― 文明の十字路 ―――

アヤ・ソフィアは75メートル×70メートルの正方形に近い長方形の建物だが、巨大なドーム屋根におおわれており、外観は複雑だ。ドームの直径は31メートルもあり、地上からの高さは56メートル。イスラムのモスクの多くはこの建物を見本というか、目標にして建てられた。

1

妻とあれこれ話しあって、次に行ってみたい国をしぼり込んでいった。正月に南インドへ行った一九九六年のことだ。

どの国はどうである、なんてことはあまり知らないまま、なんとなく行ってみたいような気がするのはどこか、である。

そういう時、妻と私の趣味がよく似ているのは幸いなことだと思う。私が行きたいのが山岳地帯の秘境で、妻が憧《あこが》れているのがパリだったりしたら、行き先を決めるのも大変だ。一方が不本意ながらやむなく同行しているなんてのは、楽しくないことである。

私たち二人は、どちらも南国のマリン・スポーツが楽しめそうな島などへは、金を出してもらっても行きたくないタイプであった。それから、アメリカとオーストラリアには、生涯行かなくてもいいな、と思っている。二人とも、歴史が古くて、豊かな文化の感じられるところが好きなのだ。

そういうわけで、歴史も文化も大いにあるヨーロッパの各国は、いつか行ってみてもいい気がしていた。だが、まず第一に行くところではないとも思うのである。いきなりローマとか、パリとかへ行って、なんとなく半分知っているような気がするところを見るのもなあ、という気分だ。

あまり知らないところで、実は歴史性が面白い、というところはないだろうか。

「トルコって行ってみたくない？」

と妻が言った。

「いいねえ。なんとなくトルコはいいかなという気がしてるんだ」

「そうよねえ。ちょっと面白そう」

「考えてみると、トルコについては何も知らないんだから、よさそう、という気がするのも不思議なんだけど」

でも、二人の思いは一致した。インドへ三回行った後、ふいにヨーロッパへ行くのも変だよな、という気がしたのだ。トルコぐらいが、ほどよくミステリアスでいいような。

ところで、二人がそんなふうに思い始めていた時、不思議なほど間《ま》のいい事態が発生したのだ。こんなにラッキーなことはそうないぞ、と思うような。

トルコのイスタンブールへタダで行って、写真に写ってくれませんか、という話だった。思わず身を乗り出すではないか。

日本航空の機内誌からそういう話が持ちかけられたのだ。とてもビジュアルなその機内誌で、作家清水がイスタンブールを味わう、という特集を組むという話だ。絵になる様々なポイントで大いに写真を撮られるが、その合い間にもちろん観光もできる。原稿用紙で十枚ぐらいの紀行文を書けばいい。

その編集を請負っている某出版社の女性編集者が、今までにも作家とか音楽家とか、何人もの著名人を世界の様々の都市へ案内しているんです、と言った。

いい話だなと思った私は、こう提案してみた。

「行きたいけど、私はそういう時妻といっしょに行く男なんです。妻の分の旅費は出しますから、同行させていいですか」

それに対して先方は上司とあれこれ相談して、こう答えてきた。

「奥様の旅費も当方が持ちます。ただし、作家夫妻がイスタンブールを味わう、という特集にしますので、奥様も写真に写っていただきます」

それは少し気恥かしいが、でも、イスタンブールへ行けて、念入りなガイドも受けられるというのは魅力的だった。その取材は、トルコ政府の観光局の許可を取ってそこがホテル代を持つのだった。そして、イスタンブールに在住して精通している日本人にガイド役をしてもらうのだという。そういう、イスタンブールのことはすべてわかって、その都市の魅力を味わいつくせる旅のように思えた。

行きます、と私は答えた。

そう答えた時、私と妻は写真を撮られるために旅行をすることの大変さに対して想像力が欠如していた。

十一月、そういう旅行が始まった。イスタンブールではようやく乾季が終り、水不足の悩みが解消されるという季節だそうだ。

日本から同行するメンバーは、編集者のY嬢と、カメラマンのM氏である。四泊五日のイスタンブール取材であった。その当時はまだ成田とトルコ間の直行便がなく、パリで乗り替えて、深夜にイスタンブールのアタチュルク空港へ着くのだった。

トルコへの入国審査の時、少し意外な気分を味わう。インドではあんなに手間どったその審査が、あっという間にすむのだ。

「日本人だとろくに調べもしないんです」

とY嬢は言った。確かに、おお日本人か、通れ通れ、というような感じである。トルコ人は日本人に友好的だときいてはいたが、本当にそうなのである。私にはまだその理由がわからなくて、キョトンとしてしまう。

空港で、二人の人の出迎えを受けた。一人は、観光局の職員のアサハンさんである。額から頭頂にかけて少し髪の薄い、アマチュア・レスリングの選手のような印象のトルコ人だ。眼光は鋭いが、よく見ると優しい目をしていて、口髭《くちひげ》が精悍《せいかん》な印象を作っている。そして、喉《のど》に何かひっかかっているようなかすれた声で、英語で言った。トルコ政府は皆様を歓迎いたします、と。

きけば、私たちの取材にはすべてこのアサハンさんが同行してくれるのだそうだ。年齢は私とほぼ同じくらい（五十歳前後）らしい。

もう一人は、イスタンブールに住む日本人建築家の山本さんだった。もうここで何年も生活し、トルコ語がペラペラで、トルコ人の妻を持つという、私より十歳以上若い方だ。

握手をして、その夜は市内のホテルに入って寝るばかりだった。

ただし、空港から市内に向かうバン・タイプの車から、深夜だというのに、走行するトラックの荷台に人が乗って、国旗を振りまわして騒いでいるような光景をいくつも見た。すごく興奮している様子である。

何事かと思っていたら、山本さんが教えてくれた。

「サッカーで、トルコのチームがイギリスのチームに勝ったので、興奮して騒いでいるんですよ」

なるほど、と思ったのは一瞬で、山本さんの次の言葉に驚かされた。

「その試合があったのはロンドンなんですけどね」

トルコ人は興奮しやすいのだろうか、とその時私は思った。だんだんわかってくると、まさにその通りだったのだが。

ホテルがあったのは、市の中心部から少し外れた、オルタキョイというどちらかと言えば若者のタウンだった。そう格式ばっていない気楽なホテルである。ボーイがチップをねだるようなこともなく、くつろげる。

2

朝、ホテルの食堂で朝食をすまし、九時頃に、ホテルのロビーで待ち合わせる。山本さんは、ボスポラス海峡の対岸のアジア地区に住んでいるのだそうだが、渡し船でやって来るのだ。アサハンさんも来て、毎日行動を共にする。カメラマンのMさんと、Y嬢と、あと、トルコ人運転手というメンバーだ。十人ぐらい乗れるバンで、ゆったりと運ばれる。

イスタンブールは、わかりやすい街だ。真ん中にちょっとした川のように見えるボスポラス海峡があって、街を二分している。その東岸はアジアであり、西岸はヨーロッパだ。

西のヨーロッパ側には、金角湾という湾が深く切り込んでいて、湾の北が新市街、南が旧市街だ。私のホテルのあるのは新市街の外れ。

まずは、旧市街にあるアヤ・ソフィアを見物した。それは小高い丘の上の広場にあって、スルタン・アフメット・モスク（通称ブルー・モスク）と公園をはさんで対面している。

アヤ・ソフィアは茜色《あかねいろ》に塗られていて、その色は時代を重ねてきてあせている。複雑な形をしていて、中央に大きなドーム屋根を持っている。そして周囲には、四本の少しずつ形の違う塔（ミナレット）が建つ。

それは夕陽の似合う奇巌城《きがんじょう》とでもいった印象の建物だった。今にもドーム屋根が崩れ落ちても不思議はないような気がする一方、圧倒的な存在感でそこにうずくまっているようにも見える。

その旅行中は、私にはアヤ・ソフィアの意味も、価値もよくわかっていなかった。ただ山本さんにいろいろ説明されて、へえ、と思って見物しただけである。

だが、これこそ私が見たかったものだ、というような大きな感動は確かにあった。ドーム屋根が空間をすっぽりおおっているという建造物の概念はこれまで見たことがないもので、とうとう私はこれを見た、という感慨がわいた。

イスタンブールは信じられないほどの歴史の紆余曲折《うよきょくせつ》を経てきている街である。つい我々は、トルコにイスタンブールがある、と考えてしまうのだが、それは間違いだ。この街が大昔からここにあったのであり、トルコ人がここへ来たのは十五世紀なのだ。

それまでこの地はイスタンブールではなく、コンスタンティノープルだった。

簡単に説明してしまおう。それをしておかないと、この街の正体がさっぱり見えてこないのだから。

ここはもともと、紀元前六六七年に、メガラ人のビザスが植民して建設した街で、ビザンティウムと呼ばれた。ヨーロッパとアジアの境界線をまたぐところだから、交通の要衝として栄えた。もちろんまだその頃はトルコ人は影も形もなく、ギリシア人やアナトリア（現在のトルコのある半島の名）人の住むところだった。ギリシアにのみ込まれたり、背後からペルシア人に迫られてその支配を受けたりしていた。アレキサンダー（アレクサンドロス）大王に苦もなく征服された一時期もある。

その後、勢力を伸ばすローマの支配を受けるようになり、紀元四世紀にはローマ帝国のコンスタンティヌス大帝が入城し、三三〇年にはここはローマ帝国の都になった。その時に、コンスタンティノープル（コンスタンティヌスのポリスの意）と名が変ったのだ。

三九五年にローマ帝国は東西に分裂するが、それ以後はここは東ローマ帝国（ビザンティン帝国とも）の都だった。それからしばらくはその状態が続くが、一二〇四年に、第四次十字軍という宗教軍団というよりは掠奪軍《りゃくだつぐん》のようなのがヨーロッパから来て、コンスタンティノープルを陥落させ、ラテン帝国というものを建国してしまう。

東ローマは、やっと一二六一年にそこを奪還する。

しかし、その前後から、トルコ人がこの地方に進出してくるのだ。中国辺境の突厥《とっけつ》が祖であろうかと言われているトルコ人が、中央アジアを西へ西へと進み、ついにアナトリアに達したのだ。初めはセルジュク・トルコが半島を次第に支配していき、次に分派の家系のオスマン・トルコが半島をほとんどすべて征服する。

東ローマ帝国のコンスタンティノープルだけが、街を城壁で囲ってかろうじて支配されることからまぬがれていた。

ところが一四五三年、オスマン・トルコのメフメット二世は、船を山越えさせたりして、ついにこの街を陥落し、入城した。これによって東ローマ帝国はついに滅びる。この時に街の名が、イスタンブールとあらためられた。つまり、イスタンブールになってからはざっと五百五十年なのである。

イスタンブールになるよりはるか昔、コンスタンティノープルだった時に、アヤ・ソフィアはキリスト教の大聖堂として建てられた。もともとは、ギリシア語の神の聖なる知恵《ソフィア》と名づけられた聖堂だったのだ。東ローマ帝国の宗教的中心だった。

最初のものは、三六〇年にコンスタンティウス（コンスタンティヌス大帝の子）によって建てられたが、四〇四年に破壊された。そこで四一五年、テオドシウス二世によって再建されるが、五三二年に反乱があって焼失する。

三度目に建てられたものが、今に残るものである。五三七年、ユスティニアヌス帝によって建てられた。日本風に呼べば、聖ソフィア大聖堂となる。

そういう、千五百年近く前に建てられた、石と煉瓦《れんが》の建造物が今もそのままに建っているのだ。なんと法隆寺よりも古いのである。

一四五三年、コンスタンティノープルを陥落させたメフメット二世は、入城するとまっ先にアヤ・ソフィアに入り、これをモスクに改修しろ、と命じた。

そこで、壁を飾っていた聖母子像などのモザイク画は、漆喰《しっくい》で塗りつぶされた。メッカの方向を示すくぼみ（ミフラーブ）が作られ、コーランの一節をアラビア文字で書いた飾り文字（カリグラフィー）のパネルも取りつけられている。その後何人ものスルタンによって、少しずつデザインの違うミナレットが加えられたのだ。

つまり、キリスト教の大聖堂だったものが、モスクになってしまった。アヤ・ソフィアは二つの宗教の総本山だったという、なんとも数奇な建物なのだ。

第一次世界大戦後、トルコ共和国建国の父ケマル・アタチュルクは、アヤ・ソフィアを博物館として公開するようにした。その時に、壁の漆喰はけずり落とされ、元のモザイク画が見られるようになった。

だから、なんとも不思議な印象なのである。キリストや聖母のモザイク画もあり、同時に、コーランの一節を書いたカリグラフィーのパネルもある。ドーム天井は高く、薄暗い堂内はどことなく神秘的だ。イスラムのムードと、キリスト教のムードが一つに溶けあっている。

山本さんは建築家として、アヤ・ソフィアのドーム屋根のてっぺんに登ったこともあるという人で、ぬかりのない説明をしてくれた。彼によれば、「ぼくにはどうしてこれが今も崩れないのか不思議なんですよ」ということだった。

私は、とにかくその建物が気に入ってしまっていた。なんと言うか、石で大空間をふわりと包んでいる味わいが、日本の建造物では見たことのない奇跡のように思えたのである。そこにはまぎれもなく人類の知恵があった。

これを見るためだけにでも、イスタンブールへ来てよかったと思った。

3

しかし、旅には感動だけがあるわけではない。どうしたものかと頭をかかえるようなすったもんだもあるのである。

アヤ・ソフィアの二階に上がって、モザイク画を見ていた時のことだ。その内部では写真を撮る予定ではなかったのだが、美しい貴重なものを見れば撮りたくなるのがカメラマンというものだ。Mさんはカメラを出して何枚か撮影した。

そうしたら係員が寄ってきて、ここで写真を撮ってはいけない、と注意した。今そこは国営の博物館なのだから、役所の小役人といった人であろう。

Mさんはそう言われて、それなら撮影はあきらめますと、素直に引き下がった。

ところが、それではすまなかったのだ。このなりゆきに激怒した人がいるのだ。アサハンさんである。

顔を興奮で真っ赤にして、アサハンさんは例のかすれ声で係員に怒鳴りたてた。トルコ語でのやりとりだから意味はわからないのだが、こういうことを言っているのだろうと想像はついた。

「私たちは政府の特別の許しを得て見物しているんだぞ。小役人ごときに阻止する権利はないんだ」

しかし、むこうも大声で怒鳴り返す。

「こっちだって公務員だ。ここでの規則は守ってもらう」

そういうふうに、すぐ大声で口論するのがトルコ人だったのである。そして、メンツをつぶされた、と感じた時にトルコ人は激しく興奮する。

アサハンさんにしてみれば、自分がついていながら取材を制限されるようなことがあっては、メンツ丸つぶれなのである。だから黙れバカ者、という感じに怒鳴りまくる。

しかしむこうもトルコ人だから折れない。殴りあったりはしないが、怒鳴りあい、睨《にら》みつける。あまりの険悪なムードに、日本人一行はこそこそとそこを離れる。

「アサハンさんこわい！」

とY嬢は怯えた声を出した。

アサハンさんは、基本的には親切で優しい人だった。どこへ行ってどんな写真を撮りたいと言っても、それはいけないなんて決して言わず、一日中同行してくれる。気に入りましたか、と笑顔できいたりもする。トルコ政府として今日の夕食はご馳走《ちそう》しますので、たくさん食べて下さい、なんて言ってニコニコしている。

なのにこの取材中、平均して一日に一回はアサハンさんはキレるのだった。撮影許可を取ろうとして断られた時とか、こんな所に駐車しないでくれと苦情を言われた時などに、血管がブチッと音を立てて切れるんじゃないかと心配するほど、興奮してわめきちらす。自分がついていながら追い払われる、なんていうメンツのつぶれることには我慢がならないのだろう。アサハンさんの顔に血が昇るのを見つけると我々は、また怒ってる、と言ってその場から逃げるようにするのだった。

旅の大変さはそれだけではない。写真を撮られる、というのがとんでもなく大変なことだと、私たち夫婦は気がついていくのだった。

たとえば、アヤ・ソフィアのすぐ隣に、スルタン・アフメット・モスク（ブルー・モスク）が対面していてそこも名所だ。山本さんはその中も丁寧に解説して、普通見られないようなものまで見せてくれた。

ここがブルー・モスクと呼ばれるのはなぜか、という説の一つも教えてくれた。そのモスクの外観は灰色っぽい石の色で、ブルーではないのである。

内陣をうめつくす一面の絵のついたタイル装飾の中に、青いチューリップが描かれているせいで、ここはブルー・モスクと呼ばれているんです、という説明だった。

そういうブルー・モスクの前でも、夫婦が並んで楽しそうにしている写真を撮りたいわけである。もちろんアヤ・ソフィアがバックの写真も。

ところが、同じ場所で、カメラマンと被写体が入れ替るだけで撮れそうなその二枚の写真のために、午前中と午後と、二回も同じところへ行かなければならないのだ。アヤ・ソフィアに陽の当たっている写真を撮った時に、ブルー・モスクをバックにすると逆光になっているからである。陽光の具合がいい写真を撮るためには、時間を変えて二度同じところへ行かなければならないのだ。写真を撮られるというのは、そういう努力をしなければならないのだった。

二枚の写真を撮る、とは言うものの、もちろん実際には二枚撮るだけですむはずもない。一カ所の一ポーズごとに、百枚ぐらい写されるのだ。そして私たち夫婦は、その時楽しそうな笑顔でなければいけない。

カメラに向かって笑顔を作るというのは、ものすごくむずかしいことである。どのぐらい歯を見せればいいかで悩み、顔がひきつってくる。

私のほうはそれでもまだ多少撮られ慣れているが、妻は一ポーズ撮影するたびに、ヨレヨレになるほど疲れていた。ほおの筋肉がつりそう、なんて言っている。

しかし、毎日撮影は続けられる。トプカプ宮殿とか、スレイマニエ・モスクとか、素晴しいところを見物できるのだから満足ではあるのだが、引きずりまわされている感はあった。海峡の見えるカフェでお茶を楽しむ夫妻、という写真を撮られてかえって疲労困憊《こんぱい》するのだ。

ボスポラス海峡を小船でクルーズしたのはいい思い出になった。たとえばドルマバフチェ宮殿という、スルタンがトプカプ宮殿の次に使っていた宮殿を昼間、道路側から見ることがあって、なんだか殺風景な宮殿だなあという感想を持っていた。

ところが海峡をクルーズして、海のほうからその宮殿を見ると、見事に華麗な宮殿でため息が出そうになるほどなのだ。つまり、その宮殿は海峡のほうを向いているのであり、そっちから見るのが正面なのだ。道路に面しているのは、裏側だったのだ。

あの街は、海峡から見てこそ美しい。七つの丘を持つ中心部が、一望で見渡せるのだ。そしてあちこちにモスクがあり、ミナレットが建っている。

アジア側にも行ってみた。ウシュクダラ、という私の世代ならば、江利チエミの歌で知ってるぞ、と思うタウンがある。少し行くとクリミア戦争の時にナイチンゲールがいたという病院がある。

イスタンブールは、ヨーロッパとの関わりも深いのだ。たとえば、今はもうないが、昔はパリまで一路線でつながっていたというオリエント急行の終着駅である、シルケジ駅もある。そのほど近くに、めくるめく雑踏と言うべき、グランド・バザールもある。

写真撮影に疲労しながらも、私と妻は旅を大いに楽しんでいた。

4

インドが気に入っている、というのとはちょっと違った意味でだが、私たちはイスタンブールをかなり好きになった。

すぐ大声で喧嘩《けんか》する以外は、トルコ人はとても親しみやすくて、何の警戒もしなくていいのである。私たち日本人を見ると、ごく自然に好意的な笑顔を向けてくれる。

トルコ人がなぜ日本人に好意的かについて、私はその後いろいろ調べて、五つぐらいの仮説を立てるに到っている。だがここでは、そのうちいちばんポピュラーな仮説を紹介しよう。

トルコ人が日本人に好感を持つのは、日本が世界で唯一、ロシアと戦争して勝った国だからだそうである。隙《すき》あれば南下してこようと狙《ねら》っているロシアは、トルコにとって宿敵なのだが、トルコはロシアに勝ったことはない。そこで日本のことを、天晴《あっぱ》れな、我らによく似た武人の国なんだなあ、と感じているのだ。旧市街には、東郷平八郎の名をとったトーゴー通りというものもあるというのだから、そう出鱈目《でたらめ》の説でもないらしい。

日本人が好かれているからだけの理由ではなく、トルコは（この時点ではイスタンブールはと言うべきか）、居心地のいいところである。街の景観が美しく、人々が楽しんで生きている雰囲気があった。父親が一家の中心、という規範ががっちりとあって、そこから安定感が生まれているのだ。

そして、食べ物がどれもこれも非常においしい。

私たちは昼食は海峡の見えるおしゃれなレストランなどでとり、食べている姿を写真に撮られたりするのだが、夕方ホテルに戻り、山本さんとアサハンさんが帰ってからは、自分たちで自由に食べに出た。そしてなるべく、庶民的な食堂（ロカンタ）や居酒屋（メイハネ）へ行った。

席にすわるとまず、ボーイが前菜（メゼ、という）の色々がのったお盆を持ってきて、好きなものを取れ、と言うような店である。このメゼが、どれもこれも日本人の口によく合うのだ。白いんげんのオリーブ油煮とか、小鰺《こあじ》の唐揚げとか、焼ナスのペーストとか。

トルコ料理と言えば、シシケバブや、ドネルケバブなどの肉料理だろうと思っている人が多いかもしれない。シシケバブは羊肉を串に刺して焼いたもの。ドネルケバブは、肉を大きな円筒状に形作って、周りからじわじわとあぶって焼き、焼けた部分を剣でこそげ落として食べるものである。どちらもうまい。

しかし、そういう肉料理はご馳走なのであり、毎日食べるものではない。トルコ人がよく食べるのは、意外かもしれないが野菜料理だ。トマトやナスやジャガ芋や豆類などが日本人にも食べやすい料理にされる。トルコ料理の基本を大づかみに説明すると、オリーブ油とトマトをよく使い、ニンニクはあまり使わない、ということになる。

そして、野菜料理よりもっとトルコ人がよく食べるのが、ヨーグルトと、フランスパン（バゲット）である。トルコのフランスパンは小麦粉がいいせいなのか、とてもおいしいものである。

それから、公園とか、祭りの会場などに、食べ物の出店が出ていたりするのだが、そういうところで買って立って食べるようなものが、やけにおいしいのがトルコである。なんだかカーニバルのようでうきうきしてしまう。

それから、駅の構内とか、繁華街などに、ゴマパンを売り歩いている人がいる。ゴマがいっぱいかかったリング状のパンで、シミットという名前だ。一個三十円ぐらい。

このシミットが、ビールのつまみに十分なる、というぐらいうまい。なんだかそういうところで、食生活の基本が豊かなのである。トルコ産のワインもなかなかいける。トルコのビールも結構いい。

あ、酒のことを話すのを忘れていた。トルコはイスラム国だ（国教というわけではなく、イスラム教徒が九〇パーセント以上いる、というだけ）から、酒は飲めないんじゃないかと思うかもしれないが、ほとんど自由に飲めるのだ。モスクの入口から五十メートル以内の場所で酒場を経営してはいけない、という決まりがあるそうだが、モスクの隣にあるバーも見た。

女性たちの服装は、若い人はほとんどが洋装で、顔はさらけ出し、ミニスカートの女性だっている。老人とか、田舎から来たらしい女性には、頭からベールをかぶったイスラミックな服装の人もいたが。

街には、時間になるとアザーン（お祈りを呼びかける声）がきこえるが、そう大音量ではなく、街中がイスラム一色というほどまでの感じはしない。もちろんちゃんとお祈りをする人が多いが、仕事中だったり、体調が悪い時などは自分の判断でパスしてもいいような感じである。

「私、この街になら住めるって気がするわ」

　と妻が言う。

「うん。インドは好きだけど、決して住みたくはないものな。ここなら、ぼくも楽しく住めそうな気がする。それどころか、住みたい外国の都市って、ここだけかもしれない」

「美しいものね」

「そして食べ物がおいしい」

「お酒が飲める」

「それは重要だな。そして住んでる人間が、ピリピリしてなくて、生活を楽しんでいるような気がするんだ」

「それがポイントかもしれないわね」

　妻はワインのせいで少し疲れがほぐれたような顔でこう言った。

「この旅行は、タダで来られてよかったけど、タダはタダなりに疲れるものなのね。イスタンブールをじっくり見られたのはよかったけど、そろそろ帰りたくなっちゃった」

「そうだな」

「でも、もう一度来たいって気はするの。次はちゃんと有料のツアーで、もう一度トルコに来ましょうよ。イスタンブールだけ見たんじゃ物足りないの」

「もちろん、そうするつもりだよ。この国のことをもっと知りたくなってきたから」

そんなふうに、二人の意見は一致した。疲れることもあったが、かなりトルコのことを好きになっていたのだ。

私の頭の中には、夕陽を浴びて茜色に輝くアヤ・ソフィアの景観がなんとなく浮かび上がっていた。

5

振り返って考えてみると、イスタンブールで私は、建築の魅力にかなりはまってしまったのだった。千五百年近い歴史を持つアヤ・ソフィアは別格と考えるべきだろうが、オスマン・トルコになって以来の、スルタン・アフメット・モスク（ブルー・モスク）や、スレイマニエ・モスクなどの、灰色の石でできているのに、大空間をふんわりと包んでいるような雰囲気のドーム建築に魅せられたのだ。

スレイマニエ・モスクは壮大で、内部の装飾も簡素ながら美しいものだ。やや小高いところにあるので、四本のミナレットを持つこのモスクが金角湾の畔からも見える。大きさではアヤ・ソフィアに迫るという見事なものである。

十六世紀にオスマン帝国第十代のスルタンとして、帝国の最盛期を築きあげたスレイマン一世のために造られたモスクである。

建築家の山本さんは、まるで自分の手柄を誇るように、いいでしょう、と説明してくれたものだ。こういうモスクは、内部に神学校や福祉施設をあわせ持っていたこととか、近くにバザールを設け、そこからの収益で運営されていた、などのことを教えてくれた。

それから山本さんは、このモスクを設計した建築家の名も教えてくれた。ほらここに、その建築家の廟があります、と案内もしてくれた。

ところが、別に予習がしてあるわけではなくて、きくことのすべてが耳新しいものだから、建築家の名前までは頭に入らなかった。名高い建築家もいたわけだろうな、ぐらいに思ってきき流していたのだ。

でも、運命的に知らなきゃいけない情報というのは、偶然を装ってむこうから近づいてくるものなのかもしれない。

私はその一回目のイスタンブール旅行を、写真を撮られるためにしているのだった。だから、その街に夕陽が沈もうとしている頃、夕焼けをバックにして撮影しようという日もあった。

金角湾にかかるアタチュルク橋の袂《たもと》、対岸にスレイマニエ・モスクの見える公園で、赤い夕焼けをバックにした写真を撮られた。

そして、その小さな公園をうろついてみたのだ。そうしたら公園の隅に、ターバンを巻いた男性の立派な銅像があった。

「これは誰の銅像ですか」

ときくと、山本さんの答えはこうだった。

「建築家のスィナンですよ。ほら、スレイマニエ・モスクを造った天才です」

このことで、その名は私の記憶にはっきりと刻み込まれた。

そして、旅行から帰ってから、いろいろと資料にあたって調べるわけだ。そんなふうに芸術や文化の歴史に触れていくのも、私には旅行の一部なのだ。

スィナン（シナンとも。一四九〇〜一五七九）は、オスマン帝国の建築家である。ミケランジェロとも比較される天才で、生涯に八十三のジャミイ（大モスク）と、五十一のマスジド（小モスク）、五十七のイマーレト（社会福祉施設）、十九のキャラバン・サライ（隊商宿）のほか、ハマーム（公衆浴場）、廟、橋梁《きょうりょう》、城塞《じょうさい》などを建設した。その影響はインドのイスラム建築にも及んでいるとされている。

細かいことはどうでもいいが、この建築家の存在によって、私の旅のスタート地のインドと、トルコとはつながっていたのだ。なんとなくイスラム建築が好きになっていたのは、スィナンの才能に圧倒されていたってことかもしれない。

スィナンの代表作は、スレイマニエ・モスクと、同じくイスタンブールにあるシェフザーデ・モスク、エディルネにあるセリミエ・モスクなどだそうである。

スィナンの仕事を少し面白く言うと、四角い建物にどうやって丸いドーム屋根をのっけるかについて、あらゆる手を考案し、なんとも優美にそれをやってのけた、ということになるかもしれない。

そのスィナンが、なんとかあれに勝る建造物を造りたいと、憧れていたのがアヤ・ソフィアなのだそうだ。そして、スレイマニエ・モスクでは、アヤ・ソフィアの大きさに肉迫したが、ほんの少し及ばなかった。

だが、エディルネにあるセリミエ・モスクでは、ついにアヤ・ソフィアの大きさを超えたのだそうだ。それこそが、スィナンの最高傑作と言われている。

残念ながら私は、セリミエ・モスクはまだ見ていない。でも、金角湾の畔の公園で偶然に建築家スィナンの銅像を見て、そのことによって、いくつも見たモスクが一本の系譜につながってきて、イスラム建築というものがわかってきた。しかも、スィナンの目標が、キリスト教の大聖堂であったアヤ・ソフィアだったと知って、二つの文化の融合を肌で感じる。

そういうことこそが、文化と歴史を見たい私の旅の楽しみそのものなのだ。

6

というわけで、タダで行けたイスタンブール旅行に続いては、ぜひとももう一度トルコに行き、普通の観光地をまわろう、という気になった。今度は旅行会社のツアーで、一九九八年の夏休みの頃のことだ。

その旅行に際して、私は前もっての予習ゼロで、基礎知識が何もなかった。私の旅行はいつもそうなのだ。行ってみるまで、その国のことを全く知らないのである。

十日間ほど旅行をするためには、たとえば週刊誌に連載を持っている時なら、二、三回分書きためて入稿しておくなど、出発前の何日か必死で働かなければならないのである。旅先について予習をしておくゆとりはないのだ。

こういう旅を何回かしてみて、私の妻はだんだんしっかりと予習をするようになった。行く前に、その国についての本を十冊近く読んだりして、ガイドの説明することはほとんど知っているというふうにまでなる。だが、まだこの頃は、妻も予習をしないで、見せられるものに驚き、ただ感動しているだけであった。

そういうわけで、トルコ旅行が始まる前、私はかなり見当違いの期待をしていたのである。その期待とはこうだ。

トルコへ行けば、ディープなイスラム世界が見えるに違いない。スィナンの造った見事なモスクを見たり、歴代のスルタンたちが造った庭園とか、廟とかを見たりするのだろう。イスラムの文化を肌で感じることができるのだ……。

なのにそれは全くの思い違いだったのである。トルコを旅行して見せられるのはそういうものではない。

イスタンブールには、イスラムの味わいがいくらかある。見事なモスクがいくつもあるし、トプカプ宮殿ではスルタンの生活ぶりがうかがえ、ハーレムとはこうなっているのか、なんてことも見える。広大な屋根付き市場であるグランド・バザールの、四千もの店が軒を並べ人でごった返している風景も大いにイスラムのムードである。

しかし、スルタンの住んだ都であるイスタンブール以外では、トルコへ行ってもイスラムの味わいなんてあまり感じられないのだ。特にエーゲ海や地中海に面した地方はイスラム色が薄い。正直なところ、初めはかなり拍子抜けした。

イスタンブール観光の次に、我々はエーゲ海に面したイズミールという都市へ飛んだ。アナトリア半島の西端であり、エーゲ海のむこうはギリシアだ。

イズミールは、イスタンブール、アンカラに次ぐトルコ第三の都市であり、湾岸道路にそったビルの高さが規制できれいに揃《そろ》っていて美しい街である。

そして、イズミールのホテルに一泊した我々が、バスで一時間半かけて行く観光地がエフェス（古代名エフェソス）だ。

広大な都市遺跡であるそこを一目見ただけで、イスラムとは何の関係もないことがわかる。そこには、列柱通りがあり、ニケのレリーフがあり、ヘラクレス門があるのだ。アゴラがあって、見事な図書館があって、丘の斜面を利用した円形大劇場もある。まごうかたなく、ギリシア及びローマの都市遺跡である。

エフェソスは、紀元前十一世紀末にイオニア人に拓かれた港のある商業都市なのだ。ギリシア文明のことを調べていると、イオニア人とかイオニア様式という言葉がよく出てくるが、イオニアとはアナトリア半島の西端のエーゲ海に面した地方の名なのである。そして、古代ギリシアは、イオニアまでを含んでいた。

イズミールの二百キロほど北にはトロイの遺跡もある。ホメーロスの『イーリアス』で知られる、トロイ戦争のあったあのトロイだ。つまり、アナトリアの西端はもともとギリシアだったということである。イスラム教どころか、キリスト教もまだ生まれていない頃から、イオニアはギリシア文化圏として栄えていたのだ。ギリシア哲学の中にイオニア学派という一派だってある。ギリシアの歴史家として有名なヘロドトスもイオニアの生まれなのだ。

そしてここは、アレキサンダー大王に攻め落とされてもいる。彼のシリア攻めの拠点となり、ヘレニズム文化が栄えた。そして紀元前一世紀頃からはローマの植民市となり、その時も大いに栄えた。円形大劇場や、音楽堂などはローマの植民市だった時に造られたのだろう。

今は海から離れているが、古代には湾がそこまで入り込んでいて、港町として栄えたのだ。

石造りの図書館は、残っているのはその正面部分だけだが、往時の規模をしのばせるもので、見事である。かつてはここに十二万冊の蔵書があったのだそうだ。アレキサンドリア、ベルガマ（エフェスとトロイのちょうど中間あたりのギリシア遺跡）にあるものと並ぶ三大図書館だったそうだ。夢中で写真を撮ってしまう。

そして私は、まだ狐《きつね》につままれたような気分でいた。私が来たここは、トルコなんだよなあ、なんて思ってしまう。しかし見物しているのはギリシアの都市国家なのだ。

その上、ここには一世紀に、キリストの弟子のパウロが来て布教活動をしたのだそうだ。また、同じく弟子のヨハネが、キリストの母マリアをつれてやってきた。

エフェスからバスで十五分ほど行った丘の上に、聖母マリアが晩年を過ごした家があって、そこも見物した。小さな教会があって、マリア像が安置してある。世界中からキリスト教徒が見物に来ていた。

そこが本当にマリアの暮した家かどうかについては異説もあるのだが、ローマ教会はそこを聖地と認めているのだそうだ。

もうお手あげである。ギリシア、ローマどころか、キリスト教関係の史跡まで出てくるのだ。トルコで見えてくるのは世界史なのである。

7

考えてみればそれが当然のことであった。前にも言ったが、トルコ人がアナトリアに来るのは十一世紀からなのである。初めはセルジュク・トルコが、次にオスマン・トルコが来て、十五世紀にイスタンブール（コンスタンティノープル）を陥落した。だから、古代アナトリアにトルコ人は関係ない。

そして、イスラム教が誕生したのは七世紀のことである。古代ギリシアやローマの時代にはイスラム教はまだこの世になかった。

つまり、古代のアナトリアは、西半分がギリシア世界で、東半分は、背後にメソポタミアをひかえる地方だった。メソポタミアの東隣のペルシアが勢力を拡大して迫ってきたこともある。ありていに言えば、アナトリアはギリシアとペルシアの境目だったのだ。

そして、西アジアに生まれたキリスト教が、ローマへと広がっていった時の通り道でもあった。さらにまた、シルクロードの一本が通っていたところでもある。

そういうわけで、あそこはギリシア・ローマ世界の辺境でもあり、すぐ隣でもあるという性格の土地だったのだ。それがたまたま、今はイスラム国のトルコになっているというだけなのである。

イズミールをあとにして、我々は一面に畑が広がり、ところどころに糸杉の生えるゆるやかな谷の間の道を内陸へと東に向けてバスで行く。二百キロほど行ったところがパムッカレだ。

真っ白い大きなテーブル状の、石灰棚が何層にも重なっている珍しい景観でパムッカレは知られる。つまり、なだらかな斜面を、石灰分を多く含むぬるい温泉がつたい流れるのだと考えればいい。流れるうちに水中の石灰分が、テーブル状の棚を作るのだ。それが一面に広がって、他にはない面白い景観になっている。

私たちはその石灰棚を、すねまで水につかって歩いてみた。水は、なまぬるい程度で、温泉だという気はしない。しかしノリのいい外国人観光客の中には、水着になって肩までつかっているような人もいる。

あそこへは、最近はもう、汚れないように人を入れなくなっている、という情報をきいたような気がする。それか、入れるところがごく一部に限定されているんだったか。

とにかく、もしあそこに入ることになった人に私が言いたいことは、これだ。痛いですぞ。

白い棚を汚してはいけないので裸足で入るのだが、水の底に小さな石灰石がいっぱいあって、足の裏が痛くってたまらない。そろそろと歩いては、

「痛っ、あーっ、痛てて、痛っ」

と悲鳴をあげてのたうちまわった。それはなんだかヤケクソ的に楽しいことだった。

ところで、パムッカレは石灰棚だけで名高いのではない。そこには、ヒエラポリスという、古代ローマの都市遺跡があるのだ。そして近くに、ネクロポリス、死者の街、という意味の墓地がある。台の上に飾った大きな石棺や、家族全員用の家の形をした墓が、一面に広がるというちょっと異様な光景だ。ローマ時代の金持ちの石棺がいっぱいあって考古学的な価値が高い。

「どうしてここに、ローマ人の死者の街があるのでしょう」

と、現地ガイドで、日本の大学に留学していたことのある、二十代の独身女性のフーリエさんが言う。

「それは、ここが温泉だからです。温泉は病気治療にいいでしょう。だから、ローマ帝国中のお金持ちの老人が、ここに療養に来て住んだんですね。そしてここで亡くなっていくから、ここに埋葬され、ネクロポリスができたんです」

そういうことなのだ。まさしくここは、その昔ローマ社会だったのだ。

もちろん、今はそうではない。有名な遺跡へ行くためにバスで移動中に、窓の外を見ればそこには畑が広がっていたり、小さな村があったりする。トルコの内陸部はどちらかと言えば乾燥していて山は禿山《はげやま》だし、畑にも水が乏しいように見える（後に行くことになる東トルコはそれとは別）。しかし、実はトルコは豊かな農業国で、国民のすべてを養える量の二倍の農作物が穫れ、輸出をしているのだそうだ。

そういう村には、ちゃんとモスクがあって、ミナレットが建っている。フーリエさんの説明では、田舎へ行くほど信仰心が強いので、ミナレットが高いのだそうだ。トルコのミナレットは細くて先が尖《とが》ったペンシル型である。そういう景色にイスラムのムードを感じることはできる。

しかし、そんななんでもない村のモスクを見物するってことはないわけで、バスが到着して見るのはギリシア遺跡とかローマ遺跡ということになるのだった。それがトルコ旅行なのだ。

パムッカレの次に我々が行ったのは、二百キロ程東南に進んだ、地中海に面するアンタルヤという街だった。トルコの地中海リゾートの中心地で指折りの観光地だ。泊ったホテルは自家用のビーチを持っていて、地中海で泳いでみることもできる。

しかし、日本人観光客というのは、リゾート地でゆったりくつろぐ、ということをあまりしない。ついガツガツと遺跡めぐりをしてしまうのだ。

それでいいのだ。私の頭の中では、トルコと古代ローマの間になんとか折合いをつけようと思考が大混乱しているんだから、地中海で泳いでいる暇はないのだ。

アンタルヤからほど近い、ペルゲという遺跡と、アスペンドスという遺跡へ行った。どちらもローマ遺跡で、ペルゲでは古代の競技場や劇場を、アスペンドスでは大劇場や、アゴラの跡を見た。列柱通りがあったり、住居跡があったり、その床にはモザイク画の装飾があったりする遺跡である。ローマ人の街だからもちろん浴場もある。

私と妻は自由時間に、アンタルヤの考古学博物館へ行ってみた。展示してあるものはほとんどローマ時代のもので、床のモザイク画と、人物像をレリーフした見事な石棺が豊富にあり、見ごたえがあった。そして見物後、博物館からホテルまで歩いて帰って何の危険性もない。アンタルヤの旧市街はトルコの中では少しこわいところだときいていたのだが、何のトラブルもなかった。トルコはとてもリラックスした気分で旅行できる国なのだ。

8

いちいち食べたもののことまで書いていられないが、相変らず平均的においしい。海が近い街ならシーフードが食べやすく、そうでない街の肉料理だって完成度が高い。

　私たち夫婦はアンタルヤからの移動の途中に立ち寄ったドライブインで、日本語で書かれたトルコ料理の本を見つけた。トルコの観光局が編集したものだった。八ドルもしたのだが思わず買ってしまい、そのおかげで、私たちは日本に帰ってからしばしばトルコ料理を作るようになったのである。

　バスで移動中にフーリエさんがバスを止め、道端でいちじくを売っているおじさんから買って、みんなにふるまってくれたこともあった。それが、小粒で皮も青いのに、雑味がなくて素晴しくおいしかった。この国になら住めるかも、と思うのはそんな時だ。

　別のところへ向かっていて、バスの運転手がメロンをおごってくれたこともあった。メロンといっても、小ぶりの西瓜《すいか》ぐらいの、黄色い瓜《うり》である。それを大きなナイフで切って食べろとすすめる。試してみたら水気が多くてほどよく甘く、思わず「チョク・イイ」と言ってしまった。運転手は嬉《うれ》しそうに笑った。「チョク・イイ」は「すごくうまい」という意味のトルコ語である。

　トルコ語はどういうわけか日本人に覚えやすいようである。トルコ語というのは日本語と同じウラル・アルタイ語族に分類できるもので、ペルシア語やアラビア語とはそこが違うのだ。だから、日本語と語順が同じである。「チョク・ソウク・ビラ・イスティオルン」という言葉をこの旅行中に私は何度も口にしたのだが、これは語順もそのままに「すごく・冷たい・ビール・下さい」の意味である。

「おはよう」は「ギュナイドン」。

「こんにちは」は「メルハバ」。

そして、トルコ語は英語と同じアルファベットを使って表記する。かつて、オスマン帝国時代には、トルコ語をアラビア語の文字を借りて表記していたのだが、二十世紀初頭のトルコ共和国建国の時に、建国の父ケマル・アタチュルクが、アルファベットを使うように変えたのだ。

だから街の中で目に入ってくる看板の文字が英語と同じアルファベットで、中東でもあるけどヨーロッパの始まりでもあるような印象になっている。

言葉はトルコ語のままで、文字だけアルファベットを使うことにより、面白いこともおこる。それだと外来語が、ローマ字みたいな表記になるのだ。

トルコのタクシーには、TAKSiと書いてある。TAXIを外来語として取り入れて、その音をアルファベットで表記するからなのだ。面白いのはOTO、という表記が街のいろいろなところに見られたのだが、これがなんとオート（AUTO）から来ていて、自動車という意味なのだ。

トルコ人はやっぱり日本人に好意的である。もちろん、そうは言っても大都市の裏通りなどで、声をかけられてのこのことついて行ったりしてはいけない。高いものを買わされたり、女性なら身の危険もあるかもしれない。それは、世界中のどこへ行ったって用心しなきゃいけないことである。

そんなことさえしなければ、トルコ人は日本人を好意的な目で見てニコニコしてくれる。

イスタンブールだけ行った時の記述の中で、トルコ人が日本人について好意的な理由がいろいろ考えられると言って、そのうちのひとつしか書かなかったので、ほかの推理も並べてみよう。

ひとつには、一八九〇年にトルコの軍艦エルトゥールル号が、日本の和歌山県東牟婁郡《ひがしむろぐん》串本町の大島の近くで遭難した時、島民が総出で救助にあたり、死亡した者は手厚く葬ったという出来事があるのだ。その縁で大島には遭難之碑や、トルコ記念館がある。そしてこの話が、長らくトルコの小学生の教科書に載っていたらしいのだ。そこから、日本人はいい人だ、という認識になっているのだという。

別の説。トルコ語と日本語は同じウラル・アルタイ語族である。トルコ人はもともとは中国の辺境にいた民族だった。そこから、トルコ人は我々と日本人は近い民族で（どちらも侍魂を持っている）、日本人は東へ行き今の地に着き、我々は西に来てこの地にいる、と考えるのが好きなのだそうだ。だからこそ、日本人は太陽を国旗に描き、我々は月（トルコの国旗は三日月と星を描いた新月旗）を描いているのだと。面白い説ではある。

また別の説。これはシンプル。トルコでもテレビ・ドラマ『おしん』が大変な人気になったから。

でも、いろいろな説があるうちで、あるトルコ人男性が私に言った次のような説明こそが、最も事実に近いのかもしれない。

「トルコに仕事で来た日本人とつきあってみて、どの人もすべて、誠実でよく働き、正直でいい人なので、好きになってしまうのです」

いつまでもそう思っていてもらえると嬉しいのだが、と心から思った。

そういうトルコを、我々はのんびりと旅している。割に楽な日程のゆったりツアーだったのである。

アンタルヤからは飛行機で首都のアンカラへ飛んだ。アンカラにあるアナトリア文明博物館は、ここには古代、ハッティ人がいて、ヒッタイト王国も栄え、アッシリアに統治されていたこともある、なんてことを教えてくれるのだが、それらについてまで考えるのはよそう。頭がパニックをおこしそうだから。

それから、アンカラでは建国の父ケマル・アタチュルクの棺が納められているアタチュルク廟を見た。やけに四角く角ばった壮大なものだが、現代のトルコ史の複雑さに引きずり込まれるのもつらいので、あまり深くは考えないことにする。とにかく、今のトルコはアタチュルクの作った国だ、とだけ承知して、次の観光地へ行こう。

9

アンカラからバスでカッパドキアに向かう。トルコにも鉄道はあるが遅い上に、ひどく遅れるのだそうで、バスでの移動が中心になるのだ。

途中でバスは大きな湖にさしかかる。トルコ第二の湖トゥズ湖だ。二番目の大きさとは言っても、琵琶湖の二倍以上ある。

この湖の岸辺は地面が真っ白である。実はトゥズ湖は塩分濃度三四パーセントの塩湖で、白い岸辺はすべて塩なのである。

バスを停め、塩を好きなだけ採って下さいということになった。おいしい塩なのだそうだ。

私はボールペン一本を犠牲にして、ビニール袋に氷嚢《ひょうのう》一個分くらいの塩を採った。そしてそのことを今も後悔している。

その塩を持って帰って使ったところ、非常においしかったのだ。私が塩の味に目覚めるきっかけになり、それ以来私は十種類ぐらいの塩を料理によって使い分けるようになった。

トゥズ湖で採った塩は、大事に使っても三年ぐらいで使いきってしまった。あの時、無尽蔵にあるというのに、どうして氷嚢一個分くらいしか採らなかったのだろう、というのが私の後悔だ。子供の枕ぐらい採っている人だっていたのに。今でも時々、塩を採りにトゥズ湖に行きたい、とバカなことを考えてしまう私である。

さて、トゥズ湖をあとにして、アナトリア中央部のカッパドキアへと到着する。カッパドキアと呼ばれる地域はかなり広く、見どころは広い範囲に分散している。

とにかく初めて見る人なら、目を疑うような奇観の土地である。大地に、にょきにょきと巨大な茸《きのこ》のような岩が突き立っているのだ。人の住む家ほどの大きさの岩が、ほぼ無数にある。本当に茸に似ているものでは、白い軸の上に茶色い笠のようなものがのっている。

そういう岩をくりぬいて中に人が住んでいるところもある。まるでおとぎの国のようなながめだ。

数億年前に、近くの火山の大噴火があり、火山灰と溶岩の重なった地層ができたのである。そして、長い年月をかけて、洪水などによる水の力によって浸食されたのだ。火山灰の地層は軟らかいので、蟻塚《ありづか》のような奇妙な形になった。硬い溶岩層が上部に残って茸の笠のようになった。

見飽きない光景だった。これはコダックとフジフイルムが共謀して作った景色なんじゃないかと思うほど、写真を撮りまくってしまう。

そして、ここにあるのはただ奇岩の光景だけではないのだ。ここにも歴史があるのだった。

カイマクルというところに、地下を掘り進んだ地下都市があって、夢でも見ているような気分で見物した。地下に八層をなす蟻の巣のような都市だ。ホールもあり、居住室、キッチン、貯蔵庫、教会、集会場、墓などまで完備されている。迷路のような狭い通路を、腰をかがめて下りていくのだ。

なぜ地下に都市があるかというと、ここに住んでいたキリスト教徒が、イスラム教徒のアラブ人に襲われるので、地下に隠れ住んだということらしい。

つまり、四世紀頃からこのあたりにはキリスト教徒が住んでいたのだ。だから、近くに岩をくり抜いた教会や、修道院もあって観光スポットになっている。

なぜこんな何もない岩山に住んだのかというと、どうも彼らは修道院生活をする人たちだったらしい。ここには古い形の修道院制があったのだ。

そして、七世紀になってアラブ人が襲撃してくるようになり、地下都市に逃げたのだ（地下都市はもっと古く、ヒッタイト人が作ったもので、彼らはそれを利用し、修繕した、とする説もある）。

アナトリアの中央部で、キリスト教の古い修道院制と出会ってしまったのだ。なんて歴史の濃いところなんだろうと、あきれるような思いすらわく。

カッパドキアにいたキリスト教徒たちは、一九二三年、トルコとギリシアの住民交換政策により、ギリシアへ渡ったのだそうである。だから今のカッパドキアにはキリスト教徒はいなくて、ただ生活と信仰の跡が残っているばかりだ。

トルコは見飽きるということがない。思いもかけないものがいくらでも出てくるのだから。世界の歴史の縮刷版のようなところに、今はイスラム教徒のトルコ人が住んでいるという不思議さもある。

私のこの旅行は、初めて本格的なイスラム国へ来て、そこから世界史をのぞく、というような意味あいのものになった。そして、だからこそ今まで見えていなかった世界史の一面が見えてくる、という感想を持った。

私もそのうちの一人だったのだが、日本人はイスラム教のことをほとんど知らない。イスラム国で人々がどんなふうに生活し、どんな思想を持っているのかなど、想像もつかないのではないか。

だがそこへ行ってみると、我々とは少し様子の違うところがないわけではないが、人々はちゃんと平和的に、文化を持って生活しているのだ。そして歴史の中で、他の宗教の人々とだってつきあってきている。

まるで歴史を今まで知らなかった裏から見ているようだ、と私は思った。こっちから見て初めてわかることもあるぞ、と。

細かいことはおいおいに語っていくが、たとえば、コーヒーもアイスクリームもイスラム文化圏で生まれたものだと初めて知って、我々は世界史の半分しか知らなかったのだ、と気がつくのだ。ロンドンにコーヒー店がオープンした時のこととか、マリー・アントワネットがアイスクリームを食べたなどのことが世界史だと思ってしまっていたのだ。

イスラムの諸国を順番に見ていきたいな、と私は思うようになった。トルコはイスラム国の中では最もヨーロッパに近いムードの国だが、それでもそういう感想を持ったのだ。

そのことがきっかけになって、私と妻のもうひとつの世界史を見つけていく旅行が始まることになった。

オアシス・コラム② お茶、コーヒーのこと

この本に出てくる国はスペインを除いてチャイ（エジプトではシャーイと呼ぶ）の国である。トルコではチャイはチャイハネで飲むほか、出前もあって商店で買い物をする時などにも熱いチャイを出してくれる。小さなガラスのコップに受け皿のついた専用のティーカップで飲む。トルコ、イラン、アラブ圏などはだいたい同じである。トルコのチャイは濃く煮出した紅茶をお湯で適度な濃さに薄めたもので、香りはあまりないが味はいい。トルコ人は砂糖をたっぷり入れて飲む。アラブ圏の人たちも砂糖は大好きなようで、どこで飲んでも甘いことが多い。

ウズベキスタンで飲むのは緑茶である。といっても日本の緑茶とは異なり、薄い茶色をしている。味は薄い番茶のようなもので、たっぷりと砂糖を入れて飲む。少量の茶葉で大きなポットいっぱいのお茶を出すのでとにかく薄い。

イランの古いスタイルのチャイの飲み方は、面白い。五百円硬貨ぐらいのべっ甲飴のような砂糖を口にふくみ、それをチャイで少しずつ溶かしながら飲むのだ。ところがチャイをふくむと砂糖はすぐに溶けてしまうし、薄いので割れてしまうし、なかなか上手に飲むのはむずかしい。イスファハーンのザーヤンデ川のジューイ橋にあるチ

ャイハネで体験できる。

シリア、ヨルダンのあたりはミント・ティーがおいしい。濃いチャイにミントの葉を数枚入れてくるか、テーブルの上にミントの葉の入ったグラスが置かれていて、自分の好みの量を入れられるようになっている。モロッコでは初めから茶葉と砂糖といっしょにミントの葉をひとつかみポットに入れて茶をいれる。

インドでは、最近はイギリス製のティーバッグも多いが、マサラティーは素焼きの器に入れて出してくれる。シナモン、ナツメグ、カルダモン、生姜など香辛料の配合は店によって違うが、熱々のミルクティーで砂糖は初めから入っていてかなり甘い。

さて、コーヒーのほうの情報だが、トルコにはトルコ・コーヒーといって、粉を煮出して、漉さないで、ザラザラの粉入りのまま出す、ということはよく知られているだろう。オスマン・トルコに支配されていた国には、トルコ・コーヒーと同じいれ方をしたコーヒーがある。

トルコでも、ホテルでなら粉のない澄んだコーヒーが注文できるが、そのものの名前はネスカフェである。本当にネスカフェのコーヒーが出てくるので驚く。

イエメンではネスカフェ以外のコーヒーを出す店がある。イエメンはコーヒー発祥の地（という説がある）なのだ。カルダモンと生姜を入れるのがイエメン式である。

・第二章・

ウズベキスタン

――― 内陸シルクロードの旅 ―――

サマルカンドのレギスタン広場。写真左のものが最も古いウルグベク・メドレセ。右がライオンの描かれたシェルドル・メドレセ。偶像崇拝を禁じているイスラム社会では、ライオンという動物を描いていることに大いに批難が出たそうだ。それで中央のティラカリ・メドレセが建てられたのだという説もある。

1

一度目の、イスタンブールだけを見物して写真を撮られまくった旅行の時のことだ。こんな写真も撮っておこう、ということで、旧市街の水パイプの喫煙店へ行くという体験をした。

水パイプというのは、ガラス製の五合瓶ほどの瓶に水が入っていて、吸ったタバコの煙を一度ボコボコと水の中をくぐらせ、長いチューブを通して、吸い口から煙を吸うというものだ。水の中をくぐらせる方式のでっかいパイプだと考えればいい。装飾がいろいろついていて、高さは七十センチぐらいある。

パイプのてっぺんの素焼きの炉のようなところにタバコの葉をつめ、その上に火のついた炭のかけらをのせる。そうしておいてから店員が、客の吸うところに口をつけては不衛生だということからか、自分専用のキャップを吸い口にかぶせて何度も大きく吸ってくれる。するとタバコが燃焼していき、煙が水の中をくぐり、吸い口までやってくる。そうなってから、カバーの役のキャップをとって、客に吸い口をわたしてくれるのだ。吸ってみると、煙が水中をくぐっているせいでマイルドになっている。ただし、吸い方が弱いとあまり煙が入ってこず、大きく吸えば疲れる。もたもたしていると火が消えてしまって、また店員に吸ってもらわなければならない。

そんなわけで、なかなか大変なタバコであった。私は、それを吸っている写真を何枚も撮られてから、ちょっと休憩、と言って自分のマイルド・セブンを吸って笑われた。

ゆったりと煙をくゆらせて、小一時間も楽しむというのがトルコ人のやり方で、喫茶店ならぬ、喫煙店というものがあるわけだ。ただし客のほとんどが老人であり、そういう店はもうほんの一、二店あるだけだ、という話だった。

店内を見まわしているうちに、ガラスのケースの中に水パイプのアンティークのものが売られていることに、妻が気づいた。そこで二人で、緑色の装飾柄のついたものを選んで買った。

その買い物は大ヒットだったと、あとになってわかった。有名なグランド・バザールの中には、水パイプを売っている店もいっぱいあるが、それは観光客用の今できのものなのだ。そして、そう安くもない。

なのに喫煙店にはアンティークでデザインも見事なものがあり、思いのほか安く買えたのだ。

持って帰るのに一苦労した、というのはまた別の話としてあるわけだが。

そしてなおも見まわしてみると、喫煙店の中庭をはさんで、いくつか土産物店があって、色々と面白いものを売っている。

妻がその中で目をつけたのは、珍しいデザインの飾りベルトのようなものだった。そのものの説明がむずかしい。と言うのは、今それは私の家に飾ってあるのだが、今もって何のために、どのように使うものなのかわかってないのだ。

黒の木綿の、組み紐《ひも》のようなものである。ひとつは長さが一・二メートルぐらいで、もうひとつは一メートルぐらい。

黒いベルトの先に、ビーズがついていて、房のようにして飾ってある。短いほうは、細い紐が十五本くらいに分かれて下がっていて、ビーズと房の飾りだ。

民族衣裳《いしょう》の、祭りの時の装飾品なんだろうか、という気もする。若い娘さんが肩にかけたり、腰に巻いたりしたのかもしれない。ひょっとすると家の中で、壁にかけたりする飾りなのかもしれないが。とにかく、民芸品としてできがよく、気に入ってしまったのだ。これはどこの、どういうものなのか、と店主にきいてみた。

だが、何のためのものなのかはわからなかった。ただ、どこのものなのかはわかった。

「ウズベキスタンへ行って仕入れてきたんだよ。あっちじゃまだ生活が苦しいから、安く手に入るんだ」

なんでトルコ人がウズベキスタンへ行って民芸品を仕入れるのかと、私は怪訝《けげん》な顔をした。

「ウズベキスタンとはこれから結びつきが強くなるんだよ。あそこはトルコなんだから」

いろいろ話をきき、後で勉強もしてわかったことを整理して説明しよう。

一九九一年にソ連が崩壊して、ロシアという国に戻った。そしてその時、中央アジアで、それまでソ連に呑《の》み込まれて共和国となっていた国が、五カ国独立したのだ。それが、キルギス、タジキスタン、ウズベキスタン、トルクメニスタン、カザフスタンだ。

それらの国々の独立のことを、トルコ人は我らの仲間がやっと独立できた、と受け止めているのだ。なぜなら、中央アジアはトルコ人が中国辺境から出て、西へ西へと進んできたその通り道だからだ。仲間のうちの、途中でとどまったのが彼らだ、という感覚らしい。

その中でも特にウズベキスタンは、使っているウズベク語が、トルコ語に近いもので、確実に同じ民族だという気がしているのだ。

大トルコ主義、という考え方がトルコにはあって、我らの同朋は中央アジアや西アジアに広がって多数いるのだ、と考える。そういう考え方からいっても、ウズベキスタンはやっと自由になれた弟のような気がするらしい。そんなことがわかってきた。

そしてこの、イスタンブールの喫煙店でウズベキスタンの民芸品を買ったという体験が、私を旅の次の目的地へと導いてくれたのだ。

トルコの次には、トルコ人のルーツだとも言えるようなウズベキスタンへ行こう。そしてまた考えてみれば、そこはインドにあったイスラムの国ムガール帝国の、開祖バーブルの出身地でもあるのだ。ウズベキスタンのフェルガーナ地方がバーブルの故郷で、もともと彼はサマルカンドを支配したいという夢を持っていた男だ。だがそれがかなわなかったので、南下してインドを奪ったのである。

これまで行った二つの国の、どちらにとってもルーツのようなところ、それがウズベキスタンだ。生まれて初めての、中央アジアへの旅である。

2

ウズベキスタンのことは知られていない。そこへ行くのだと十人くらいの人に話してみて、やっと一人が、サマルカンドというチムール帝国の都があったところですね、と知っていた程度。もう一人が、サッカーのワールド・カップ（一九九八年）の予選で対戦して日本が勝ちましたね、ということを知っていた。あとの八人は、それはどこですか、という反応を見せた。

それほど知られてないのに、そこへ行くという旅行会社のパッケージ・ツアーはあった。もっとも、申込客が定員に達してツアーが成立するのは、日本のゴールデン・ウイークの時と、盆休みの時の年二回だけだと言っていたが。

そんな国へ行くツアーがちゃんとあるのは、旅行好き、及び歴史好き、もしくは中央アジアのシルクロードを愛するロマン好きの人にとって、サマルカンドという地名がある種、憧れのものだからだ。

チムール帝国の創始者チムールによって作られた、青の都サマルカンド。

とは言うものの、それは行ってからわかったことだ。例によって私は、何の予備知識もなくただ運ばれていく。一九九九年のゴールデン・ウイークの頃だった。

日本からの直行便はなく、韓国のアシアナ航空がウズベキスタンの首都タシケントへの便を持っているというので、ソウルで乗り替えて行った。なぜ韓国はそんな国への便を持っているのかについては、いろいろとわかってきてから書く。

まず、首都のタシケントに着く。その街の旧市街はともかく、新市街を見るだけならば堂々の大都市だ。道が広くて、なんとなくソ連の都市だなあ、という印象だった。ただし、少し不景気な感じが、ビルのガラス窓が破れていると、ベニア板で補修してあるようなところからうかがえる。

とにかくタシケントは、地下鉄もあるし市電も走っているという都会だ。そして、ロシア系の人が多くて、若い女性なども、スカーフをかぶったりはしていない。なぜなのか知らないが、私の行った九九年頃はやけにミニスカートが流行していて、若い女性のほとんどがそのスタイルだった。赤と白の水玉柄もはやっていた。

とりあえずそこに一泊して、翌日私たちはバスでサマルカンドへ向かった。ゆったりと何もない田舎道を行く。ちょうどその地の新緑の頃だった。あちこちに、赤い野生のひなげし（アマポーラ）が咲いていた。

田畑に水を引くための、ブリキで造ったようなちゃちな用水路が敷かれていたが、あちこちで穴があいて水がこぼれていた。電柱は細い四角柱のコンクリート製でなんとなく弱々しい。言っては悪いのだが、国ができたばかりでまだ貧しい、というムードがあった。

しかし、サマルカンドに着いてしまえば、さすがに見る物も多く、豊かである。

中央アジア、ウズベキスタンあたりの歴史を、ごく簡単にまとめておくところだろう。そうしておかないと、幻の国で幻の遺跡を見ているようなことになってしまう。

もちろんあのあたりにも、太古の昔から人は住んでいた。四万年前の旧石器も発見されているのだ。

紀元前八世紀にはスキタイ系遊牧民が中央アジアを支配した。黒海北岸を中心としたスキタイ人の文化では、黄金の装飾品が有名である。ところがその金は、主に現ウズベキスタンのブハラのあたりに産したものらしい。つまり、金の産地として重要で、古くから人の行き交う地方だったのだ。

その次に、アケメネス朝ペルシアに支配され、ゾロアスター教徒のソグド人が住んだ。ところが紀元前三二九年に、アレキサンダー大王がサマルカンドを攻略する。

紀元後一世紀中頃、大月氏《だいげっし》がクシャナ朝を興し、仏教が広がり、ガンダーラ仏が生まれる。そこからは、唐が進攻してきたりして、中国とあれこれあった時期だ。玄奘三蔵《げんじょうさんぞう》もインドへ行くためにウズベキスタンを通った。唐と戦争をして勝ち、紙の製法を知り、中国以外では最初の製紙工場がサマルカンドにできたりした。

ところが八世紀からは、アラブが進攻してきて、イスラム教が広がる。九世紀にはイラン系のサマン朝ができ、十世紀にはトルコ系のカラハーン朝の支配を受ける。

一二二〇年、チンギス・ハーンの西征によって、サマルカンドとブハラは壊滅する。それ以後は、チャガタイ・ハーン国だった。

ところが十四世紀に入り、モンゴルの大臣の子孫だというチムール（一三三六～一四〇五）が出現し、一三七〇年に中央アジアを統一してチムール帝国を建国した。そして彼は生涯絶えまのない征服戦争をして、東は中国の辺境から西はアナトリア（現トルコ）まで、北は南ロシアの草原地帯から南はインド北部に至る、中央アジア史上空前の大帝国を建設した。

チムールは征服地から職人や芸術家を連行して、首都サマルカンドに壮麗な建造物を造らせた。また、一流のイスラム学者たちをサマルカンドに強制移住させるなどし、そこをイスラム世界の中心地とする努力をした。その努力があったからこそ、幻の都サマルカンド、が出現したのだ。

そのチムールが葬られているグリ・アミール廟を見物。イーワーンの門を持ち、ドーム屋根を持つイスラム建築である。二本のミナレットもある。中には、チムールとその一族の墓があり、地下に墓所がある。

ここのドームは六十四のひだを持つ珍しい形で、青いタイルで飾られている。サマルカンドが青の都と言われるのは、チムールの好みで、青いタイル屋根の建造物が多くあるからである。

3

レギスタン広場はサマルカンドの見所のひとつである。大きな広場をはさむようにして、三つのメドレセ（神学校。マドラサとも言う）が、コの字の形に向かいあっている。そのうちいちばん古いのは、ウルグベク・メドレセで一四二〇年に建てられたものだ。ウルグベクはチムールの孫であり、天文学者として名高く、学問を奨励した。あと二つのメドレセは、楼門にライオンが描かれているシェルドル・メドレセと、星が描かれているティラカリ・メドレセで、共に十七世紀に建てられた。とにかく、三つの巨大なメドレセが向かいあう景観は他に類を見ないもので、壮大である。それぞれのメドレセの中に入って見物することができ、中には土産物屋などがある。どのメドレセにも言えることは、タイル装飾の華麗さである。

また、この街には中央アジア最大のモスク、ビビハニム・モスクがある。チムールが寵妃《ちょうひ》ビビハニムのために建設したものだ。このモスクのドームも青いタイルで飾られていて美しい。ただし、あまりの大きさのせいで、このモスクは建てた当初から煉瓦が落下して破損が著しいと言われているのだが。

さて、イスラム国へ行って見物する建造物は、主にモスクか、メドレセか、廟である。ところが我々の素人目《しろうとめ》には、その三つの区別がつきにくい。どれも、楼門があって、イーワーンというアーチ型のくぼみの入口があって、ドーム屋根を持っているものである。ミナレットがあることも多い。

その三つを区別するためには、モスクならば堂内と中庭に、お祈りをするための広場がある、と考えればよい。そしてメドレセは、中庭を囲んで回廊部分があり、そこが学生のための小部屋の並びになっている。学生二人につき一部屋だったのが普通だ。そして廟ならば、墓石か、棺がある。

ビビハニム・モスクも、グリ・アミール廟も、ソ連時代に訪れた人が撮った写真で見ると、ほとんど廃墟《はいきょ》寸前の荒れようである。ある意味、味わいがあるとも言えるのだが。それが、九一年に独立してから、これからは観光を国の経済の柱のひとつにしようということで、大急ぎで修復したものなのだ。ビビハニム・モスクの修復は現在も進行中である。

チムール以後の歴史を簡単にまとめてしまおう。一五〇七年にチムール帝国が滅びてからは、中央アジアの小さな王朝がいろいろに移り変った。ヒヴァ・ハーン国などが多少は知られている。

ところが世界では大航海時代が始まり、中央アジアを通る内陸シルクロードの重要性がだんだん減じていき、少しさびれかけるのだ。そしてそこへ、帝政ロシアが来る。

十九世紀に帝政ロシアが来た時、中央アジアの人々は鉄砲を持っておらず、易々と支配されてしまったのだという。そしてロシアがソ連になっても、ウズベキスタンなど中央アジアの国々はソ連の一部分だった。ウズベク共和国はソ連の中で綿花を生産するところと位置づけられ、綿花ばかり作っていたのだ。

そして、九一年にソ連から独立したわけだ。つまり、私が見たのは独立後八年目の若々しい国だったのだ。

サマルカンドのシャーヒ・ズィンダ廟群というところは、小高い丘に、かつての王や王妃の廟が建ち並ぶ聖地だ。日本で言えば高野山のような霊場で、観光地というよりは、その国の人もお参りに来る宗教地区である。丘の上には現在の墓地も広がっている。

そして、シャーヒ・ズィンダ廟群にほど近いところに、アフラシャブの丘、という何もなくて、ただ草が生えているだけの丘がある。そここそが、実はかつてサマルカンドの街だったところなのだ。十三世紀にモンゴル軍がやって来て、そこにあった街を壊滅させ、それ以来そこは何もない草原なのだ。見物していて、ついモンゴルの破壊力、というものについて考え込んでしまう。

モンゴルは元《げん》から西アジアに至る大帝国を作りあげた。だが考えてみると、どこにも帝国の面影を残してはいないのだ。モンゴルが残した遺跡、というものは中国の元時代の遺跡を別にしてほとんどない。

彼らは既存の街を破壊するだけで、自分たちの痕跡《こんせき》をどこにも残していないのだ。ただ馬を養うための草を求めて移動するばかりだったのである。そしてモンゴルの王たちは、巨大な天幕を張ってそこに生活した。移動する時は天幕をたたんで持ち運ぶのだ。だからどこにも宮殿を造らない。

ただ移動するだけだったモンゴルと、サマルカンドをイスラム世界一の都にしようとしたチムールとはそこが大きく違う。

面白いことが見えてくるものである。

4

ウズベキスタンは、初々しい国である。ソ連から独立して、何もかもゼロから始めたばかり、という感じなのだ。そして時々、ソ連のなごりを感じる。

たとえば空港の職員がおっそろしく尊大で、いい加減な仕事をもたもたとやる、というようなところがソ連っぽいのだ。そして、お土産としてマトリューシュカを売っている。

国を、西へ行けば行くほどトイレット・ペーパーがごつくなってきて、とてもお尻をふけたものじゃなくなってくるのもソ連っぽい。

しかし、ウズベキスタン人には、素朴で人ずれしていないよさがある。我々外国人旅行者が歩いているのを見ると、あっ、という顔をするのである。あっ、外国人だ、と思って、緊張して声もかけられない、という感じだ。かなり昔の日本人にあったような態度である。

ブハラのホテルの売店で、陶器の皿を買おうとしたら、売り子が緊張してしばらく我々と目を合わさないように逃げていた、というぐらいの外国人への不慣れさなのだ。

全体的に、まだまだ貧しい。もちろんそんなことで国を評価してはいけないが、その街のまずまずのホテルに泊っていて、レストランで見るフォークやナイフが、アルミ工場でガチャンガチャンと打ち出したような、ペナペナのものだった。

バザールへ行ってみると、電球とかトイレット・ペーパーとか石ケンなどが、一時代前のもの、という感じ。使用ずみビニール袋を安く売っていたりする。

料理はあまりおいしくない。と言うか、正直なところかなりまずい。大きく分ければトルコ料理と同じ系統なのだが、洗練されていないとはこういうことなのか、と思ってしまう。

トルコでいうシシケバブと同じ、羊肉を串に刺して焼いたものがシャシリク、という名でよく出てくるのだが、なぜか味つけが悪い。

油で揚げるような料理が多いのだが、この国にはオリーブ油がないのがつらい。ソ連時代に綿花ばかり作らされていたなごりで、食用油がコットンオイルと羊の油なのだ。どの料理もベトベトである。

サラダが山羊の餌《えさ》のようである。そして、日本のものより太くて短いきゅうりが、切りもせずに丸ごと一本サラダとして出される。

イスラム国なので、人々が大っぴらに酒を飲むということはないのだが、外国人観光客がホテル内で飲むことはできる。そして、ビールは国産のものが無理すればなんとか飲めるのだが、国産のワインは飲めたものではない。

なんだかそういうことも、だんだん面白くなってくる。

公用語はウズベク語だが、中にはロシア語しか読めない人もいるのだそうだ。

人口構成はウズベク人が七四・七パーセント。ロシア人が独立前は一〇パーセントだったが一九九九年には六・七パーセント。タジク人が四・五パーセント、カザフ人が四パーセント。

そして朝鮮人が二パーセントいる。なぜかというと、スターリン時代に、沿海州に住んでいた朝鮮人がこの地に強制移住させられていたからだ。第二次世界大戦のあと、ソビエト連邦に強制収容され連れてこられた日本人捕虜（タシケントにあるナバナ劇場を造った）は祖国へ帰ったが、朝鮮人はスターリン時代が終わるまでは故郷に戻るのを許されず、結局、この地に残った。だからバザールの一角に、朝鮮人によるキムチのコーナーがある。

その縁で、韓国とのつながりがあり、韓国からの経済進出もあるのだ。韓国のアシアナ航空がタシケントへの便を持っているのはそれが理由だったのである。

韓国以外で、独立したウズベキスタンに経済進出をしているのは、トルコとインドである。テレビのチャンネルを回してみると、自国の放送以外に、トルコとインドの放送を見ることができる（ロシアの放送も見られるのだが）。

私が、インドとトルコのルーツだからと言ってウズベキスタンに来たのは、そう間違ってはいなかったのだ。

なお、アメリカも経済進出をしているのだが、それはもっぱらブハラあたりの金を狙ってのことらしい。

貧しさの話を続けると、タジク人が食いつめて流れてきて、難民のようになっていて、観光地にいる物乞いはその人たちである。

伝線しているストッキングをはいている女性を久しぶりに見ることができる。その逆に、少しゆとりのある人は、やたらに金歯を入れるのが自慢らしい。フォークロア・ダンス・ショーというものを見る機会があったのだが、その踊り子が、金歯だらけで口の中がピカピカ光っていた。

家族五、六人で大きなテーブルを囲んで食事をしていて、そのテーブルの中央に、一・五リットル入りぐらいの大きなペットボトルのコカコーラが立っていたりする。それが今いちばんリッチで幸せなことらしい。

タシケント以外では、女性が体型をあまり見せない服装をし、頭に布をかぶっていることが多くなる。みんな熱心なイスラムの信者なのだ。

だから、バザールでねぎを買って持って帰るお父さん、なんてものを見ることができて面白い。イスラムの国では、女性はあまり家の外へ出さないようにし、市場へ買い物に行くのは男の役目なのだ。

家には窓がほとんどなく、家の中がどうなっているのかを見ることができない。それは、イスラム世界では、人がうらやましがって見る目は呪《のろ》いをかける力を持っていると思われていておそれられているので、生活ぶりを他人に見せないようにしているのだ。でも、基本的には優しくて善良な人たちだ。イスラムの教えで、旅人には親切にする、というのが道徳になっているのだ。

資本主義でやっていかなくちゃいけなくなってまだ数年で、国民にサービス、という概念がまだないような国である。しかし、根本のところで敬虔なイスラム教徒で、神の導きに従って真面目に生活しているという印象があった。

5

サマルカンドの次に、ブハラという古都へ行った。シルクロードの重要拠点として栄えた街であり、イスラム教の僧院が多いことでも知られる。モスクやメドレセを大いに見ることができる。そしてここで見るモスクは、黄色い。

インドで見るイスラム建築は、白大理石で造ったタージ・マハルは別として、多くが赤砂岩で造られており、赤っぽい。ところがトルコのモスクは、白っぽい灰色の石で造られている。なのにブハラのモスクは、黄色っぽい砂色の煉瓦造りなのだ。しかしそこに独自の味わいがある。

カラーン・モスクという大きなモスクがあり、その脇《わき》に、カラーン・ミナレットという高さ四十六メートルものミナレットがある。煉瓦の積み方で柄を出している美しいミナレットだ。普段は観光客が中に入ることはできないのだが、私たちは中に入り、てっぺんまで内階段で登ることができた。もちろん足が棒になったが、苦労しただけのことはある景観が楽しめた。

ほかにも、メドレセをいっぱい見た。そして、アルク城という、砂の色の城も見物。そこは古代ブハラの発祥の地のあたりなのだそうだ。『アラビアン・ナイト』に出てきそうな見事な城だった。

ほかには、チャル・ミナルという、四本のミナレットを持つ小屋が、旧市街の路地の奥にあって、見て面白いものだった。ずんぐりした塔が四本、四角を作って建っていて、塔のてっぺんはドーム状で青いタイルが張ってある。もともとはメドレセの門番小屋だったのだが、今はそのメドレセがなくなっているのだ。

タキ、という通りの交差点を丸屋根でおおったバザールも見て面白いものだった。帽子屋とか、金物屋などが店を出している。

そしてこのブハラでは、サマニ公園というところで、イスマイル・サマニ廟を見ることができる。八九二年から九四五年にかけて造られた、イスラム初期の霊廟だ。中央アジアに現存する最古のイスラム建築であり、とにかく美しい。イスラム建築ファンの私が見て、忘れられない名作のひとつである。

九メートル四方の四角い建造物に、丸いドーム屋根がのっている構造だ。日干し煉瓦を積んで造ってあるが、その煉瓦の積み方で、見事な模様を表現している。ほかに何もないシンプルさが、またいい。

九世紀の終りにブハラを都としたサマン朝のイスマイル・サマニが父親のために建てた廟だが、後には彼も、彼の孫も葬られた。

次に、ブハラを出た我々がめざしたのはヒヴァ、という遺跡だ。ブハラから、キズィルクム砂漠という雑草がまばらに生えるだけの砂漠地を延々と西へ行き、ウルゲンチという街までやってくる。宿泊するのはそのウルゲンチで、バスで、ほど近いヒヴァへ行くのだ。

ヒヴァは、周囲を二重の城壁で囲まれた内城都市（イチャン・カラ）と外城都市（ディシャン・カラ）からなっていて、城内のすべてが歴史遺跡というわけである。モスクがあり、メドレセがあり、宮殿があり、ミナレットがあるという、いつもの通りのイスラム都市だ。こんな砂漠の中に、これほどの都市があったとは、と驚かされるが、近くをアムダリヤ川が流れているせいで栄えたのだ。

未完成のカルタ・ミナレットは、二十六メートルで工事が中断されているが、完成していたら八十メートルになっただろうと言われる、青と白のタイルが見事なものだ。ウズベキスタンがディープなイスラム世界であることは、ブハラとヒヴァで十分にわかった。大いに観光産業で栄えてくれ、と願うばかりだ。

我々はヒヴァを味わったあと、飛行機でタシケントに戻った。そして、チムール広場へ行き、チムールの銅像を見物した。

チムールの銅像はサマルカンドにも巨大なものがあった。その頃、銅像をめぐる旅、というものをシリーズで書いていた私としては、大いに写真を撮りまくったものだ。そしてその二つのチムール像が実は、どちらも、以前レーニンの銅像のあった場所に建っているのだ。つまり、ソ連から独立して、もうレーニンでもあるまい、ということになって、チムールの銅像になったのだ。

これからのウズベキスタンは、チムールを国の英雄としてかつぎあげようとしているらしい。

しかし、考えてみるとチムールはウズベク人ではなく、モンゴルから来た一族の出なのである。そんなところに、中央アジアの国の歴史の複雑さを思わずにはいられない。

お金のことを書き忘れていたので、最後に追加しておこう。

ウズベキスタンの通貨単位はスム。私が行った時は、一ドルが百二十円ぐらいで、その一ドルが百四十スムになった。ただし、闇《やみ》では一ドルが四百スムぐらいになる。

まあ、公定レート通り、百二十円＝百四十スムと考えて、一スムは〇・九円ぐらいだ。だいたい一円と考えていいだろう（ところが二〇〇七年では、一スムは〇・一円ぐらいになっている）。

ホテルのレストランでコーラを飲むと二百スムだが、イスマイル広場の売店でコーラを買ったら四十二スムだった。百スム札を払ったら、売店のおじさんはあちこちから小銭をかき集めて、大苦労してちゃんと正確におつりをくれた。おつりがすぐには出てこないところ、だが苦労してちゃんと出してくれるところを見て、この国の人はいい人だな、なんて感じたりするものだ。

6

タシケントのホテルで忘れられない体験をした。いい話のようでもあり、せつない話でもあるような体験だ。

ホテルのレストランで夕食をとった時のことだ。既に書いたように、ウズベキスタンの料理はかなりおいしくないのだが、ビールが飲めればそれで御の字だ、という気分で私はテーブルについていた。

そのレストランで、バックに音楽の演奏がついたのだ。フロアの一角に楽器がいくつか置いてあった。やがて、ちゃんと正装した四人の楽士が出てきて、楽器を手にした。

思いがけないことに、弦楽四重奏が始まったのである。奏でられる音楽を耳にしてすぐ、私と妻は驚きのまなこで楽士たちを見た。

私にはクラシック音楽を鑑賞できるだけの素養も知識もない。クラシックのコンサートへ行ったこともない人間だ。だがそんな私にだって、耳をくすぐるその音楽が一流だということはわかった。それはまさしく本物のクラシックで、本物とは素人にだってそのよさがわかるのだ。どう考えてもコンサート・ホールで聴くレベルの音楽が、そう大したホテルでもないところのレストランで、あんまりうまくない食事のバックに流れたのだ。客たちがざわざわと歓談しているのが、申し訳ないような気さえする弦楽四重奏だった。

実は、よく似た体験を最終日の昼食の時にもした。今度はタシケントのナボイ劇場の建物に入っているレストランでだった。

フロアの一角にピアノがあり、我々が食事をしていると、かなり年老いたピアニストと、赤いロングドレスの中年女性が出てきた。そして、老ピアニストの演奏に合わせて、女性が歌いだしたのである。

知識がないから正確なことは書けないのだが、アリアなどの声楽曲を美しい声で朗々と歌った。これまた、コンサート会場で聴くレベルの、見事なものだった。

どう考えてもこれは、食事をして、雑談しながら聴く音楽ではないぞ、と私は思った。なのに、我々のメンバーの中から「アベマリア」なんて俗な曲のリクエストが出てしまうのだ。

誇り高そうな、少し仏頂面のその女性歌手は、超然として「アベマリア」を歌ってはくれたのだが。

どうしてあんなに一流の音楽家が、二流のレストランに出演するのだろうと考えて、その答えはすぐに想像がついた。つまり、ソ連が崩壊して、ウズベキスタンが独立してしまったのが原因なのだろう。

ソ連というのは、国をあげて芸術を推奨しているような国だった。だから、ウズベキスタンのどの都市へ行っても、立派なコンサート・ホールや、バレエの劇場などがあった。そしてソ連時代には、音楽士たちは公務員だったのだ。芸術家として篤く遇されていたに違いない。

そのソ連という国がなくなって、彼らは公務員ではなくなってしまったのだ。国が、自分の裁量で稼いで生活しろ、という自由主義経済になってしまった。だからきっとソ連時代より生活が苦しくなってしまい、アルバイトをせざるをえないのだろう。レストランでクラシックなどわかりもしない客を相手に歌ったり、演奏したりするのはいやだ、なんて贅沢《ぜいたく》なことは言ってられなくなったのだ。

そういう、少し悲哀の感じられる名演奏に私は出会ったのだ。独立したばかりの国の、とまどいのようなものが何より感じられる体験であった。

そんなウズベキスタンを、私は西へ西へとバスで旅した。もう少し正確に言うと、サマルカンドから西へ約二百キロでブハラ、ブハラから北西へ約三百キロでヒヴァだ。ブハラからウルゲンチ（ヒヴァに近い宿泊した街）までは、キズィルクム砂漠の中を、道路だけが延々と続く景色だ。私が初めて体験する砂漠だった。

砂漠というものを、多くの日本人は誤解している。非常にしばしば、これが砂漠だ、という感じにサハラ砂漠（もしくはもっと南のナミブ砂漠）の映像が紹介されるので、あれが砂漠だ、と思い込んでいるのだ。

見渡す限り一面にサラサラの砂が、丘また丘となって続いていて、丘には風によってできる風紋というものがある。砂の丘はゆっくりとだが動いていて、一定の地形ではない。

というのが砂漠だと思っていると、キズィルクム砂漠では、意外な気がする。サラサラの砂の丘ではないのだ。確かに緑は少ないが人の背丈ほどの貧相な植物がまばらに生えている。全体の印象は、乾いた地面に少しの植物、という感じだ。

実は、その植物は乾燥に強い性質のもので、砂漠の砂が風によって移動しないように、飛行機で種をまいて、かろうじて生やしているのだ。バスから降りて手で触れてみると、やはり地面ではなくて砂だった。

そういう砂漠の中に、ポツンとチャイハネ（茶店）があって、そこでチャイを飲んだ。チャイはポットひとつ（三杯くらい入っている）で十円くらいだった。水は少し離れた川からくんでくるのだそうだ。

ウズベキスタンのチャイは紅茶ではなく、緑茶だというのだが、見たところは番茶のように茶色い。それに砂糖を入れて飲む。

そのチャイハネでトイレを借りたら、ものすごいトイレだった。天井のない小部屋で、地面に穴が掘ってあるだけなのだ。穴が小さいので、大便が地面の上あちこちに落ちている。

そして、そのトイレの中にはそう大きくはない犬がいて、そいつが大便を食べていた。そういうのも旅情であると言うべきか。

7

ブハラからヒヴァにかけてのあたりは、砂漠地帯にその言い方は似合わないのだが、アムダリヤ川の流域である。そして、その地方を、ホラズム、と呼ぶのだ。

ホラズムは古くからシルクロードが通っているせいで栄えた。だが、今我々がブハラやヒヴァへ行っても、あまり古い遺跡はない。なぜなら、それらの街はモンゴル軍が来た時に一度破壊されているからだ。遺跡はほとんどが十五世紀以降のもので、その唯一の例外が、ブハラにあったイスマイル・サマニ廟である。それだけは、大部分が土に埋まっていたせいで発見されず、破壊をまぬがれたのだ。

そういう事情があって古い建造物はほとんどないのだが、そのあたりは紀元前からシルクロードのせいで人の通行する要衝だったのだ。紀元前五世紀に、ヘロドトスがその中央アジアの道のことを記録しているぐらいだ。

シルクロードとは、ロマンチックないい名称である。トルコのカッパドキアへ行った時も、泊ったホテルの前の真っすぐな道がシルクロードのうちのひとつだと教えられ、おおここがそうか、と感激したものだ。

しかし、シルクロードという名称が、あの道にもともとつけられていたわけではない。自分たちが利用している道のことを英語で呼ぶはずがないのだから。

シルクロードとは、後世になってから、よそから名付けられた名称である。十九世紀のドイツの地理学者、リヒトホーフェンが『支那 China』という書の中で、絹の諸道を意味するドイツ語で表現したもので、後に英訳されてシルクロードとなった。もちろん、古来より、その道を利用して西方に運ばれた中国商品の代表的なものが絹だったことからの名称である。

しかし、シルクロードという名称で呼ばれるが故の、不都合もないことはない。その名だとつい、運ばれた商品が絹だけだったように錯覚してしまうし、それにつられて、中国側からヨーロッパ側への流通のみを連想してしまうのだ。

ところが実際には、もちろん西から東への流通もあったのである。金や、各種の宝石類や、毛皮や、真珠や、青銅器や象牙《ぞうげ》など、ありとあらゆるものが、時には西へ、時には東へと運ばれたのだ。ペルシア絨毯《じゅうたん》やインドの貝細工などが中国の王宮にあるというのもそのせいなのだ。

それをつい忘れて我々は、中国の炒飯《チャーハン》が西へ伝わってピラフになったんだな、なんて思いがちである。実はその逆で、ペルシアで生まれたものが、アフガニスタンに伝わってパラオと呼ばれ、中央アジアではプロフ、トルコではピラウという名になっていたのだ。それが中国の江南に渡来して炒飯になったのだ。

餃子《ギョーザ》、中華饅頭《まんじゅう》の類も、中国発だと思いがちだが、あれはトルコ系民族の考案した兵糧食がもとであり、マントゥと呼ばれていたものだ。それが、東へも西へも伝わったのだ。

中国へ来てそれは饅頭になった。その証拠が、中国では初めのうち蛮頭という悪い意味の字をあてて書いたのだそうで、トルコのマントゥのほうがもとの名だとわかるのである。

中国で考案されて西へ広がったのは麵《めん》だ。麦切り麵は中国で生まれ、西へ伝わって乾麵になり、イタリアのスパゲティにまでなった。

そう考えてみると、シルクロードとは単に絹が運ばれただけの道ではなく、ヨーロッパとアジアを結ぶ重要交易路だということがわかるだろう。その道の一ルートが通っていた中央アジアは決して辺境などではなかったのだ。

そうだ、中国から西に伝わったもののひとつに紙があった。八世紀のことだが、中央アジアで、唐とイスラム軍が戦争をし、イスラム軍が勝った。その時の中国人捕虜の中に製紙技術者がいて、サマルカンドに、中国以外では世界初の製紙工場ができたのである。そして次には、バグダッドに製紙工場ができたのだそうだ。

そういうことも知ってみると、シルクロードの重要性がはっきりとわかってくる。

もうひとつ別のことを考えよう。シルクロードで運ばれた商品のうち、かなり重要なもののことをここまで言わないできたのだが、それは奴隷である。昔は、商品としての人材はかなり貴重な財産だったのである。

ブハラを都とした十世紀のサマン朝はトルコ人奴隷を西方に提供したことでよく知ら

れていたのだ。ただし、誤ったイメージを持たないように。トルコ人というのは傭《やと》われ軍人（マムルーク）としてアラブ世界に入っていったのであって、いわゆる奴隷の感じとはちょっと違うのだ。傭兵《ようへい》となって西方へ進出したという感じなのである。そのことの拠点がブハラだったのだ。

そして、ヒヴァである。ヒヴァを都としていたヒヴァ・ハーン国は、十七世紀から三世紀にわたって、中央アジアの奴隷売買の中心地だったのだ。奴隷として売られていたのは主に、南下してくるロシア人だったという。

ヒヴァに城壁で囲まれた内城都市があることは既に言った。その城壁には東西南北に四つの門があるのだが、そのうちの東門は別名、奴隷の門と呼ばれている。その門の近くに奴隷市場があったからだ。

私はそこで、ここにかつては奴隷がつながれていたんだ、という小部屋を見物したが、なんとなくこわいようなムードがあった。ヒヴァの奴隷売買が禁止されたのは一八七三年のことであり、それはつまり近代奴隷に近いもので、大昔のトルコ人のマムルークとはムードが違って暗いのだ。

ウズベキスタンへ行ってみて、私にわかってきたことはこうだ。ここはかつて商業のメインルートだったのであり、大いに東西と交流し、栄えたり、滅ぼされたり、支配者が代ったりしてきたのだ。そして今は、それがすべてイスラム色に塗り込められている。

面白いところを見ることができた、というのが率直な感想であった。

オアシス・コラム③　料理のこと

ウズベキスタンからモロッコまで、私たちが行ったイスラムの国々では、料理の中心が羊肉である。ほかに、チキンもあるし、海に近い所では魚料理も出るが、基本は羊だ。そこで、ツアー会社は大都市のホテルなどで、ビーフのステーキを食べさせてくれるのだが、日本の牛肉は奇跡的な名品なのであり、外国で日本のような牛肉は食べられない。どうしても羊肉がつらい、という人もいるが、決して臭くはないから、慣れてしまうのが一番なのだが。

トルコの料理が最も洗練されていてうまく、ほかの国はその田舎版という感じになる。肉料理の名は国や地方によって違うのだが、基本的には、串焼きにするのがケバブ、ひき肉に味をつけて焼いたものがキョフテだ。トルコでは、重ねて大きな塊《かたまり》にした肉を周りからあぶって焼き、剣でこそげて食べるドネルケバブも名物なのだが。

トルコにはロカンタという軽食堂が多くあり、たくさん並んでいる中から好きな料理を選んで食べる。オクラやナスなど野菜をたっぷり使った煮込み料理が多い。メイハネという居酒屋は、メゼという様々なオードブルを小皿に盛って大きなトレイで運んでくるから、好きなものを取って食べる。また、トルコは雑貨市の屋台で食べるようなものもうまい。フライにしたムール貝のサンドイッチや、焼いた鯖《さば》のサンドイッチ、丸のまま茹でたジャガ芋にバターを混ぜ様々なトッピングをしたものなど。

ウズベキスタンでは羊肉の串焼きをシャシリクと呼んでいた。日本の焼き鳥くらいの小さな串である。ブロウというピラフの原形のようなものや、ラグマンという汁うどんのようなものもあるが、どれも羊肉と羊の脂を使っているので脂っこい。

イランではケバブ類が中心で、お皿に焼いたトマト、ライス、唐辛子などを添えて肉を出す。その肉が、羊のぶつ切りか、ミンチ肉か、チキンに変るだけのことだ。

レバノンのベイルートのレストランでは近海の小魚を唐揚げにしたものが出た。トルコからエジプトまでどこにもあるのが、ゴマやひよこ豆、焼きナスなどをペースト状にしてオリーブオイルをたらしたもので、薄焼きパンにはさんで食べる。

エジプトでは鳩のグリルが名物で、幼鳥を食べるらしく小ぶりだが身がしまっていてうまい。ほかに、ソラマメのコロッケや、モロヘイヤのスープもあった。

チュニジア北部は鯛《たい》の炭火焼き、鯖のソテー、ひめじのグリルなど、魚料理がよかった。南部の砂漠に近い地方ではクスクスが多い。引き割り小麦の蒸したものの上に肉とジャガ芋、ピーマン、トマトなどのシチューをかけて食べる。

モロッコにはタジン料理がある。肉や野菜をタジン鍋で蒸し焼きにしたものだ。

・第三章・

イラン

―― ペルシアの残像 ――

ペルセポリスの規模を一枚の写真で伝えるのはむずかしい。総面積が12万平方キロもある遺跡なのだ。これはアパターナ（謁見の間）という宮殿だったところで、高さ20メートルの柱が12本残っている。もとはレバノン杉の屋根があったのだ。それにしても見事なまでの廃墟の遺跡である。

1

私はだんだん、年に一度の海外旅行をかなり楽しみにするようになっていた。ひょんなことから、トルコ、ウズベキスタンというイスラム国へ行って、いろんな意味で刺激を受けたのだ。

刺激のひとつは、ほとんどの日本人はこの世界のことを何も知らないのだな、という驚きだ。イスラム国の歴史なんて、学校でもほとんど何も教わらなかったが、そこにも文明や文化があったのだと知って、騙されていたような気がした。

たとえば、チムール帝国の話をした時に、チムールの孫のウルグベクは天文学者としても名高いと紹介したが、私はウルグベクの天文台というところも見物したのだ。今そこには丸い天文台の基礎と、六分儀の地下部分が残っているだけだが、かつてその六分儀は地下部分を合わせて高さ四十メートルもあったのだそうだ。そしてそういう道具を使って、ウルグベクは一年を、三百六十五日六時間十分八秒と計算したのだ。現代の科学ではそれは、三百六十五日六時間九分九・六秒なのだが、石を組んだ六分儀を使って十五世紀のウルグベクは、正しい答えと一分も違っていない一年の長さを求めていたのだ。

そういう学問は実は、その頃はイスラム世界のほうがはるかに進んでいて、ヨーロッパなどはかなり遅れていたのである。なのに私は今まで、そんなことはひとつも知らなかったのだ。

イスラム世界を順にひとつずつ見ていきたい、と私は考えるようになっていった。イスラム建築のファンになっていたから、という理由もあるし、こっち側を知ってみないと世界を知ったことにはならないぞ、という思いもあったのだ。そして、ウズベキスタンの料理はひどすぎたが、そう抵抗なく羊肉が食べられたから、というのも大きいかもしれない。トルコ料理は大いに気に入って、自分で作るほどになっていたし。

というわけでウズベキスタンへ行った翌年の二〇〇〇年に、私と妻はイランへ行ってみようという気になったのだ。

あまり知識はないのだが、かなりディープなイスラム世界だという気がするからだ。歴史も、文化もたっぷりありそうだ。

それから、その頃『友だちのうちはどこ?』とか『運動靴と赤い金魚』などのイラン映画を見て、映画の実力のある国で、人々がいい感じに生きてるなあ、という感想を抱いていたことも理由のひとつだった。

しかし、イランへ行くとなるとひとつ大問題があるのだった。

ウズベキスタン旅行の時、メンバーの中にとんでもないお婆さんがいた。そのエピソードから話そう。

そもそも、ウズベキスタンなんて国へ観光に来るのは、どちらかというと変った人たちだった。もう海外旅行は何十回と体験して、たいがいの所は行きつくしたのでここへ来てみた、という感じなのだ。インドとトルコにしか行ったことのない私なんてまるで初心者である。

そして、そういう海外旅行通の中でも、その八十歳ぐらいのお婆さんは特にすごかった。この二十年ぐらいで、九十カ国以上へ行っているという、とんでもない旅行マニアだったのだ。ヨーロッパやアメリカはもちろんのこと、ペルーのマチュピチュにも南太平洋のイースター島へも行ったことがあるというすごさだ。ホテル内では駅前イングリッシュで苦もなく意思を通じあわせてしまうという人だった。私がいちばん驚いたのは、「この次はどこかへ行く予定があるのですか」ときいたところ、「一週間後に中国への旅行に誘われている」という答えだったことだ。何とタフな婆さんであろうか。

それで私は、そのお婆さんにきいてみたのだ。イランへは行きましたか、と。予想通り、あるという答えだった。

「どうでしたか」

「いいところでしたよ」

そして、いちばんの関心事を尋ねる。

「あの国では酒が一滴も飲めないというのは本当ですか」

それに対する答えは、確かにその通りだが、こっそりとお酒を持ち込んで、ホテルの自分の部屋で飲んでた人はいましたよ、というものだった。

要するに、私は酒のことで思い悩んでいるのだ。

イランでは、酒を飲むことも、国内に酒を持ち込むことも禁じられているのだ。本来、イスラムの国ではその教義によって飲酒が禁じられているのだが、たいていのイスラム国では、ホテルの中で外国人観光客が飲むことは許されていて、レストランでは酒が注文できる。それから、旅行者が自分用の酒を持ち込むのも許されている。トルコでは、ほぼ自由に酒が飲めて、バーだってある。

なのに、イランやサウジアラビアなどは、絶対に酒が飲めない国なのだ。

一九七九年に、イランではイスラム革命がおきた。それまでのパーレビ王朝が、文化も欧米化していて、イスラムの戒律も弱い享楽的な国だったのに対して、ホメイニ師を指導者として革命がおきたのち、厳格なイスラム国になったのだ。それ以来、飲酒などまかりならん、ということでやっている。

私は別にアルコール依存症ではないのだが、夕食には軽く一杯飲み、寝る前には焼《しょう》酎《ちゅう》を楽しんでぐっすり眠る、という生活を三十年ほど続けているわけだ。一週間も、酒のない生活に耐えるなんて、考えるだにつらいのである。

お婆さんの、持ち込んで部屋で飲んでる人はいましたよ、には心を動かされた。たとえば焼酎を、二リットル入りのペットボトルに入れてしまえば、水にしか見えないわけだ。そうやって持ち込もうかとさんざん考えた。

しかし、結局それはやめて、酒なし生活に耐えることにした。持ち込もうとして入国審査の時にバレたとして、おそらく没収されるだけであろう。笞打《むちう》ちの刑、なんてことはないと思う。

でも、見知らぬ人が集まったグループで旅行をするのだ。そんな面倒なことになった時に、他のメンバーを長時間待たせてしまうとかの迷惑をかけることになるかもしれない。だから、酒はあきらめることにしたのだ。

飲まない人にとってはどうでもいいことをくどくどと書いているが、私にとっては酒なしの日々はものすごく大変なことだったのだ。

私と妻は、医者から酒なしでも眠れるように睡眠薬をもらって、悲壮な覚悟でその旅行に臨んだ。もちろん、成田空港では昼なのにビールをしこたま飲んだのは言うまでもない。

2

この旅行も、ゴールデン・ウイークの頃だった。私の行きたいところはそう人気のある国ではなく、ゴールデン・ウイークか夏休み時期でないと、参加者が定員に達して催行されることがないのだ。だから、どちらかの時期を選ぶしかない。

飛行機の便は、イラン航空だった。ということは、それに乗った時からもう酒とはさようならなのだ。ビジネス・クラスで行ったからだが、機内食の一品に、小さな瓶だがなんとキャビアが出た。もちろん文句なくおいしかったが、キャビアを食べるというのに、ワインもビールもないのである。

そして、私と妻はここで妙にムカツク、イスラミック・ビールというものを体験した。それは、ノン・アルコールで、少しビールに似た飲み物である。

言ってみれば麦茶のようなものである。ビールに似た色をしていて、注ぐとほんの少し泡が出るが、上に泡の層を作るというふうではない。飲んでみると、ほとんど無味で、微かにうすら甘い。こんなものは断じてビールではない、と叫びたくなるようないやーな飲み物であった。

さて、そういう飛行をして、いよいよテヘランに近づいてくる。テヘラン郊外のメフラーバード国際空港が目的地なのだ。

すると、添乗員が妻のところへ来てこう言った。

「飛行機から降りる時にはもう、スカーフをかぶっていなければなりませんのでお忘れのないように」

そうなのだ。この旅行には、女性にだけだが、四六時中スカーフを頭からかぶって、顔は見えてもいいが髪は隠していなければならないという規制があったのだ。

なんでもないことのように思えるかもしれない。自分のお気に入りのスカーフを頭からかぶって、顎《あご》の下で結ぶか、ピンでとめておくだけのことなんだから。

しかし、ホテルの自分の部屋の中以外では、常にそうしていなければならないのだ。食事をする時も、バスで移動している時も、スカーフをとってはいけない。

それはだんだんにつらくなってくるのである。同行メンバーの女性たち全員が、最後のほうではスカーフのせいで疲労困憊というふうになるのだ。

そんなふうに、イランでの旅行は始まった。

テヘランは首都であって、人口六百五十万人の大都市だ。

まず、空港で入国審査をすませて到着ロビーに出る。そこに多くのイラン人が人待ち顔でいて、みんな美しく花を飾った籠《かご》を抱えていた。だからてっきり、有名なスターでも来る場面なのかと思った。スターにファンが花をプレゼントするのかと。

ところが見ていると、そこにいる人々はそれぞれ別の人を出迎えているのだった。到着した人が出てくると、数人が近寄って花籠を渡していた。夜中に近い時間だというのに、ターミナルビルの中の花屋は煌々《こうこう》と明りをともして商売をしている。

つまり、イランでは、親戚《しんせき》や友人が飛行機でやってくると、花籠を持って出迎えるという習慣があるらしい。そうやって歓迎の気持ちを伝えるのだ。人づきあいの濃度が濃いのかもしれない。

空港から町の中心部を通ってホテルに向かう。大都会なのに夜の街がどことなく薄暗い。派手なネオンサインなどなくて、街灯さえまばらなのだ。だからなんとなく、不景気な感じがした。

不景気と言えば、泊ったホテルでもそれを感じた。もともとはゴージャスな立派なホテルだったろうな、というところなのだが、それが少し古びている感じだったのだ。バスルームのタイルがいくつか欠けているとか。

すると、そのタイルの壁に、シルバーとブルーの幾何学柄の壁紙を張ってとりつくろってあるのだ。タイルの壁を直すのに、壁紙を張るというのが、いかにも応急のごまかしである。

そんなふうに、テヘランからは景気の悪さが感じられた。実はその景気の悪さには理由があるのだが、それはまた後でゆっくり語ることにする。

女性はすべて、頭からすっぽりとスカーフをかぶっていて、髪や首を隠している。スカーフは黒のことが多かったが、柄つきのスカーフの人もいた。これは子供でも同じで、小学生以上の女の子はすべてスカーフをかぶっている。白いスカーフをかぶった小学一年生の女の子の団体などは、とても可愛らしい。

それから、市バスが走っているのだが、その後ろ半分に女性専用席があって、女性はそこにすわらなければならない。男女が並んですわることなどあってはならないという、我々日本人にすれば女性が差別されたかのようにも見える社会なのだ。

市中に、カフェなどがあって、そこでゆっくりとチャイを楽しんでいる人を見かける。だが、そこにも女性の姿はない。喫茶店で楽しむ女性なんてとんでもない、という感じである。

イスラムの社会とは、もともとそういうふうなのだ。

3

テヘランでも、パーレビ王朝時代の王家の夏の離宮とか、カーペット博物館などを見物したのだが、その辺は省略しよう。旅行の最後にはまたテヘランへ戻ってきて、また別の博物館などを見るのだ。

ただ、このことは語っておくべきかもしれない。それは、我々日本人が観光地を見物していると、イラン人がものすごく好意的なまなざしで見つめてくる、ということだ。たとえば私の妻が、公園の入口にいるとする。その公園へたまたま、小学生の女の子の団体が来る。そうすると、女の子たちはキャーキャー騒いで、妻を囲んで群がるのだ。まるでスターを見たかのようである。

イスラムの国だから、女の子が男性に群がることはない。だが男子高校生などは、私のことをすごく好意的な目で見ていたりする。

イラン人は日本人に憧れているのだ。近くにイタリア人やフランス人の女性観光客がいても、そっちにはまるで無関心である。

少なくとも、二〇〇〇年の五月にはそういうふうだった。

これを書くのは悲しいのだが、今はもうそうではなくなっているのかもしれない。というのは、二〇〇一年の九月十一日に、アメリカで同時多発テロがあり、それ以後アメリカはイスラム国を敵視し、イランを世界の悪の枢軸呼ばわりすることになる。そしてイラクへ派兵して、フセイン政権を倒す。

日本はそのアメリカに同調して、イラクへ自衛隊を派遣したわけだ。それによってイスラム圏でははっきりと、日本はアメリカ側の国なんだ、という認識が広がったに違いない。だからもう、彼らも日本が嫌いになっているかもしれない、というのが私の悲しい想像だ。

だが私の行った二〇〇〇年には、イラン人は日本人が好きだった。トルコでも日本人は好意的な目で見られるが、それよりはるかに憧れているような目で見られた。

どうしてイラン人は日本が好きなんだろうと、現地ガイドのバタイさんにきいたり、自分でもいろいろ考えたりしたが、その結果わかってきたことは、あわてずにおいおいに語っていくことにする。

それよりも、旅が始まってすぐ、私が自分の思い違いを知らされて、かなりショックを受けた話をしよう。

私は、イランが厳格なイスラムの国であることを知っていた。だから酒が飲めないわけである。

ということはつまり、イランはアラブ諸国のひとつなんだ、と当然のように考えていた。ところが、好青年で日本語がやけにうまいガイドのバタイさんは、こんなことを言うのだ。

「アラブの人たちはここへやってきて、自分たちにはない文明があるのを知って、大変驚きました。天文学とか、数学とか、建築技術などですね。そこで彼らは、その文明を取り入れたのです」

ちょっと待ってよ、と思ってしまう。アラブの人たちがここへ来たっていうのは、ここはアラブじゃないってことなの？　じゃあここは何なの？

後で勉強してわかったことをまとめてみよう。

アラブ圏というのは、もともとはアラビア半島にある国々のことで、その代表はサウジアラビアである。しかし今日、広くアラブ諸国と言う時は、アラビア語が使われている国々、ということをあらわすのだ。

アラビア半島の国々のほかに、シリア、ヨルダン、レバノン、エジプト、リビア、チュニジア、アルジェリア、モロッコなどがアラブ諸国と呼ばれる。それに対して、たとえばトルコは、国民の九〇パーセント以上がイスラム教徒だが、言語がトルコ語なのでアラブ諸国とは言わないのだ。

そして同様にイランも、大いにイスラム教（その、シーア派）を信じているのだが、言語がペルシア語なので、アラブ諸国ではないのである。

ペルシア語は、大昔には楔形《くさびがた》文字で書かれたのだが、今はアラビア語の文字を借りて表記している。だから我々の目にはアラビア語と区別がつかないのだが、まるで別の言語なのである。

ニュースなどの表現に注意してみると、ちゃんとそこに留意して、「アラブ諸国、及びトルコ、イランなどでは」という言い方をしている。

つまり、バタイさんの言う、アラブ人がやってきたことは、ペルシアなのである。紀元前五五〇年頃に始まるアケメネス朝ペルシアから続く、文明の地なのだ。もっと遡《さかのぼ》れば今から四千年ぐらい前から、メソポタミアに隣接する地として文明がおこり、大いに栄えたところなのだ。

イスラム国だから行ってみたい、と私は単純に考えていたのだが、その旅行は、ペルシアを訪ねる、というものだったのだ。

そしてそういうイランで、私はかなりのショックを受けることになる。

4

イランの首都テヘランは、どちらかというと国の北部にある都市である。山が近くて、街全体が坂になっているような都市だ。

そのテヘランから、南部のシラーズへ飛行機で飛んだ。まず一気に目的地のうちのいちばん南へ行ってしまい、そこからだんだん北上してこよう、というコース設定なのだ。

まず最初にイランの地形と気候の話をしておこう。イランは高原の国である。北部にエルブルズ山脈があり、西部から南部にかけてザグロス山脈があって、その間はイラン高原である。国土全体の平均高度が八百メートルもあり、首都テヘランが千二百メートル、シラーズは千六百メートルという標高なのだ。海岸に近いところ以外はまんべんなく高いのだ。

そして、国中が砂漠である。砂漠と言うと砂の丘を想像する人がいそうだから、土漠と言い直そう。一面に乾いた地面が続き、ほんのちょっぴりの植物、というふうだ。だから、かなり人口の多い都市へも行くわけだが、それらはすべてオアシスがあるからこそできたオアシス・タウンだと思ってほしい。街を出て少し行ったらまた土漠なのだ。そして、私が興味を持ってしまって行く中東の国々はみんなそういう国なのだ。

気温は日本とそう変らず、オアシスの植物相はよく似ている。ただし非常に空気が乾燥しているので、昼は暑くても夜は冷える。日なたは四十度でも日陰は二十五度、というようなことになる。

さて、シラーズである。イランで第四の都市であり、糸杉とバラとナツメヤシの街だ。シラーズは詩人の廟や、サファビー朝時代の庭園などがあって、学生も多い落ちついた街だ。だが、北東五十四キロのところに、ペルセポリスの遺跡があって、そこへ行くための拠点でもある。私たちは、何はさておき、まずはバスでそこへ行ったのだった。

実は、その旅行の始まる前から、私は本当にペルセポリスへ行けるなんて感激だなあと、胸を躍らせていたのだった。実際に見る前だから詳しいことを知っていたわけではないが、そこが紀元前六世紀に、アケメネス朝ペルシア（紀元前五五〇〜前三三〇）のダレイオス一世や、その子クセルクセス一世によって造られた都（正しくは、儀式用の都だったらしい）で、つまり二千五百年以上前の遺跡だ、ぐらいのことはわかっていたのである。それをこの目で見ることができるのだ。

ただし、私はイスラムの国々を順に見ていくことを楽しみ始めているわけだが、ペルセポリスはイスラムとは何の関係もない。ムハンマドが神の啓示を受けてイスラム教を始めるのは七世紀のことであり、それより千年以上昔の遺跡なのだから。そこで見られるのは、古代ギリシアとの間でペルシア戦争と呼ばれる戦争をした、古代ペルシアなのである。

さて、ペルセポリスに着いた。そこは、総面積約十二万平方キロメートルの広大な遺跡である。石造りの円柱が何本も立っていたりする。あちこちに獣神の石像、もしくはそれの壊れたものがある。石の階段があり、その脇に見事なレリーフで、この都へ貢ぎ物を持って来る各国の使者の像が刻まれている。

とにかく広くて、石のモニュメント以外には何もなくて、空気が乾燥しているせいだろうが、空は気味が悪いほどに濃いブルー一色である。すごく見事に整備された、清潔な宮殿や神殿があったのだろう、と思われる。そしてそれが今はほとんど失われ、何本かの柱や、階段だけが虚しく滅びの美の中にあるという印象である。

ペルセポリスは、紀元前三三一年に、東方を征服に来たアレキサンダー大王によって焼き落とされているのだ。そして、長らく土に埋もれた廃墟だった。今のように修復されたのは二十世紀になってからなのだ。修復と言っても、倒れていた石柱を立てたり、石像をもと通りの位置に置いたりしただけで、新たに建造したのではないのだが。

だからそこには、一度はこの世から消えた都、という滅びの美があった。そして石柱のデザインや、壁のレリーフなどを見ていくとそんな古代のものとは思えない完成度の高さで、相当に高度な文明であることがわかるのだ。

たとえばレリーフには各国の使者が貢ぎ物を持って来ている像があり、これはエジプト人が小麦を持ってきている、これはシリア人が羊を持ってきている、などと特定できるのだ。そういうよくできた像が、二千五百年の時を経て、もの言わずそこにはある。

二時間ばかりその広い遺跡の中にいて、少しも飽きずに歩きまわり、写真を撮りまくった。もちろんそこにはほかの観光客の団体もいるのだが、広いのでほとんど気にならなかった。妻と二人で、ここもすごい、ここも見事だ、と言ってはうろつき歩いた。

ペルセポリスがちょっと不思議な印象を与える遺跡なのは、宮殿以外の、人々が住んだ住居跡の遺跡がないところだ。ペルセポリスの用途はよくわかっていないのだが、一説では新年（春分の日）の儀式のためだけに造られた、謁見施設としての宮殿だと言われている。だから人々が住んだ街というものはなかったのだ。

アケメネス朝ペルシアでは、夏は高地にあるエクバタナを、冬は低地にあるスサを都としていて、王宮はそこにあった。そんな王都の移動が自由にできたのは、王の道、というものを完備していたからだそうだ。

そしてペルセポリスは、春の儀式のためだけに造られた宮殿群だったようなのだ。だからもともと、あんまり生活臭がなかったのだ。

ただしもちろん、石の円柱が立ち並んでいただけではない。柱の上には木製の屋根がのっていたのだ。アレキサンダー大王がその宮殿を焼き払ったために、今は石しか残っておらず、妙に清潔な感じがするのだ。

「ここへ本当に来たんだなあ」

と私は何度も言った。

5

ペルセポリスから北西に六キロ行ったところに、ナグシェ・ロスタムがあり、そこにアケメネス朝の王の墓が四つある。墓と言っても、岩山の断崖《だんがい》に、ギリシア十字型の彫り込みを入れただけという珍しい形状のものだ。

誰の墓なのかは諸説あるが、ひとつがダレイオス一世のものであることは確かだそうだ。イランでは、紀元前五〇〇年頃の歴史に出会えてしまうのが、ほかのイスラム国との違いだと言っていいだろう。

バスから降りて植物の生えてない岩山を見上げて、はるか昔の文明の痕跡に触れ、乾いた風を受ける。そして、大いなる歴史を持つ国というのは、どこか雰囲気に気品のようなものがあるのだなあ、ということを私は感じていた。

さて、その日の観光の残り半分は、シラーズに戻ってその市内めぐりだ。そこには、今のイスラム国であるイランの味わいがある。

詩人の廟を二つも見るのが、他国にはない珍しさだ。イラン人は文学を尊敬し、偉大な詩人を聖者のように祀《まつ》っているのだ。

十三世紀の詩人、サーディーと、その少し後輩である十四世紀のハーフィズのための廟をまわった。どちらも、回廊で囲まれた庭園の中に、タイル装飾のある廟が建っていた。庭には木と花がたくさん植えられている。

ちょっと横道にそれるが、イランでは、公園や宮殿や廟などがあると、必ずそこは植物でいっぱいである。木のあるところこそ、夢の楽園だという感じなのである。砂漠の中の国だからこその憧れなのだろうか。

だから、絨毯の柄でも、最も代表的なのは果樹園の図柄である。つまり、豊かな森こそパラダイスなのだ。

そういうわけで、名所である宮殿へ行けばそこには、バーグと呼ばれる庭園がある。バーグのことをギリシア人はパルティースと呼んだのだそうで、それがパラダイスの語源なのである。

一般のイラン人も、家に裏庭を持ち、そこに植物を植えて庭園風にするのが大好きである。この旅で一般の人の家を二軒訪ねたのだが、そのどちらも小さな庭園を持っていた。

詩人のことに話を戻そう。サーディーもハーフィズも、イランの四大詩人に数えられる人で、サーディーは実践道徳詩の巨人、ハーフィズは抒情《じょじょう》詩の巨人と称されている。ハーフィズは人生の喜びを題材にし、ワインのことまでを詩にしている。この二人の詩集は、イランの多くの家で、コーランと一緒に置いてあるのだそうだ。私はこの旅行から帰ったあと、自分の書庫を調べてみて、ハーフィズの抒情詩をちゃんと持っていることにいたく驚いた。

ところで、ハーフィズ廟でベンチにすわって休んでいると、話しかけてくるイラン人がいた。妻と小さな女の子を伴った男性である。

「日本の方ですか」

とその人は日本語で言った。そうです、と答えると、私は以前日本の東京にいました、と言う。

そのイラン人はひかえめな態度だった。私は日本をよく知っているぞ、とまくしたてるような感じではない。観光中の人に話しかけて邪魔かな、と気を遣いつつも、つい懐しさで声をかけてしまった、という様子に見えた。

ああそうですか、東京で働いていたんですね、ところでイランはいいところですねえ。私が言ったのはそのぐらいで、会話はそう盛り上がることなく、双方が遠慮気味なまま、会釈をして終った。

実を言うと私には、きいてみたくて喉元まで出ているのに、ついに口に出せなかった質問があった。

「日本はいいところでしたか」

ときいてみたくもあり、でもこわくてきけなかったのだ。日本ではひどいめにあいました、と答えられたら悲しいからである。

そんな私の心の中が、なんとなくわかるような控えめな態度で、そのイラン人は親しみのこもったまなざしを送ってくるのだった。

私はイランへ行って、その国の人たちから、気配りとか、気遣いというものがあるという印象を受けた。それはウズベキスタンでは感じなかったことである。

さてと、シラーズで見物したそのほかの場所のことを簡単にまとめておこう。

エラム庭園という緑いっぱいの庭園を見た。十九世紀に建てられた宮殿があり、その前に正方形のバーグがあるものだ。庭全体がゆるい階段状に作られていて、上の池から水路を通って水が常に流れている。大きな木々が気持ちのいい木の下闇《こしたやみ》を作っていた。バラ園でも有名なのだが、私が行った時にはザクロの赤い花がいっぱい咲いていた。緑が豊かで、森の中の散歩道のような感じである。

そこでした面白い体験は、見物を早めに切りあげて、入口近くの休憩所でタバコを吸っていた時のものだ。私のほうを、チラチラ見ては気にしている高校生ぐらいの四、五人のグループがいたのだ。そしてついに、その中の一人が私に近寄ってきた。身ぶり手ぶりで、タバコの火を貸してくれないか、と言う。その子のタバコに使い捨てライターで火をつけてやった。

そうしたら、仲間のところへ戻って誇らしげに自慢していた。つまり、日本人と交流しちゃった、ということを喜んでいるのだ。イラン人は確かにあの頃、日本人にすごく関心を寄せていたんだよな、と思う。

その分析はあとまわしにして、もうひとつ見物したところの話。シャー・チェラーグ廟というところを見た。我々異教徒には、モスクと大差ない建物だが、聖人の廟なのだそうだ。そこへ入場するには、女性は黒一色の全身を包むマントのような服、チャドルを借りて着なければならない。

中には聖人様の柩《ひつぎ》があって金網でおおわれている。堂にはドームがあるのだが、玉ねぎ型のドームだというのが珍しかった。

女性専用の建物があって、私は入れないが妻は入ってみた。その中には、柩をおおう金網にキスしているような人や、一心不乱にお祈りをしている人もいたが、弁当を広げておしゃべりを楽しんだり、子供にお菓子を食べさせているような女性もいたそうだ。いかにもレクリエーションの場という感じだったそうである。庶民のお楽しみとしてのお参り風景だったとか。

私はその廟で、こんなことを考えていた。

イスラム教は厳格な一神教のはずなのに、どうして聖人廟があるのだろう。アッラー以外は敬ってはいけないはずなのに、なぜ聖人の廟に祈りをささげているのか。それが不思議でならなかった。

実は、今この原稿を書いている私はその答えをだいたい知っている。そしてそれを説明しがてら、イスラムのうちのシーア派とはどんな一派かということも解説できる。

しかし、それをここに書くのはよそう。これは旅行記なのであり、イランを旅行した時の私にはそういうことがまるでわかっていなかったのだから。ただ私は、頭の中に疑問を蓄積していただけなのだ。イスラムで言う聖人ってどういう人なんだろう、ということを私はぼんやりと考えていたのだ。

6

翌日、シラーズをあとにして私たちは次の目的地に向かった。向かうは、イラン中央部にあるヤズドである。

ただし、その途中にパサルガダエというところに立ち寄る。最後にもうひとつ、アケメネス朝ペルシアの遺跡を見る、という意味あいのものだ。

パサルガダエは、アケメネス朝を開いたキュロス大王（キュロス二世）が建設した最初の都の跡である。荒涼とした土漠地帯に、まばらに円柱や、建物跡が散らばっている。古すぎるから、大都市の遺跡というほどの迫力はない。むしろ、今はわずかにこれだけ残っている、という無常感が漂っているような遺跡だ。

しかし、そこにはひとつ、圧倒的な迫力を持つ見ものがある。それが、キュロス大王の墓だ。

シンプルな形である。階段上のピラミッドの上に、家のような形の墓石がのっている。高さは十メートルもないだろう。

しかし、何もないところにただその墓だけがあって、迫力満点である。キュロス大王は広大なペルシア帝国を建国した人で、新バビロニアを滅ぼしている。そして、バビロンで捕囚となっていたユダヤ人を解放した。そのせいで、旧約聖書の中に預言者の一人として出てくるのである。つまり、ユダヤ人にとっても聖人、という珍しい王なのだ。

後の世に、アレキサンダー大王はこのパサルガダエにも来ているのだが、彼もキュロス大王のことは尊敬していたので墓を破壊しなかったそうだ。

この地の歴史はあなどれない、という気がしてくるばかりだ。

そして、バスで乾燥地帯をどんどん北上し、ヤズドに着いた。砂漠の中のオアシス都市である。

ヤズドで見物できる珍しいものは、ゾロアスター教の施設だ。ゾロアスター教の寺院があり、その建物自体は近年に建て直されたものなので味わいもそうないが、千五百年以上消えることのない聖なる火を見ることができる。イスラムどころか、キリスト教よりも、ユダヤ教よりも古いゾロアスター教が、古代ペルシアの国教だったのだ。

ゾロアスター教の開祖ゾロアスター（正しく表記すれば、ザラスシュトラ）は、ヤズドのあたりか、もしくはカザフスタンあたりの人かと言われている。

七世紀にイランにはアラブ人がイスラム教を持って入ってきて、ササン朝ペルシアが滅びる。そしてゾロアスター教徒は迫害されて、多くがイスラムに改宗した。だから今、イランにはゾロアスター教徒は三万人ぐらいしかいない。そして、その頃にインドへ逃げた人々がいて、インドのムンバイには十万人のゾロアスター教徒がいるが、その人々は一般にはパールシーと呼ばれている。パールシーは、ペルシア人という意味である。

ヤズドの街外れの小高い山の上に、沈黙の塔、というものがある。そこは、ゾロアスター教徒の鳥葬場である。屋根のない円筒形の建物があって、そこに死体を放置するのだ。すると禿鷹《はげたか》などの鳥が肉を食べて骨だけにしてくれる、それが鳥葬だ。火を拝むゾロアスター教では、火という聖なるもので死体という不浄なものを焼くことはできないので鳥葬にするのである。

ただし、今はもう信者も少なく、そこで鳥葬は行われていない。ただ、ここがそういうところだと言われて見物して、なんとなく不気味だな、と感じただけである。

さてそこで、またしても面白いエピソードを。ゾロアスター教の寺院を見物した時のことだ。建物の前でタバコを吸っていると、イラン人の団体が来て建物前の階段にすわって記念写真を撮ろうとしている。そして、カメラを持った男が、私のほうをチラチラと見るのである。

そういうことか、と私は察した。ついにカメラの男が近寄ってきて何かを言った時、私は日本語で、いいですよ、撮ってあげましょう、と言ってカメラを受け取ろうとした。

そうしたら男は、違うんだ、と言う様子だ。そして身ぶりで、あの団体の真ん中に入って写真に納まってくれないか、ということを伝えるのだ。なんで私がいっしょに写るの、と思いながらもその通りにすると、みんなニコニコして大喜びであった。なぜイラン人は日本人が好きなのであろうか。

ヤズドでは、マスジェデ・ジャーメというモスクも見物した。マスジェデ、もしくはマスジドは、アラビア語でモスクを意味する言葉だ。モスクは、英語になったものをその音で表記しているのである。また、ジャミイ、とか、メスキータ、というのもモスクをさす言葉だが、どの語を使うかは、国によって様々だ。それどころか、ガイドブックごとに違っていたりする。マスジェデ・ジャーメを強いて訳せば、集会モスク、という意味だ。

イランのモスクでは、表門にあたる楼門の上に、二本の円柱形のミナレットがのっかっている形式が多い。門の上に塔、と考えればいい。そうすれば自然に高くそびえることになるわけで、このマスジェデ・ジャーメのミナレットはイランでいちばん高いのだそうだ。華麗にタイル装飾のある、私の目にはもうかなり見慣れてきたモスク建築である。

モスクを見物していると、ようやく古代ペルシア見物が終って、現在のイスラム国イランを見ているのだという気になる。

ただ、このことを言っておこう。イランでは、お祈りを呼びかけるアザーンの声をほとんどきくことがなかった。拡声器を使って大音量でガンガンとアザーンを流す国もある（私は行ったことがないが、妻の証言ではパキスタンがそういう国だそうだ。それから、ずっと後に私も行ったエジプトがそうである）のに、イランはそうでもない。イランは宗教革命をやっていて、国中が宗教に夢中なんだろうなと、つい思ってしまいがちだが、行ってみればそうでもない印象があって、それが旅行の面白さである。

7

その翌日は、ついにイスファハーンへとたどり着く。ついに、と言ってしまうのは、そこが「イランの真珠」とたとえられる美しさで知れわたった古都だからだ。イラン高原最大のザーヤンデ川の中流に位置する水の都でもある。古くからシルクロード上の要衝として栄えたが、イスファハーンが栄華を極めるようになったのは十六世紀後半からだ。一五九七年に、サファビー朝の王アッバース一世がこの地を首都としたのだ。王は自ら都市計画をして、宮殿や寺院、バザールや橋などを建設していき、「イスファハーンは世界の半分」という言葉が残っているほどの繁栄を実現したのである。

まず、チェヘル・ソトゥーン宮殿へ行く。アッバース二世の謁見のための宮殿である。四十柱の宮殿という意味だが、柱は四十本あるわけではない。柱は二十本でそれが池に映るから四十だという説もあるが、単に多くの柱という意味で四十というのかもしれない。中庭に大きな池のある宮殿だ。宮殿の壁に大きな壁画があるのが、イスラムの建築にしては珍しい。

それから、ザーヤンデ川にかかるアーチの構造を持つ石橋を二つ見物した。建造物として見事なもので、見ていて飽きない。橋の中ほどにチャイハネがあって、そこでチャイを飲み、水パイプでタバコを吸った。それらの橋を建造したのはアルメニア人技術者だそうで、近くにはアルメニア教会もあるという。だが、それを見た頃の私は、アルメニア人とは何かを、まったく知らなかった。

夕食後、夜の街を散歩した。人出が多くて街には活気がある。だが、治安の悪い感じはひとつもない。何の不安もなくゆったりと歩いていられるのだ。

その夜の散歩で面白かったのは、緑見物の宴会だ。その日は金曜日であり、イスラムの休日だった。そして五月であり、まさに新緑のシーズンなのだ。すると人々は、あたかも日本人が桜の木の下で花見の宴会をするように、緑の木の下で緑見《みどりみ》の宴会をするのだ。公園の木の下に、シートを敷いて楽しんでいる人々が何百人もいた。かなり遅い時間なのに、幼児までがうかれている。それは家族単位の行楽なので、チャイハネに女性客がいないのとは違って、お母さんや娘もいっしょに楽しんでいるのだ。

そしてコンロを使って肉を焼いたりして食べているのだが、その宴会に酒は一滴もないのである。イラン人は酒なしで、緑の下で宴会をするのだ。酔っていないから喧嘩が始まるようなこともなく、とにかくなごやかなムードだった。

ホテルで一泊して翌日、イスファハーン観光の目玉であるイマーム広場へ行った。縦五百十メートル、横百六十三メートルの広大な長方形の広場だ。広場は回廊のような建物で囲われていて、それが土産物屋などの店になっている。

短い辺のひとつの中央に、イマーム・モスクがある。マスジェデ・エマームという名を使っているガイドブックもあるが、とにかくイランを代表する壮大なモスクである。モスクの楼門は広場に正面を向けているが、その奥にあるモスクの本堂は広場とは四十五度向きがズレている。メッカの方向を向くためである。

とにかく壮大で、ドーム屋根の青や黄色を使ったタイル装飾が見事なモスクだ。円柱形のミナレットも印象深い。

モスクの屋根には、何十年ぶりかのタイルの張り替えのために一部木製のやぐらが組まれていたが、私は後にNHKのドキュメンタリー番組を見て、その修復工事を指揮しているのがホセインさんだということを知っているわけだ。

モスクの中にも入れて、スケールの大きさと、タイル装飾の美しさに圧倒される。

広場の長い辺の中央部には、西側にアリガプ（アーリー・ガープーとも）宮殿があり、東側に王族専用のモスクがある。アリガプ宮殿はアッバース一世が建て始め二世が完成させた、前面が三階建て、奥の方は五階建てのイラン初の高層建築だ。その上から、王たちはポロの試合を見物したという。

今、イマーム広場の中央部は噴水のある池になっているのだが、昔は池がなく、広場ではポロの試合が行われたのだそうだ。ついでに言えば、ポロは古代ペルシアで始まったスポーツである。

私たちはアリガプ宮殿の最上層に登り、そこから飽くことなく広場を見渡した。広場の北側は、ずーっと奥まで続くバザールである。そこも歩いてみたが、ありとあらゆる店が雑多に並んでどこまでも続いている、賑《にぎ》やかなバザールだった。

イマーム広場は、モスクや宮殿を含めて、まさにイスラム世界そのものという印象である。大いなるアッラーの都、という感じだ。

一方にはペルセポリスの遺跡があり、一方にはイマーム広場があるという、イランの奥深さを見せつけられたような気がした。

8

イランでは、ほとんど毎回羊肉のケバブを食べさせられる。それに冷たいナンがつき、ヨーグルトが必ずある。サラダがついている時もあるが、焼いたトマトもよく見た。系統としてはトルコ料理に類似のものだが、トルコ料理ほど洗練されたうまさはない。ただしウズベキスタン料理とくらべれば断然おいしい。どこへ行っても羊肉なので、私と妻は平気なのだが、もう匂いを嗅《か》ぐのもいやだと、レストランに入らず外で待っている若い女性メンバーがいたりした。

それにしても、イラン人の穏やかな優しさには驚かされた。イラン人には遠慮がちに気配りするようなところがあるのだ。

このイラン旅行の間、買い物などもするわけだが、売り子が値をふっかけたり、騙してぼろうとしたことは一度もなかった。インドならよくある商行為なのに。商品には必ず値段を書いたシールが張ってあり、ホテルの売店ならばドルの値段も書いてある。

（ちなみに、イランではペルシア数字が使われており、日本人には読めない。1から10までの数を並べてみる。

۱ ۲ ۳ ۴ ۵ ۶ ۷ ۸ ۹ ۱۰

普通の店ではこの数字で値段の表示がしてあるのだが、私たちはホテルの売店や、外国人がよく来る土産物店で買い物をするわけで、そこでは我々の知っている数字が書いてあったのだ）

店で値切ってみると、売り子が必ず店主に相談に行く、というのが面白かった。店主が出てきて、威厳たっぷりに値引きしてくれた。

しかし、総じて物価は安い。ペルシア絨毯だけは高いが、ほかのものは嬉しくなっちゃう安さである。つまり、景気が悪いのだろう。

イランがイスラム革命をして宗教に厳格な国になったことは既に述べたが、それをなぜかアメリカなどの西側の国は嫌い、経済制裁をしたりするのだ。そこで、アメリカ大使館員人質事件、なんてことも一九七九年にあった。そのせいで更に経済的に孤立し、苦しくなったのだ。一九八〇年にはイラン・イラク戦争も勃発《ぼっぱつ》した。テヘランのホテルのタイルの壁が、壁紙を張って補修してあった景気の悪そうな感じは、そんなところから来ているのである。

そして、イラン人の日本人好きもその辺から来ているのではないかと、私は想像した。ガイドのバタイさんに、どうしてイラン人は日本人に好意的なのですか、ときくと答えはこうだ。

「テレビで『おしん』が放送されて、とても人気がありますから」

それに加えて、子供たちはアニメの『キャプテン翼』が大好きです、という情報もあった。

しかし、私の考えたことはこうだ。イランの人も、革命から二十年たって、少しは開放的な心境になってきているのだろう。宗教には厳格でもいいが、欧米を敵視するばかりなのはどうか、という気分だ。世界と交流し、経済的にも繁栄していかなくちゃ、という気運が、若い人を中心にだんだん出てくる。

そう思った時に、日本が理想の国に見えたのではないだろうか。日本は、別にキリスト教に改宗したわけではなく、なのに世界経済に参加して、世界で有数の経済大国になっている。アジア人のままで、大きな成功を摑《つか》んでいる。そして勤勉であり、優れた製品を作る技術も持っている。

あれが我々のお手本だ、という気がして、そこにアジア人同士という親近感も加わって、日本はいい、ということになっていたのではないかと思うのだ。

右の文を過去形で書かなければならないのが悲しいところだ。今はもう、イラン人は日本のことをアメリカの手下、だと思っているのかもしれない。

それに、イラン人の心情も変化する。私が行った二〇〇〇年は開放派のハタミ大統領の時代だったが、二〇〇六年現在は保守派のアフマディネジャド大統領になっている。イランでは、保守派と穏健な開放派とが常に勢力をせめぎあっていて、行きつ戻りつしているのだ。現在のイランは核開発問題で欧米に文句を言われまくっているせいで、西側は敵だ、というムードが強くなってしまっているかもしれない。

しかし、私が行った二〇〇〇年には、イラン人は優しくて、正直で、どこかに古代からの文明の地ならではの品のよさがあった。たとえば安い絵はがきを買ってみても、カメラマンの腕がよくて、デザインがいいのだ。そういうところに文化の力は出てくる。

いい国へ来たなあ、と私は思った。酒がないことを別にすれば。

そうだ、酒のことがあった。私は酒なしの生活をどう乗り切ったのか。

その答えは、つらかった、である、お楽しみがないから寂しい、というようなことではない。本当につらかったのだ。

旅行はかなりハードなスケジュールで進行していく。何時間も歩きまわったりの日さえあって、確実に疲れがたまっていく。

その疲れを、寝る前の酒でほぐす、ということができないのだ。睡眠薬をのむから眠れはするのだが、神経をほぐすことができない。だんだん疲れが蓄積されて、頭がバカになっていくのが自分でもわかった。夜、ホテルの部屋でバッグを開けて、五分間ぐらい、私はどうしてバッグを開けたんだろう、と考えてるぐらいにバカになった。

そして妻はそれに加えて、スカーフ問題にも悩まなければならないのだ。常にスカーフを頭からかぶっているせいで、ほおのあたりの皮膚がヒリヒリしてくるのだそうだ。気障りでたまらないという。このスカーフのせいで倍疲れるような気がする、と言っていた。

正直なところを告白すると、私たちは旅の五日目ぐらいから、あと何日だな、と言いあっていたのだ。あと二日の辛棒だね、とか、あと一日ですむんだ、なんて。

要するに、イランが気に入っている一方では、もう帰りたいなあ、の心境もあったのだ。

まことに幻想的な体験である。

イスファハーンからテヘランへは国内線の飛行機で戻り、最後にテヘランでいくつも博物館を見物したあと、ついに帰国の途についた。空港で土産にキャビアを買う気力もなく、私たちはふらふらになって日本に帰り着き、空港のレストランでビールを涙目で飲んだのである。

というわけで、イラン旅行の後半は、帰りたくてたまらなかったのだ。

なのに、それからが不思議の始まりである。

旅行から一週間たった頃、私たちはこう言いあったのだ。

いいところだったなあ、と。

一カ月たった頃には、あんなにチャーミングな国はなかったよね、と言いだす。

つまり、時がたてばたつほど、魅力的な国だったという思いが強くなってくるのだ。

二人とも、酒さえ飲めればすぐにでももう一度行きたい、と思っているのである。

古くから文明があり、生活の中に文化がある国には、そういう魅力があるんだなあ、と思うしかない。

オアシス・コラム④　酒のこと

　基本的にはイスラムでは飲酒を禁じているのだから、この本に出てくる国でスペイン以外は、自由に酒が飲めるわけではない。絶対に飲めないのがイランで、イエメンでも、レストランでは酒は飲めなかった。ただし、イエメンでは旅行者が持ち込んだ酒を自室で飲むことはできる。イランはそれもできないのだ。

　トルコはかなり自由に酒の飲める国だが、普通ロカンタに酒は置いてない。また、レストランの中には酒のないところもある。地方へ行くほどその傾向は強い。

　モスクの周囲五十メートル以内には酒場を作っていけない法律があるときいたが、イスタンブールなどでは店の入口をモスクから一番遠いところにして酒場をやっている例もあるのだそうだ。私たちもオルタキョイという街のモスクの近くのオープン・カフェの売店でビールを買って飲んだことがある。私たちが飲むのはビールやワインといったところだが、トルコ人は、ラクというアニスの香りがついた、水で割ると白く濁る地酒を飲んでいることが多い。

　インドでは原則として酒は飲めるが、選挙の時には、ドライデイといって、ホテルでも酒を出さない。人々が興奮していてトラブルになりやすいからだろう。しかし、そこはインドで、ビールはダメだが、バーテンダーが、ジュースに見えるカクテルは作ってくれる。もちろんチップ目当てのことなので、チップを渡すのだが。

ドライデイ以外なら、街で酒を買うこともできる。インディアン・ワインや、黄色い花から作ったインドの地酒みたいなものもある。

ウズベキスタンでは、ホテルと観光客向けのレストラン以外ではあまり酒を見なかった。シャシリクの専門店などにも置いてない。ウズベキスタン製のワインはちょっと飲める代物ではなかった。ロシア製などの輸入物もあるが値段が高い。

エジプトでは、観光客の出入りする店ではほとんど飲むことができる。そういうところにサウジアラビア人がいると、彼らは酒を飲みに来ているんだと、ささやかれていた。ビールもワインも国産のものがある。ビールにはステラ、サッカラ、マイスターなどいくつものブランドがあり、ラベルが派手でピラミッドなどが描いてある。

レバノンはベカー高原などでワインを作っている。シリア、ヨルダンではホテルのレストランかバーで飲むのだが、ホテルに酒の売店があることもある。

チュニジア、モロッコはレストランやバーで飲むことができるが、フェズの旧市街のモロッコ料理のレストランはダメだった。ホテルで手に入れる酒は結構高い。物価の安い国でも、酒の値段は日本のホテルと同じくらいだと思ったほうがいい。

・第四章・

レバノン、シリア、ヨルダン

——三つの宗教のふるさと——

狭い岩の隙間をたどっていったら突然視界がひらけ、この宮殿が目に入るのだ。感動ものである。このエル・ハズネは、1日に50のバラ色を見せる、と言われている。ナバタイ人の秘密都市ペトラは実在する幻想の街という感じだ。このあたりは岩の色がまことに多彩であり、だから瓶の中に砂で描く砂絵が名物なのだ。

1

イランの次は、シリア、ヨルダン、レバノンへ行く番かな、と思った。この頃にはもう、ウズベキスタンを東端として、西へ西へとイスラム国を巡っていこうというプランが頭の中に浮かんでいたのだ。

よく考えてみたら、いちばん東だったのはインドか。確かにそこで、タージ・マハルやアーグラ城などのイスラム建築を見たことがすべての始まりだった。

しかし、インドへ何度も行っている頃は、それらの遺跡がイスラム文化のものだとあまり意識していなかったのだ。インドにはイスラム教徒が一三パーセント強いるという事実はあるが、ヒンドゥー教徒が八〇パーセントと圧倒的であり、あそこで見えてくる生活文化はヒンドゥーのものなのだ。だから私としては、インドは私にイスラム社会の存在に目を向けさせてくれたきっかけの国だった、と考えている。

ついでに、私はもうひとつ筋の通らないことを言っているので、それについて説明しておこう。なぜウズベキスタンを東端にするのか、という点についてである。

アフガニスタンはまだ政情も不安定で観光で行くのはためらわれるとしても、パキスタンなら行けるではないか。バングラデシュもイスラム国だ。そして更に東にインドネシアという大きな国もある。ブルネイ、マレーシア、モルジブもイスラム国だ。

なのにどうしてウズベキスタンから始めて西へ行くのか、という疑問は当然出てくるだろうが、それはもう私の個人的な趣味だとしか答えようがない。東南アジアには、あまり旅情をくすぐられないのだ。そのあたりの気分を分析していくと、何か私の偏見が浮き彫りにされるのかもしれないが、うるさく考えないでおこう。お楽しみの観光旅行をしているのだから、行きたいところへだけ行けばいいのである。

というわけで、イランの次はシリア、ヨルダン、レバノンか、という気になった。本当のことを言うと、イラクはもし何の危険もなければ（そんな時は来るのか？）行きたい国だ。イスラム国巡りをしていれば、バグダッドはある意味憧れの街なのだから。しかし、今現在は観光で行けるようなところではない。

アラビア半島の国々も、イスラム国だ。むしろ、サウジアラビアはその元祖である。ムハンマドがイスラムの教えを始めたのが、サウジアラビアのメッカなのだから。

ところが、現在のあの半島には私はあまり魅力を感じないのだ。なぜかというと、あのあたりは石油を大量に産出するせいで、とてつもなくお金持ちの国だからだ。だから、普通のイスラム文化があまり見えないような気がする。人口のそう多くない国民がだいたい裕福で、底辺の労働は外国からの出稼ぎの人がしている、という国はあまりに特殊だ。そして、どうせイスラム教徒でなければ見物することもできないのだが、メッカやメディナにあるモスクの写真を見ても、最近建造された超豪華な宮殿風だというのも、見物する意欲をそそられない。

アラブ首長国連邦のドバイなどは、むしろ豪華ホテルでハイソなリゾート・ライフをしませんかという方向でアピールしており、それに魅力を感じている日本人もいるようなのだが、私の好みはそれではないし。

アラビア半島の中で、唯一行ってみたいような気がするのは、太古にシバの女王がいたというイエメンである。不思議な古都があったりして味わいが深いらしい。だが、イエメンへ行くツアーはあったりなかったりで（この国の政情のせいだろう）、その頃にはなかったのだ。

そんなわけで、二〇〇一年の五月、私たち夫婦は、シリア、ヨルダン、レバノンの三カ国を巡るツアーに参加した。

考えてみれば、初めてアラブの国へ行くわけである。トルコもイランも、アラビア語ではないからアラブ諸国とは呼ばないんだ、という話は前にした。そしてウズベキスタンも、使っているウズベク語はトルコ語系であり、しかもあのあたりは北部ペルシアとも言えて、二重の意味でアラブではないのだ。

この旅行で初めて、アラビア語の国々へ行くことになるのだ。そして、実はなかなかに複雑な三国である。

その三国へ行くのだと言うと、多くの人から、大丈夫なんですか、と言われたものだ。人々の頭には、中東紛争、というものが浮かんでいるのだろう。イスラエルでは、パレスチナ人によるテロも頻発していたし。

しかし、シリア、ヨルダン、レバノンはとりあえず安全に行けるところだった。そして、行けば自然に、そこがどんなに多難な歴史を持っているのか見えてくるのだった。

2

まず最初に訪れるのはレバノンである。ＫＬＭ機で、オランダのアムステルダム乗り替えでベイルートへ飛んだ。合計十八時間も飛行するのだ。朝、成田を飛びたって、その日の夜中にやっと着いた。その日は入国してホテルに入って寝るばかりである。

翌日、五月一日。事実上の旅の始まり。

レバノンの首都ベイルートは、海に面した大都市である。海とは、地中海のいちばん東だ。当時の人口は百五十万人。レバノン全体の人口が約四百万人で、その四倍の千六百万人のレバノン人が世界各地に出ているのだとか。

ベイルートは、一見したところ、ヨーロッパの都市を思わせるほど美しくて、新しい街である。ビルも、家々も建ってまだそう年月がたってない感じなのだ。ところが、時々、つぶれそうな廃屋が目に入ってくる。

街が新しく見えるのは、そこが一九九〇年まで、十五年間にわたって内戦をしていたからである。内戦中の廃屋を片づけ、このところようやく復興が進んできた、という時に行ったわけだ。

街には、欧米や日本の企業の看板がやたら目につく。マクドナルドもあるし、ピザハットもある。トヨタやソニーの文字も目に入ってきた。電気製品ではソニーに人気があるのだそうだ。そして車では、やたらにベンツが多い。

ただし、その日私たちがベイルートで見た自動車は、どれもこれも泥水の中から引っぱりあげて乾かしたように、土ぼこりで灰色になっていた。ほんの数日前に砂嵐《すなあらし》があったのだそうだ。そしてその日は五月一日、つまりメーデーなので公共機関や店が休みで、誰も洗車をしないというわけだった。あんなほこりだらけの車を私は初めて見た。

ベンツが多いのは、もちろん最近レバノンの、特にベイルートの景気がいい、ということだろう。欧米からの投資は相当なものだそうである。

だがそのほかに、たまに砂嵐があると車があんなに土ぼこりまみれになってしまう土地柄では、頑丈なベンツに人気が集まる、ということなのだそうだ。車検というものがないから、車は壊れるまで乗るもので、その点からもベンツがいいのだとか。

いずれにしても、レバノンは急激に経済成長をしつつあって、ベイルートの街にはとても活気があった。あまり、イスラム国のイメージは強くない。

レバノンにはキリスト教徒も多いのである。その割合は、と書きかけて困るのだが。まともな人口統計がないのだ。一九三〇年代に、キリスト教徒とイスラム教徒の比が六対五だった。そこで国会の議席をその比率に分けた。

ところが、一般にキリスト教徒は子供の数が少なく、イスラム教徒は多いので、イスラム教徒の人口はどんどん増える。それに加えて、第二次世界大戦後、何度もアラブとイスラエルが戦争をしていて、そのたびに大量のパレスチナ難民がレバノンに流入している。

現地ガイドのラウラさんは、今、イスラム教徒六五パーセント、キリスト教徒三五パーセントであろうか、という数字を教えてくれたが、それも正式に調べたデータではないのだ。正式の調査をすると、国会の議席の配分を変更しなきゃいけないなどの、政治的影響が大きすぎるので調べないのだそうだ。

でも、とにかく、レバノンにはキリスト教徒もいる。そのせいでベイルートは、ヨーロッパを思わせる、あまりイスラム的ではない街なのだ。ヨーロッパからの観光客を大いにあてにしている様子が見えた。ヨーロッパ人が来たくなる理由は、大いにあるのだから。つい忘れてしまいそうになるが、中東というのはユダヤ教と、キリスト教が生まれた場所なのである。

さて、ベイルートにいる私たちは、まずは市の近郊にあるジェイタ洞窟《どうくつ》というところへ行き見物した。世界で二番目に大きい鍾乳洞《しょうにゅうどう》だそうである。一番はアメリカにある、という説明だった。

鍾乳洞はものすごくて見ごたえがあったが、その見事さはイスラムともアラブ社会とも関係ない。ただ、わーすごいなあ、と言って見物した。

なんでも、これを丸ごと売ってくれとディズニー・プロから申し出があったが、断ったのだそうである。かなり面白いところだというのがそれでわかるだろう。

遠足なのだろうか、レバノンの学生や子供も多く来ていた。子供たちは日本人に対して興味津々で、とても人なつこかった。

それから市街地に戻り、市の中心部を見物した。国会議事堂や、議員会館の集中する、エトワール広場のあたりである。みんな再建されたり、修復されたものばかりだから新しい。

ベイルートのそのあたりは、ローマ時代から続いている古い市街地なのだそうだ。だから歴史がものすごく積み重なっている。

ギリシア時代とローマ時代の遺跡が入りまじっているところがあった。ごちゃごちゃなので、まだ調査が進んでいないのだとか。

そういうところの近くに、五百年前の、オスマン・トルコ時代の建物がある。ローマ・カトリックの教会が再建されていた。近くに、十八世紀のギリシア教会があって、それは再建中。アルメニア人のアルメニア教会はきれいに再建されていた。そしてそれらにまじって、イスラムのモスクが二つある。なんというところだ、という気がしてくる。

ところが、私たちはそのあと、もっとショッキングなものを見せられたのだ。添乗員がガイドのラウラさんに頼んでくれて、バスに乗ったままだが、内戦の傷痕《きずあと》がそのまま残っている一帯をまわったのだ。

銃撃を受け、穴だらけのビルが、何十もそのまま残っていた。まさに廃墟であり、どれだけの銃弾を撃ちこめばこんなひどいことになるのか、という気がするほどだった。

そういうビルの間をバスはのろのろ走った。そういうビルの一階で商売をしている人や、二階に住んでる人がいることに私は驚いた。

ラウラさんは何も言わなかった。質問されて、これらのビルは修復されることになっています、ぐらいを答えただけだ。

まだ二十代後半の若い女性であるラウラさんの目が、暗いことに私は気がついていた。ここで戦争があったのは、彼女が少女から娘さんになる頃のことなのだ。親や兄弟がその犠牲になっているのかもしれない。

そんなことはきけることではないが、私はそう思い、今は発展中のベイルートの暗部をのぞいてしまったような気がした。

3

さて翌日、レバノン国立博物館を見物した。そこは展示が豊かで、見せ方もうまく、必見の博物館である。古代フェニキアの王の石棺があり、その蓋《ふた》に世界最古のアルファベットが刻まれているのを、絶対に見るべきだ。

アルファベットを考案したのはフェニキア人なのだ。そのフェニキア人（というのはギリシア人が呼んだ名で、カナン人が本来の名らしい）は、このあたりに住んでいた古代の海洋商業民族なのだ。紀元前十五世紀頃にアルファベットを作ったらしい。そんな古い歴史もここにはあるのである。

現代のレバノン人は、我々はフェニキア人の末裔《まつえい》だ、というふうに感じて誇りを持っているらしい。海洋交易に乗りだし、地中海をところ狭しと往来したフェニキア人の末裔だというのは、確かに誇りたくなることである。

博物館を出たところで、パンを頭の上にのせて売り歩くおじさんからパンを買って食べた。トルコでよく買ったシミットというリング状のパンによく似たものだが、ここでは大きなイヤリングのようなティアードロップ型であった。中央の穴が狭いほうに寄っている。そして、パンの中にはスマクらしき香辛料が入っていた。スマクというのはトルコでケバブの味つけによく使う粉状の香辛料だ。日本でケバブにその味をつけたい時は、しその葉を粉状にした〈ゆかり〉で代用することで、味の想像がつくであろう。大変においしいパンだった。

レバノンの人は自国の歴史を語る時、オスマン・トルコに支配されていた時期のことは、暗くていやな時代でした、とのみ言ってトルコのことをあまり語りたがらない。しかし、そのパンはあきらかにトルコの文化の影響を受けたものだった。そういうところが、なんとも複雑なのである。

さて、ベイルートをあとにする。我々は、バスでレバノン山脈を越え、ベカー高原にあるバールベックの遺跡へ行った。

バールベックは古くからの通商の要地だったところで、ローマ時代の神殿の遺跡を見ることができる。かつてヘリオポリス（太陽の都）と呼ばれたそこは、二〜三世紀に巨大神殿群が完成したという宗教都市だ。昔は少なくとも六つの神殿があったとされているが、今はジュピター神殿とバッカス神殿の廃墟を見ることができる（ヴィーナス神殿は公開されてない）。

ジュピター神殿に残る六本の大列柱を見て、私は、確かにすごい、とつぶやいた。高さが二十メートルもあるのだ。八世紀に大地震があって今は柱が六本しか立っていないのだが、かつては神殿がそういう列柱に囲まれていたのである。この神殿の全長は二つの前庭を入れて約三百九十メートルもある（この数字は中央公論社『世界の歴史4 オリエント世界の発展』による）。

バッカス神殿はそれよりは小ぶりで、全長約六十九メートルで、本殿を囲むコリント式列柱が四十六本ある。

ローマ帝政期に建てられたものだが、もともとその地は砂漠隊商のアラブ系民族がシルクロードの要衝に造った都だったらしい。それをローマが取り上げ、ヘロデ大王に与えたのだそうだ。このヘロデ大王は、キリストに刑死を与えるヘロデ王の父である。その父のほうのヘロデ大王には建築趣味があり、そのことがバールベックを巨大神殿都市にしたきっかけだそうだ。

ジュピター神殿の、六本だけ立っている柱が梁《はり》を支えている姿には息をのんだ。中東、と言うか、地中海アジアは、フェニキア人やユダヤ人の土地であり、ギリシアやローマとも関係し、その後イスラム化したわけである。そしてセルジュク・トルコに支配されたり、オスマン・トルコに支配されたりした。だから何でも出てくるようなところがある。それが面白さなのである。

次に、アンジャルの遺跡へ行った。そこは、ウマイヤ朝時代（七〜八世紀）の城塞都市であり、ローマ風をまねて作られていた。ウマイヤ朝のカリフの別荘として使われていたものだそうだ。

ただし、一度大々的に破壊されているので、現在は見るべきものが少ない。市街地の跡、大通りの痕跡、わずかに残るアーチ型の柱と梁、などから往時を偲《しの》ぶのだ。

ほかには、クサラというワインで有名な村へ行った。意外かもしれないが、レバノンのワインは上質なことで有名で、パリのワイン・コンクールで金賞をとったこともあるのだ。ワイナリーを訪ねて、地下のワイン倉庫を見せてもらった。そこで、別の年に銀賞をとったワインを買ったが、私たち夫婦はそれをその日の夜に飲んでしまうのだった。

レバノンには、エジプトからの影響も、ペルシアからの影響もあって、博物館ではそれが実感できた。そういう国が、今はどちらかと言うとヨーロッパの方を向いて、経済繁栄を手に入れようとしているところであった。

4

我々は、バスで国境を越えてシリアに入る。この時の旅で陸路での国境越えということを初めて体験したのだ。もちろん、出入国の手続きがややわずらわしいが、団体旅行者だってことで、バスの中に乗ったまま簡単にそれがすむ。

そして、レバノンのラウラさんと別れ、シリアに入ったところで、日本語のできるシリア人ガイド、カメルさんと合流。カメルさんは私より年配の男性で、この旅の間に初孫が生まれるという年まわりだった。東京オリンピックの頃に東京に住んでいて、奥さんは日本人だという、少し気むずかしい感じの人である。

シリアに入ったバスは、一路、ダマスカスをめざして進んだ。

私の妻は、今度の旅行の中で、ダマスカスへ行くことをいちばんの楽しみにしていた。予習ができてない私としては、ダマスカスの魅力って何だろう、というところである。映画『アラビアのロレンス』で、ロレンスが陥落させ、アラブ独立派の拠点とするところがダマスカスだったが、そこのどんな点が魅力的なのか。

「四千五百年の歴史を持つ、世界最古級のオアシス都市なのよ。歴史がびっくりするほどつまっているの」

と妻は言う。大いに予習してきているのだ。

「価値ある古都という点では、イラクのバグダッドと並ぶものだわ。アッシリアや、バビロニアの都だったし、アレキサンダー大王も来たし、一時はキリスト教の中心地で、パウロやヨハネにゆかりの都市だったの。そしてイスラムのウマイヤ朝には、ウマイヤ・モスクというイスラムの聖堂が作られたのよ。そのあたり一帯の、ダマスカス旧市街地は全体が世界遺産に指定されてるの」

バスは夕刻に、そのダマスカスに着いた。人口百五十万人の大都市である。砂漠の中に忽然《こつぜん》と緑の森があり、森に包まれるようにその都市はあった。

市の外れに、カシオン山という小山があり、まずはそこへ登って街を一望する。ここは地元の人も多く遊びに来る場所で、屋台の豆売りが出ていた。その山はアダムとイブにもゆかりがあり、カインが弟アベルを殺したところでもあるという。

イスラム国へ来たと思っているのに、いきなりそういう旧約聖書にちなむ話が出てくるのでびっくりしてしまうのだが、考えてみればもともとそこは、ユダヤ教とキリスト教の発祥の地なのだった。

ダマスカスは美しい街だった。旧市街の雑然としたたたずまいも面白いし、新市街は整然とビルが並んでいて落ちついている。街の半分が広大なオアシスの森だというのもいい。ゆっくりとしていて、少なくとも今は平穏な街である。

シリアは一応社会主義国で、かつては旧ソ連寄りのこわもての国だった。そして、そもそもヨルダン、レバノン、シリア（それに加えて本当はイスラエルも）という国々は、本来大シリアとしてまとまるべきところだ、という思いが、あのあたりにはある。それが第一次世界大戦後に、イギリスやフランスなどの思惑によって、サイクス・ピコ条約なんていう勝手な条約を結ばれ、分断されてしまっているのだと。

シリアのアサド前大統領はそういう政治的複雑さの中、どうにかあの国を舵《かじ》取りしてきた（イスラエルとは、何度戦争しても負けるのだが。だからシリア人は、イスラエルを援護するアメリカが嫌いである）。

だが、一九九一年の湾岸戦争の時、シリアはイラクにつかず、国連の多国籍軍のほうについた。それが今のシリアを、ひと頃よりずっと世界に対して開放的にしたのだ。

そして、私が行った約一年前に、アサド大統領の息子のバッシャール・アサド大統領になって以来、次々に民主的施策を打ち出し、シリアには春がやってきつつあると言われていたのだ。

その日はダマスカスをろくに見ず、ホテルで休むことになった。

そして、ホテルの部屋で酒を飲みながら、私たち夫婦は毎晩あれやこれや、昼間見たものについて語りあうのだ。この時行った三つの国では、少なくとも観光客は酒を飲むことができたので、前年のイラン旅行より楽なのである。

シリアに入ったとたんに、コカコーラがなくなったね、なんてことを語りあう。

でも、そう特別な国という感じではなく、ダマスカスの街は明るいね。

オアシス・タウンで、街を出ればすぐ砂漠だから、四千年以上、ここしか街にできなくて続いてきているんだね。

アラブ人というのはどちらかと言えば商業の民で、街と商業が続くならば上に立つ征服者が誰だって構わないのかもしれない。だから、アレキサンダー大王に征服されても、モンゴル軍や、チムール帝国が攻めてきても、オスマン・トルコに支配されても、独自性を失うことなくアラブのままでやってこれたのかも。

そんなことを、毎日深夜一時頃まで夢中になって語りあうという変った夫婦なのであった。

翌日、午前中にまず、国立博物館を見学。ものすごく歴史が豊かで、複雑だということがいやでも感じられる博物館である。ギリシアやローマの影響もあれば、イラン（ペルシア）の影響もあり、エジプトの影響もあるのだ。そして、イスラム社会になってからは、十字軍との戦争に明け暮れた数百年がある。そのあと、オスマン・トルコの支配下に入ったわけだ。とてもここで、歴史を簡単にまとめることなどできないのである。

博物館の次に、旧市街地の、城塞前へやってくる。城塞の前には、十字軍と戦った英雄サラディンの銅像があるのだが、普通の日本人でサラディンの名を知っている人はまれであろう。妻はサラディンの伝記まで読んでいたが、説明は省略する。

そして、スークという、人出で賑わう商店街を歩いた。トルコやイランではバザールと呼んでいる雑然とした市だと思えばよい。土産物も売っているし、生活用品も売っている。念のために言っておくと、少しも危険な感じはなく、楽しくなってきちゃう屋根つきショッピング街である。

そして、それを突き抜けた我々は、ウマイヤ・モスクにたどり着いた。妻がいちばん見たかったというモスクだ。そこでは、女性は黒い外衣をまとわなければ中に入れない。

ウマイヤ・モスクは、メッカのカーバ神殿がイスラムの聖地となったのと並ぶくらい古くて、由緒のあるモスクである。もともとはローマ人のジュピター神殿だったもので、それがキリスト教時代にはヨハネの聖堂になっていた。七世紀に、半分をモスクとして使うようになる（キリスト教とイスラム教が同居していたということ。初めの頃はそんなだったのだ）。

八世紀にモスクとして建築される（今あるものは、十九世紀に修復されたもの）。

巨大で、圧倒されるようなモスクである。イスラム・モスクというのは要するに礼拝をするところなので、中はガランとしているが、それにしても大きな建物だ。その外に、中庭を囲むように回廊があり、その一部に古いモザイク画が残っていて、それも見どころ。

このモスクの中には、建物の中の小建物という感じに、ヨハネの廟がある。そういうところが、イスラム教にうとい日本人にはさっぱりわからないところであろう。イエスに洗礼したという、あのヨハネである。サロメがヘロデ王の前で踊って、その褒美にヨハネの首がほしいと言ったので斬首《ざんしゅ》されたあのヨハネ。そういうキリスト教の聖人の墓が、イスラム・モスクの中にあるのだ。

　実は、コーランの中にもヨハネは出てきて、聖人とされているのだ。それどころか、コーランにはイエスも、その母のマリアも出てくる。モーゼや、大天使ガブリエルも尊敬されているのである。

　本来イスラム教は、キリスト教と対立するものではなく、同じグループの中の改良版（とイスラム側は思い、キリスト教側は思わないわけだが）なのである。だからキリスト教やユダヤ教の聖人も尊敬するのだ。その上、ウマイヤ・モスクの場所はもとはヨハネの聖堂だったのだから、その人の廟を内包しているのである。

　そんな、二つの宗教のつながりまで見えてくるのがウマイヤ・モスクだった。

あと、サラディンの廟、アゼム宮殿などを見たが、ウマイヤ・モスクの印象がとにかくもう圧倒的だった。

5

　その日の午後、バスで北東へ二百三十キロ走って、タドモールというオアシス都市へ行った。そこで見物するのはパルミラ遺跡である。

行く途中は、ほんの少し草が生えてはいるが、それ以外は乾いた土だけ、という砂漠（土漠）である。遠くに木の生えてない山々（アンチレバノン山脈）が見えるが、どれも同じように見える。だから、バスの中でうとうとと一時間ぐらい眠って、目を開けると、前と同じ景色である。まだまだ砂漠なのだ。

夕方、パルミラに着く。

パルミラは、紀元前二〇〇〇年から続く砂漠の中のオアシス都市で、東西交易の要衝として栄えた。二世紀にはローマ帝国の植民市となったが、三世紀に出た女王ゼノビアはローマから独立し、一時はエジプトまでを征服する大国に育てあげた。大変に聡明《そうめい》で、政治力もあった女王だったそうである。しかし後に、ゼノビアはローマ軍と戦って敗れる。女王は捕虜としてローマに送られ、そこで処刑されたとか、いやそうではなくそこで後半生を送ったのだ、などいろいろに言われている。

その後パルミラはアラブの大守に支配されたが、十五世紀に打ち捨てられて遊牧民のなすがままになっていた。

そういうパルミラで何を見ることができるかというと、要するに、ローマ風の都市の大がかりな遺跡である。いくつかの神殿、列柱が立ち並ぶ大通り、野外劇場、浴場跡など多くのものが昔のままに残っていて、ローマ史劇のオープン・セットに迷いこんだような気がするほどだ。もちろん世界遺産である。

そして遺跡の西には死者の谷があり、いくつかの墳墓が見られる。塔の形式の墳墓や、地下室型の墳墓を見物した。一族の者の死体を石棺に入れ、ずらりと並んだ墓室に、抽《ひき》出《だ》し式に納めておく、という形式のものであった。

夕刻、我々は遺跡を見下ろす小高い丘の上にあるアラブ城塞へ、夕陽を見に行った。城塞は十七世紀に建てられたものだが、その前にも砦《とりで》があったらしい。要するに、もとは十字軍と戦うためのアラブ側の砦だったのだ。木一本生えていない丘の上の石の城塞は遠くから見ても見事なものだった。

その城塞で、陽が落ちるのを待って時間をつぶしていた時のこと。旅行者の一人が、ガイドのカメルさんにきわどいことを質問していた。キリスト教徒とは仲が悪いんですか、とか、イスラエルとどうしていがみあうんですか、なんてことを、予備知識ほとんどなしで、あどけなくきいているのだ。ヒヤヒヤしてしまった。

カメルさんは、今強い相手と、戦っているばかりではいけないし、なんてことを言った。

そして話の最後に、しかし、歴史を振り返って永久に栄えた国家はないですから、と言い、こう話をしめくくった。

「いつか必ず、追い出します」

その発言を、十字軍と戦ったアラブの城塞で確かにきいて、私と妻は無言で顔を見合わせた。

その日の夕食は、ベドウィンのテントのレストランで食べた。ベドウィンの衣裳を着せてもらい、ダンスを踊らされたり、水パイプでタバコを吸わされたりして、楽しかった。テントは大きなもので、風でゴウゴウと音がする以外はとても快適である。ほかの場所にあったベドウィンのテントに、クーラーがついているのを目撃したくらいで、テント生活もなかなかよさそうである。

翌日、来たのと同じ道をたどってダマスカスまで戻り、さらに南下する。いよいよ最後の国、ヨルダンへ向かうのだ。

ただしその前に、シリア南部の街ボスラで古い円形劇場を見物した。ローマ時代の劇場を囲んで、まわりが城塞になっているという珍しいものだった。ボスラでは石が黒っぽいのが、これまでの遺跡と違うところだった。ここも世界遺産。

そして夕方近く、ついに我々は陸路でヨルダンへ入国したのである。

6

口蹄疫《こうていえき》の防疫のためということで、バスを降りて、薬液をしみ込ませたマットの上を歩かされた。それが、シリアからヨルダンへの入国であった。初めて歩いて国境を越えたのだ。

この時の旅は十日間で三つの国をめぐるというものだった。三つとも中東のイスラム国（レバノンにはキリスト教徒もかなりいるが）で、なおかつアラビア語を話すアラブ諸国なのだが、そのムードは微妙に違っていた。

レバノンは、中東のスイスと呼ばれることもあるくらいで、かなりヨーロッパのほうを向いている。それが最も感じられるのは、ベイルートの市街地を見てみて、ビルに取りつけてある大看板、または店舗の看板などに、英語らしきアルファベット表記があふれていることだ。レバノンで話されているのはアラビア語なのに、アラビア文字はあまり目に入ってこない（もちろん、レストランのメニューみたいな生活に密着したところではアラビア文字が使われているが）。

ところが、シリアに入ると急に看板がアラビア文字になる。英語表記がないわけではないが、あまり目立たない。私はどちらかと言うと、シリア風のほうが正しいぞ、なんて感じて好きなのだが。

書き忘れていたが、レバノンの通貨単位はポンドである。正しくはレバノン・ポンドと言うべきなのだろうが。そして、シリアもシリア・ポンドである。ただし言うまでもなくその二つは違う通貨であり、為替レートも違っている。

シリアに入るとコカコーラがなくなる、ということは言ったが、そのほかにこういうこともあった。今日では、イスラム国へ行ったたって、ホテル内のテレビではCNNやBBCなどの放送を見ることができる。それはウズベキスタンやイランでも同じだった。だからシリアでもCNNを見たのだが、その放送がコマーシャルの場面になると、音が消えた。アメリカのニュースを見るのはやむを得ないが、享楽的な物質文明のCMは好ましくないので音を消しているのだ。そんなふうだった国はシリアだけである。

しかし、それだけを言うと、シリアは堅苦しくてこわい国なのか、と思う人がいるかもしれない。現地ガイドのカメルさんのことを少し気むずかしいおじさんだった、とも言ったし。

シリア人は普通に真面目で、まあなじみやすい人たちである。ダマスカスからパルミラへ向かった時のことだが、途中でトイレ休憩をかねて、カフェ兼土産物店に寄った。ほかには人家がまったくないのだがその店だけが、砂漠の中の道がT字型になっているその交叉点《こうさてん》の前にあった。

南北に走る道から、東へ一本の道がのびているのだ。その道をひたすら行けば、イラクのバグダッドに至るのだそうである。おお、この道の先がバグダッドなのか、と感動して、何も見えないのだがはるかにながめてしまった。

というわけで、我々が休憩したその店の名が、バグダッド・カフェであった。その店は土産物になかなか面白い品揃えをしていて値段も適正だった。私はそこでシリア名産のオリーブ石ケン（アレッポ産のものが有名）を買ったのだが、一個一ドルだった。

この道を通ってパルミラへ行く車は、ここしか休憩場所がないので、ほとんどの車がここへ寄る。そのため店はひどく混んでいた。そこで、チャイを注文してみたものの、はたしてすぐに出てくるだろうか、と私と妻は言いあっていた。そうしたら、すぐに熱くてうまいチャイが二つ出てきたのである。やるじゃないか、と思ってしまった。そんな生活力がシリア人にはちゃんとある。

チャイの話が出たのでついでに脱線。この三国では、コーヒーが煮出し方式で、碾《ひ》いたコーヒー豆が混じっている。しばらく粉状の豆が沈むのを待ってから飲み、最後の底から五ミリぐらいの分は飲まないでおくやり方である。トルコも同様のコーヒーで、それをトルコ人はトルコ・コーヒーと称しているのだが、イスラム国の多くがその方式でコーヒーを飲むのだ。少し渋みがあってうまいものである。

シリア人の感じをわかってもらうためのムダ話をもうひとつしよう。パルミラでは、遺跡に近いホテルだった。そのホテルのフロントに、髪が真っ白な七十歳ぐらいのおじさんが働いていた。その人が、私と妻に声をかけてきて、日本からか、楽しんでるか、などのことを片言の英語で言った。それから、私たちの名をローマ字で紙に書かせ、それをアラビア文字で書いてくれた。自分の名がそんなふうに書けるのかと面白がる。おじさんは、これは昔使われてた低額の貨幣なんだ、と言いながらそれをくれた。そして、怪しげな英語でこう言った。

「五つになる孫がいて、とても可愛いんだよ。何かおみやげをやると喜ぶんだがなあ」

ではこれをあげましょう、ということになって三色ボールペンをあげた。サンキューと言って喜んでいた。

その体験は不快ではなかった。むしろ、なかなか楽しい出来事だと思った。たとえばインドでなら、ホテルのボーイはいきなり、記念に何かくれ、と言うのである。それにくらべれば、ずっと上品なおねだりではないか。おじさんは、ホテルマンとしてのプライドが保てる範囲で、上手に話をそっちへ持っていったのだ。双方がその触れあいを楽しんだ。

シリア人というのはなかなかに奥が深い、という印象を私は得た。やはり、歴史の古さがあるからであろう。

さて、そういうシリアから、最後の国ヨルダンに入ったわけである。今度はどんな印象の国なのであろうか。

いっぺんに全部説明することはないんだから、まずひとつのことだけを言おう。店の看板や、広告などの文字のことである。

ヨルダンでは、アラビア文字の看板と、英語の看板を半々ぐらいの割で見た。どちらかと言うと、ヨルダン人の生活圏ではアラビア文字が目立つ。それに対して、観光客を相手にしているような店や、ストリートでは、英語が目につく。すなわち、そこは外国からの観光客を強く意識している国だったのだ。

7

ヨルダンは地域としては、シリアから続く古くから文明のある地で、そのあたりもユダヤ教やキリスト教が生まれたところだと言える。そしてまた、古い交易ルートであることも重要だ。インドやペルシアからやって来る交易船が、時代によってはペルシア湾に入ったり、時には紅海に入ったりした。ペルシア湾貿易だと、バグダッド、パルミラ、ダマスカス、ベイルートのラインが栄える。ところが紅海貿易だと、サウジアラビアのヒジャーズ地方、エジプト、ヨルダンといったところが繁栄するのだ。

また、ヨルダンには、世界の陸地で最も深い裂け目であるヨルダン地溝がある。そのいちばん低いところにあるのが死海だ。

そんなわけで、ヨルダンには観光資源が多くて、ざっと考えても三つほど文句のつけようがない見所がある。そのせいでヨルダンには、さあどんどん観光に来て下さいよ、と手招きしているような雰囲気があるのだ。

ヨルダンの通貨単位はディナールだ。アラブ諸国にはディナールをお金の単位にしているところが多いから、これも正しくはヨルダン・ディナールと言わなければならない。

ヨルダンでの現地ガイドはモハメッドくんといった。三十代ぐらいのどちらかと言えば陽気な男だった。かつてＪＩＣＡで働いた関係で三カ月日本に住んだことがあるということだった。

バスを乗り替えて、我々はまず首都のアンマンに入った。

アンマンは、丘がいくつもつらなった凹凸のある都市だった。見渡せる丘の稜線《りょうせん》に、クリーム色の可愛らしい家が密集していて、なかなか美しい。もちろん紀元前から街として栄えたところで、紀元前三世紀頃にはプトレマイオス朝のエジプト（ギリシア系の王朝）に支配された。その時のプトレマイオス二世の別名がフィラデルフォスであり、その名にちなんでここはフィラデルフィア（兄弟愛の意）と呼ばれたのである。そして紀元前一世紀にはローマ帝国に帰属し、ヘロデ王に支配されたという歴史を持っている。そういうアンマンにはあまりイスラムの雰囲気が感じられなくて、南欧のような感じがあった。

もちろん、食料品店などがずらりと並ぶスーク（市場）を歩いてみれば、濃厚なイスラム色を感じるのだが。店の中に、小さなカードのようなものをガラス戸にベタベタ貼《は》って売っているところがあったが、それは宝くじ屋だった。女性の派手な下着を高くかかげて見せびらかすように売っているのもイスラム国のすべてに共通である。それから、小さな女の子用のフリフリのドレス。イスラム国では女の子は小学校に入ったらいきなり地味な服装をさせられるので、その前だけ愛らしいドレスを着ることができるのである。

アンマンにはローマ時代の遺跡がいくつかある。丘の上に、ヘラクレス神殿跡があったり、市の中心部にローマ風の劇場が残っていたりするのだ。ヘラクレス神殿の近くに国立考古学博物館があって、有名な死海文書が展示してあった。

そしてまた、ウマイヤ朝時代にはここはイスラムの宮殿が数多く建てられたのだそうだ。そんなふうに、歴史の入り混じったところなのである。

アンマンの郊外には、パレスチナ難民のキャンプがある。キャンプと言ってもテントが並んでいるわけではなく、コンクリート造りの小さな家がごみごみと建て込んでいる地域で、見ているだけで気が重くなるような独得のムードがある。そこには十万人のパレスチナ人が住んでおり、国連とヨルダン政府が資金援助をしているのだそうだ。難民のパレスチナ人にはヨルダンのパスポートが与えられているそうだが、もちろんそうは言っても仕事につきにくい、などの問題はあるだろう。でも、一応ヨルダンはパレスチナ難民を受け入れ、生活を成り立たせる支援をしている。

ガイドのモハメッドくんに、どうしてそこまで難民を助けるのですか、ときいてみたところ、こういう答えだった。

「同じイスラム教徒だからです。困っている人を捨ててはおけません」

このモハメッドくんは、気さくで楽しい人物だった。我々にアラビア語を教えてくれて、「ヤラヤラ」というのは「行きましょう」という意味だと教えたあと、こうつけ加えたようなお茶目である。

「名古屋弁だと、行こみゃあか、です」

そういう人物が、ふと真面目な顔になって、イスラム教徒は助け合わねば、ということを言うのだ。私は、ヨルダンはレバノンほどではないが、経済が安定していてガツガツしたところがないのだろう、と推測した。その経済力は主に観光に頼っているのではないか。

また脱線をする。モハメッドくんが教えてくれたアラビア語についてである。

アラビア語は発音がむずかしすぎて、何度きいても身につかなかった。やっとのことで二つの挨拶語《あいさつ》、「サバハルヘー」＝「おはようございます」と、「ショクラン」＝「ありがとう」を頭に入れただけである。モハメッドくんは一から十までの数を教えてくれたが、彼を真似てその音を出そうとしてみると、とても変な発声法をするので頭がクラクラしてしまった。

アラビア語は私には無理である。それに対して、以前に行ったトルコの、トルコ語はとても頭に入りやすい。文章の語順が日本語に似ているのだ。それに比べると、アラビア語は私には習得不能であった。

8

マダバという街で聖ジョージ教会を見物した。ギリシア正教の教会で、床に六世紀のモザイク画が残っているのが見所である。そのモザイク画のモチーフが、パレスチナの地図だというのが変っていて面白いわけだ。あそこがエルサレムだ、ここにベツレヘムがある、などと指さして見物した。

シリアもヨルダンも国土の大部分が砂漠、もしくは土漠という乾燥したところだが、シリアがひたすら白っぽい岩や砂のイメージだったのに対して、ヨルダンは岩や砂の色が、赤っぽいものから黒っぽいものまで多彩である。そういう様々の色の石があるからこそ、モザイク画に好都合なんだな、と納得した。

さて次に、マダバから西へ十キロほど行き、ネボ山という小山の頂上へ行く。このネボ山が、モーセの終焉《しゅうえん》の地なのだそうだ。旧約聖書に出てくる、出エジプトと十戒で名高いあのモーセである。あの人はここで亡くなったのかと知ってみて、あらためて自分はユダヤ教のおこった地帯へ来ているんだなあ、と再認識した。エジプトを脱出して、ユダヤ人たちが帰りたかったのはこのあたり、国名で言えばイスラエルやヨルダンやシリアだったのだ。

ネボ山の頂上には教会が建っていた。もちろんモーセの頃よりずっと後に建てられたものだが、ここでも、床に古いモザイク画が残っていて一見の価値あり。

教会の庭には十字架型のモニュメントがあるが、とても変ったデザインだった。細い鉄の棒をねじって巻きつけてなんとなく十字の形に造ったという感じの、現代彫刻家の実験作品みたいなものだった。私の持ってるモーセのイメージとはちょっと違っていた。

その庭から、眼下に死海が見える。ということはそのむこうはイスラエルだ。はるかにエルサレムの街も見えた。私は世界情勢についてそう詳しいわけではないが、世界の紛争の火種となっている国をこの目で見ているわけだなあ、という感慨は覚えた。あそこからパレスチナ難民が大勢逃げてきて、ヨルダンはそれを受け入れているんだなあ、とか。

今現在は、イスラエルとヨルダンには戦争終結宣言が出されていて、かなり親密化している、という説明だった。それはいいことだなあと、子供のように思うことしかできなかった。

さて、観光だ。ヨルダンの旅の目玉のひとつである、死海へ行くのである。あまりにも有名なその湖で、泳げない人間でもプカプカ浮いてしまう、というのを体験しよう。

バスが、九十九折《つづら》りの道をどんどん下っていく。死海は世界で最も低いところであり、海抜がマイナス三九七メートルなのだ。大いに下ってやっと死海の畔《ほとり》に出る。

そこには、リゾート・ライフを楽しみましょうというコンセプトの設備のいいホテルがあった（イスラエル側の湖岸にはそんなホテルがたくさんあって大いに賑わっているそうだが）。

そのホテルで我々は昼食をとるのだが、更衣室やシャワーも借りて湖水につかったのだ。ホテルにはプールもあって、その周りに原色のビキニ姿のヨーロッパ娘などが寝そべっていた。中にはビキニのトップを外しているような娘もいて、そこだけはイスラムとは別世界という感じだった。

でも、我々にはプールなんかはどうでもいいわけで、湖水のほうへ行く。

ところで、そのツアーのメンバーというのはどういうわけか医者や病院関係の仕事の人が多かったのだが、自分のことを教養ある階層だと思っていそうなそういう人が、死海になど入りませんよ、という反応をするのだった。十三人ぐらいメンバーがいた中で、水着に着替えて死海に入ったのは、私と妻と、もう一人の男性だけである。あとの十人はパラソルなどさして見物しているだけだ。話の種になるのに、なぜ参加しないんだろう。

さて、とにかく私は死海に入ってみた。塩分濃度が普通の海水の四倍以上ある、という湖である。湖とは言うものの、琵琶湖《びわこ》の一・五倍もあるので、海に入る感覚に近い。

なんとなく、湖水が重くて、少しねばるような気がした。水面がゆらゆらとたゆたっているような気がした。そして、確かに体が浮く。ただし、そこでは泳ごうとしてはいけない。湖水に顔をつけて、目に水が入ったら大変なことになるのだ。痛くて目を開けていられなくなり、あわてて上がって真水で洗わなければならないのだ。

だから、上向きの姿勢でただ浮いているしかない。しかし、自然に尻《しり》が下がって、体がくの字の形になるので、そう楽ではない。

手や足の、すり傷や、虫に刺された跡などに塩水がしみて、ピリピリと痛い。そんなふうに少しだけツラくて、でも面白い体験だった。ただし、長時間つかっていられるものではない。添乗員に写真を撮ってもらいピース・サインなどでポーズを決めたりして、十分くらいつかっていただけである。湖水から出てすぐに真水のシャワーをあびた。

湖の近くの土産物屋へ行くと、死海の湖水はミネラルを含んでいて美容にいいというので、それから作った化粧水などを大いに売っていた。風呂《ふろ》に入れるとよい死海の塩とかもある。

私と妻は店員に、風呂に入れるのではない料理用の塩はないのか、と尋ねて、それを出してもらって買った。一袋でたった二ドルのものであるが。その塩は少し大粒でとてもうまく、焼魚などに振ると最高であった。

ヨルダンはなかなか楽しいな、という気になってきて、「ヤラヤラ!」(行こみゃあか)と口走る私たちであった。

9

その日のうちにバスでペトラまで達する。ただし、そこの観光は翌日、まる一日かけて徒歩で行われる。

ペトラはヨルダン観光のいちばんの目玉である。中近東に世界遺産は数ある中で、特に見逃せない3P、と呼ばれているものがある。Pのつくその三大遺跡が、シリアのパルミラと、ヨルダンのペトラと、もうひとつなのだ。もうひとつは、前回の旅で見物したイランのペルセポリスである。私はついにその3Pを制覇したのだ。

ペトラが見て面白いのは、一度は忘れられて地上から姿を消したかのようになっていた遺跡だからである。半砂漠地帯の山の中に、ひっそりと隠されていた幻の街なのだ。

その辺のことがわかるように、翌日のペトラ観光のことを語ろう。

まず早朝、ホテルから歩いてほど近い馬乗り場へ行く。馬に乗って入口まで行くのだ。馬は快適だ。岩だらけの土地をゆったりと進む。

ところで、私の妻はどうしてそういう場面で必ず変な体験をするのであろうか。乗った馬の鐙《あぶみ》をとりつける紐の長さが左右で違っていて、ひどく乗りにくかったというのだ。なんでいつもあんたにはそういうことがおこるの、と言いたくなってしまった。

さて、十五分ほど馬で行ったところで、いよいよペトラへの狭い入口にさしかかる。そこからは徒歩だ。

ペトラに通ずる道は切り立った絶壁の間の狭い隙間だ。そこは干あがった川底であり、シークという。その涸《かれ》河床は、幅が広いところでも六メートル、狭いところでは二メートルほどしかない。そして両側にそびえ立つ岸は、六十メートルから百メートルもの高さなのだ。つまり、二枚の岩の屛風《びようぶ》の隙間をたどっていくようなのである。まずそのことが面白い。

そういう地形なのは偶然ではない。ペトラは紀元前二世紀から後一世紀にかけて、貿易商人の都市として栄えたのだが、その商人たちであったナバタイ人（西アラビアから出た交易の民族）は、自分たちの街を山の中に隠して造ったのだ。断崖の底を二キロほど入ったところに、忽然と都市があるなんて誰も想像しないというもので、だからこそわざとそこに住んだのである。

谷底なのにしっかりと石畳になっているようなところをひたすら進んだ。そして、三十分ほど歩いたところで、ガイドのモハメッドくんは左の岩壁の下のほうを指さして、ここを見て下さい、と言う。何があるのかとみんな集まってくる。だが実はそれは、彼のガイド・テクニックだったのだ。みんなをそこに集めてから、彼はふいにこう言った。

「みなさん。後ろを見て下さい」

振り返って、みんなの口から、わっ、という声がもれた。狭い岩の隙間のむこうに、陽光をあびてピンク色に輝く石造りの宮殿が見えたからだ。

それが、ペトラの入口にあるエル・ハズネである。正確に言うと建造物ではなくて、岩肌を切り出して造ったレリーフのような建物だ。神殿なのか誰かの墓なのかで議論があるのだが、その両方をかねた葬祭殿であろう、という説が有力だ。

インディ・ジョーンズのシリーズ第三作目『インディ・ジョーンズ／最後の聖戦』で、インディがラスト近く、聖杯を求めて秘密の宮殿のようなところに入っていき、数々の冒険をしたのを覚えていないだろうか。あの時の秘密の宮殿の入口は、ペトラのエル・ハズネを使って撮影したのだ。それくらいムードのある宮殿だということである。

ただし、映画ではあの中が、様々なしかけのある迷宮のようになっていたが、実物には内部の奥なんてない。小さな部屋があっておしまいなのである。

岩がピンク色なので、一日で色の感じが刻々と変っていくという素晴しい宮殿である。

それが、ペトラの表玄関なのだ。

そしてその奥にまわり込むと、岩に家々が刻み込まれ、墓もあり、列柱通りもあり、神殿もありという大きな街が出現する。岩は色彩やかで、巨木の年輪のようなものが浮き出ている。

小山を登ったところには、エド・デイルというまたまた大きな修道院跡もある。一日歩きまわって見ても飽きないという、大変な遺跡なのだ。

ペトラは二世紀にローマに征服され、列柱通りなどはそれから造られた。だが、四世紀に大地震があって荒れ、六世紀には忘れられたようになっていた。ほんの少しのベドウィンが住むだけだったのだ。

ところが十九世紀にスイスの探検家が発見し、世界に紹介して名勝の地となったのだ。そこに住んでいた人たちは移住させられたが、そこで商売をする権利を与えられた。

というわけで、ペトラには土産物屋がいっぱいある。瓶の中に色とりどりの砂を入れて表面に絵を描く砂絵屋などもある。そして、そういう店での値段が高いことでペトラは有名なのだ。

「ペトラのツーリスト・プライスにはうんざりするが、それでもペトラは素晴しい」と言われているのである。

ヨルダンという国が、外国人観光客を意識して成り立っているようだ、という私の印象は、ペトラへ来てみてますます強くなった。でも、一見の価値は文句なくあった。

10

またしても脱線を少々。食べ物のことを書き忘れていたが、三国とも、羊を中心とした遊牧民料理が中心で、トルコなどと似ている。つまり、シシケバブのようなものばかり食べさせられるということだ。ただし、レバノンでは魚料理（丸ごとの唐揚げだった）もあって、うまかった。

そして思いのほか野菜が豊富である。ピーマンとか、カリフラワーなどが大きくて新鮮だった。それから、ミントの葉を入れたミント・ティーがおいしかった。総じて、おいしいものが食べられたほうだと思う。

ホテルや、夕食のレストランでは、ビールもワインも飲める。ただし、私の妻がした次のような間違いはしてはいけない。

ペトラのホテルで、部屋に冷蔵庫はないし酒の買えそうな売店もない（あとでよく捜したらあった）と私が言ったら、妻はこう言ったのだ。

「ちょっと捜してくるわ」

そして、ホテルを出て近所の店を捜しまわったのである。ところがイスラムの国で、街に出て酒屋を捜してもそんなものはない（トルコは例外）。ホテル内だから酒があるのである。

モハメッドくんは、ヨルダン人の日常生活のことをいろいろ教えてくれた。一日に何回お祈りをするか、などのことである。でも、その中のこんな話を紹介してみるのが、ちょっと意外で面白いだろうか。

「妊娠中の女性とかは、お祈りをしなくてもいいんです。それから、体調が悪いとか、仕事で忙しいという人は、いつかまとめてお祈りしますから、ということでパスしてもいいのです」

この中東の三国では、都市ではアザーン（お祈りを呼びかける声）をほとんど耳にすることがなかった。わずかに、ペトラの丘の上のレストランに向かう時、夜風にのってアザーンが聞こえただけである。

というわけで脱線を終えて、ヨルダンの最後の観光ポイントに向かおう。それは、砂漠である。

デザート・ハイウェイ、という道をバスはひたすら南下した。このハイウェイはヒジャーズ鉄道にそって走っているのだが、上り線と下り線の二本になっていて、その二本が十メートルほど離れている。

そんなふうに道が造られている理由がやがてわかってきた。そこはアラビア砂漠からつながるネフド砂漠という砂漠なのだ。そして、バスは砂嵐の中に突っ込んでいく。昼間なのに夜のように暗くなった。見通しがきかないのだが、バスはヘッドライトをつけて平気で走る。この時、対向車と衝突する事故のないようにと、二本の車線が離れているのだった。

バスの中にいても喉がいがらっぽいような気がした。私たちは用意してきたビニール袋の中にカメラをしまった。そうしないと、カメラが細かい砂のせいで故障するのだ。

「あれを見て、すごいわ」

と妻が上空を指さした。そちらを見ると、ダークな砂嵐の空に太陽が見えた。その太陽は、まさしく月のように真っ白で、弱々しく光っているだけだった。この上なく幻想的な光景だった。

私は頭の中に、『アラビアのロレンス』のテーマ曲を思い浮かべていた。それは場違いな連想ではなく、まさにここでこそそれを思い出せ、というものなのだ。我々が向かっているのは、ロレンスがアカバを攻撃した時に越えたまさにその砂漠なのだから。

ワディ・ラム、というのが目的地だった。そこはもう、まぎれもなく砂漠である。かなり高い岩山がいくつかそびえ立ち、もちろん緑はまったくない。そして一面の砂である。その砂の色が、煉瓦を砕いて粉にしたような赤色だった。ちょっと歩いただけで私のスニーカーは真っ赤になってしまった。

ワディ・ラムのあたりは、あのロレンスが越えた砂漠であり、デビッド・リーン監督がロケしたところでもある。古代人が岩壁に残した線画などもあり、見物した。砂漠を、ベドウィンの運転する4WD車で運ばれていくのだ。この時ばかりは、ちょっとした探検気分を味わえる。

なお、念のために言っておくと、ベドウィンというのは民族の名前ではないので誤解のないように。サウジアラビアからヨルダン、シリアにかけてのあたりに、ベドウィンがいるのだが、それはアラブ系の遊牧の民を表す呼び名なのである。アラブ人のほかにベドウィン族がいるのか、と思わないように。だんだん遊牧生活をする人が減少し、あのあたりでもベドウィンの人口は減っているのだそうだ。

とは言え、砂漠をベドウィンの案内で観光するのは面白い体験だった。

言い添えておくと、観光の拠点となるレストハウスでは、ちゃんとおいしい食事がとれた。冷蔵庫もあって、ビールはよく冷えていた。そして、近くに小学校があるような気配があって、小学生たちが下校している光景も見た。

もちろん、人口は多くないがそのようにそこで生活している人もいるのだ。本当の秘境へ行ったわけではない。

それでも、自分はロレンスのあの砂漠にいるのだなあ、と感じることはロマンチックであった。私はこの旅では、ロレンスのことを研究した新書を持ち歩いてホテルなどで読んでいたのだった。

スニーカーが真っ赤になって、ワディ・ラムの観光は終った。そして、この旅もそこで終了である。

バスで一気にアンマンに戻り、アンマンからダマスカスへ、ダマスカスからアムステルダムへと飛ぶ。アムステルダムで八時間も待ち時間があるのがバカ臭いのだが、そこから成田へと帰るのだ。

そんなふうに、中東の三国を巡る旅は終った。疲れきっていた私たちには、スニーカーを手入れする気力もなくて、成田に着いた時もそれは真っ赤のままで、ひどく目立ってしまった。

オアシス・コラム⑤　ベールのこと

イスラムの国というと女性は全身真っ黒の服装と思いがちだが、同じイスラム圏でも国によってかなり様子が違う。

イランではチャドルという全身を包み込んでしまう服を着る。外国人でもモスクに入る時は同じものを着せられる。チャドルは黒だけではなく、若い女性などは白地に小花柄なんてものを着ていた。テヘランなどの都会では、学生や学歴のありそうな婦人はマントーという長いコートとパンツの組み合わせに好みのスカーフをかぶっている。二〇〇〇年のイランの若い女性は膝上丈のマントーに細身のジーンズなんていう服装をしていたが、保守派政権になってからはどうなっているのだろうか。宗教に敬虔な人はスカーフで髪を隠しているが、改革派の人だと前髪くらいは見えているというふうだ。そして、自分の家の中で家族だけですごす時はスカーフを脱ぐ。

ベール（顔や体を覆い隠すもの）をかぶっていると、女性の個性というものが見えてこないのだ。イランでは女性のツアー・メンバーはずっとスカーフをかぶっていなければならないのだったが、テヘランで一般のイラン人のお宅訪問をした時、家の中だからと初めてスカーフを取った。その時、ああ、こういう女性たちがいたのか、とわかった気がした。目鼻だけを見ても人間の個性は見えないのである。

イエメンでは全身を覆うスタイルだ。ほとんどが黒で、ワンピース状の上着、ゆるいパンツ、顔を覆って目だけ出す巻きつけもの、その上に頭からすっぽりかぶるショールのようなものの四点セットが多かった。また、黒地に赤などで目玉模様をプリントした巨大なテーブル・クロスのような布で全身を包み込んでいる人もいた。その場合も顔覆い布はつけていた。しかし最近は、学生や若い女性を中心に、ロングのワンピースとパンツ、スカーフといった軽装に顔覆い布だけという人も多くなっている。

トルコでは、イスタンブールなどの西部の都会と東部ではかなり服装が異なる。イスタンブールではほとんどヨーロッパと同じで、ミニスカートやショートパンツも見られるし、髪を派手な色に染めている娘もいる。しかし、都会でもイスラムの信仰を見直す動きもあり、スカーフをかぶる女性が増えてきているとか。地方へ行くとスカーフ率がぐっと高くなる。服装に決まりはないが、手足の隠れるものを着ている。

エジプトを含む北アフリカの国々では、都会ではスカーフにこだわっているようには見えない。しかしモロッコではアトラス山脈を越えると、スカーフだけではなく全身を覆う黒ずくめの女性を見ることができるし、チュニジアのベルベル人の女性たちもスカーフは必ずかぶっていた。

・第五章・

チュニジア

―――カルタゴとサハラ砂漠―――

イスラムの聖地ケロアンに、このグラン・モスクはある。建立者の名をとってシディ・ウクバ・モスクとも呼ばれる。この堂々たるミナレットの高さは31.5メートル。最下段の石組みの中にアルファベット文字の刻まれたものがあるのは、ローマ支配時代の建造物を壊して借用したためであろう。

1

シリア、ヨルダン、レバノンの三国をまわった旅行をして、イスラムの根幹を見たような気になった（実際には、イスラムの根幹はサウジアラビアであろうが）私だが、さてその次にはどこへ行こうかという段になって、大いに迷ってしまった。

当初の計画で、大筋は決まっているはずなのである。私はウズベキスタンをスタート地として、西へ西へとイスラム国をめぐっていく予定なのだ。シリア、ヨルダン、レバノンまで来れば、トルコは既にすませてあるからアフリカの北岸の国をたどっていくことになる。そして最後はスペインで、この旅のシリーズがひとまず終了する。なぜスペインがゴールのようになっているかは、そこへ行った時の紀行の中で詳しく書く予定だが。

とにかく、旅行のアジア編は終って、次はアフリカ編に入るところなのだ。それで、アフリカに行くとなれば順番としては、もちろんエジプトへ行く番なのである。

そうは思うのに、エジプトへ行くのは気が進まないのだ。旅行会社のパンフレットを見ては、次はエジプトだなあ、と言いながら、どうしたものだろうなんて思ってしまう。

エジプトはイスラム国である。それは間違いのないところだ。だからこそイスラエルと中東戦争をしたりしている。なのにエジプトへ行くのをためらってしまうのは、そこがものすごい歴史を持っているからだ。

エジプトは海外旅行の目的地としては人気があるほうで、パンフレットを見れば様々のコースが並んでいる。十日以上かけてエジプトを極めてしまおう、というコースや、ナイル川をクルーズで行こう、なんていうコースもある。

なのに、どんなコースであろうとも、ひたすら見せられるのは古代エジプトの遺跡なのである。ギザで三大ピラミッドを見よう、ほかの珍しいピラミッドも見よう、ルクソールで王家の谷を見て、ツタンカーメンの墓を見よう、アブシンベルでラムセス二世の神殿を見よう、などというものばかり。

要するに観光でエジプトへ行くと、古代エジプトばかり見せられるのだ。そのほかには見るべきものなどなし、という感じである。

私は、イスラム国であるエジプトが見たいのだが、カイロで大いにモスクを見よう、なんていうツアーはひとつもないのである。

古代エジプトのことはよく知らないし、今のところあまり興味がないんだよなあ、と私は思ってしまう。

実際に、ピラミッドや神殿を見てしまえば、それはやはり大変な歴史遺産なのであり、感動してしまうのだろう、という想像はできる。みんながすごいと言っているものは、やっぱり実際に見ればすごいのである。それはわかっているのだが、旅行のテーマが違ってしまうものなあ、という気がするのだ。

それまでの旅行で、イスラム国の味わいを楽しんできたわけだ。だんだんモスクやメドレセを見る目も養われてきて、この国の建築の特徴はこれだな、なんてわかるようになってきている。その目が、ふいに何千年も前に建てられたピラミッドや神殿を見るのか、と思ってどうも意欲的になれないのだ。

私はいよいよツアーに申し込む段になってもまだ迷っていたのだが、直前になってついに、ひとつ飛ばしてチュニジアへ行こう（エジプトの隣はリビアだが、そこは当時ツアーで行ける国ではなく、頭の中になかった）、と決めたのだった。予備知識のほとんどない国チュニジアである。二〇〇二年の八月の旅行だったから、チュニジアについては、その年の六月のサッカーのワールド・カップで日本が勝った対戦国、というのが唯一の知識だ。

話が少し変るが、二〇〇二年の旅行だというのがかなり重要な意味をもっているので、ちょっと触れておこう。前年、二〇〇一年の五月に私はシリア、ヨルダン、レバノンを旅行したわけだ。そしてその年の九月に、あのアメリカ同時多発テロ事件がおきた。そういう大事件のあと、私はなおも懲りずにイスラム国へ行くわけだ。

もちろん、ああいうテロ事件をおこしているのは一部の過激なテロ組織なのであって、イスラムの国すべてがああいうことをする、というわけではない。その後いろいろな国へ行ったが、どのイスラム国でも普通の市民（現地ガイドとか）は、テロはよくないことです、と言うのだった。

しかし、そうは言いつつも、アメリカもやり方がひどすぎるよね、という気分があるらしいとなんとなく感じ取れた。

つまり、あの悲惨なテロ事件があって以来、アメリカはアフガニスタンに侵攻し、その後イラクにも軍を送り、なんとなく世界が、イスラム国とキリスト教国の対立という雰囲気になっていったのである。両者が互いに相手のことを不気味だと思っているような具合になっていく。

日本人は、イスラム国のことをほとんど知らない。知りたいと思う人は非常に少ない。だからそういう世界情勢の中で、ただおそろしいところらしい、とのみ感じているのである。私がイスラムの国へ行くと言うと、大丈夫なんですか、と心配してくれる人がますます多くなっていった。

しかし、チュニジアはとりあえず安全に行ける国である。私が行くしばらく前に、その国のジェルバ島にあるシナゴーグ（ユダヤ教教会）で爆弾テロがあったのだが、そのぐらいは今、どの国にもあることだ。

何はともあれ、いよいよアフリカへと足を踏み出してみよう。

2

しかし日本人にとってアフリカは心情的に遠い。暗黒大陸、という偏見を内に含んだ言葉は使いたくないのだが、未開の地アフリカという気分が確かにある。そういうアフリカにイスラム国、アラビア語が使われているアラブ諸国があるとは意外だ、と思う人もいるのではないか。

だが、エジプト、リビア、チュニジア、アルジェリア、モロッコはアラビア語を使っているイスラム国である。このうち、チュニジア、アルジェリア、モロッコ（広義には、リビアとモーリタニアを含む）を、アラビア語で日が没する地、すなわち西方を意味するマグリブと呼ぶ。マグリブにアラブ人が入ってイスラム化したのはムハンマドの開宗から半世紀ほど後の七世紀のことである。

笑い話のようだが、日本人にとってはアフリカというのはとにかくもう南国である、というイメージがあるようだ。私が、アフリカのチュニジアへ行きます、と言うと、暑いんでしょうねえ、と言う人が多かった。

しかし、アフリカ大陸は巨大であり、コンゴのあたりに赤道が通ってはいるものの、それより北は北半球にあるのである。チュニジアはアフリカ大陸の中でいちばん北にある国だ。これを言うとみんなが信じられないという顔をするのだが、チュニジアの、地中海に面した首都チュニスの緯度は、ほんの少しだが東京よりも高い、つまり東京より北にある都市である。

世界地図の地中海のあたりをよく見てほしい。アフリカだと思うからチュニジアを南国だと錯覚してしまうのだが、そこはイタリア半島のすぐ下なのである。シチリア島とは百五十キロぐらいしか離れていないのだ。つまり、アフリカとは言っても、エジプトやマグリブなどの北海岸地方は、古代から地中海に臨む土地として栄えることができたのである。まずはそのことを頭に入れてほしい。

さて、そういうチュニジアへ、パリのシャルル・ドゴール空港で乗り替えてエール・フランス機で到着した。八月だが、猛暑というほどではない。チュニスは海が近いから湿度もあった。

そのチュニスのほど近くに、カルタゴの遺跡があって、いちばん最初にそこを見物した。

そうか、この国にはカルタゴがあったのか、というのが私のぼんやりした理解だった。カルタゴについて私が知っているのは、そこはフェニキアの植民市だった、ということと、ローマとの間にポエニ戦争をおこし、敗れたほうだということ。敗れはしたけれどカルタゴにはハンニバルという名将がいて、象を率いてアルプスを越えてイタリア半島に攻め入ったのだ、ということぐらい。

あまりにも不完全な知識で顔が赤らむほどのものだ。カルタゴからローマを攻めるのにどうしてアルプス越えをするんだか訳がわからないではないか。

でも、そんな無知の状態で私はともかくカルタゴを見てしまったのだ。海岸に近い丘の上に都市遺跡があった。石を組んだ住居跡などが残っている。ただし、それらは実はカルタゴ人の住んだところではなく、カルタゴが滅んでからローマ人が住んだ街の遺跡だという。もともとのカルタゴの街はローマ人が徹底的に破壊しつくしたのだそうだ。だからカルタゴの痕跡はほとんど残っていないのだが、円形の港の跡などがあり、語り伝えられるカルタゴがここなのは確かなのだそうである。

現地ガイドのロトフィさんは、フェニキアの女王エリッサがカルタゴを造った、などのことを教えてくれたが、その実態はよくわからなかった。そして私は〝ロトフィの吐息〟に悩まされた。

私が利用している旅行会社は、その年からイヤホン・ガイドを始めたのである。小さな受信機を持たされ、イヤホンを耳に入れてガイドをきくという方式だ。それだとガイドから少し離れても話がきける。

ところが、三十代ぐらいのロトフィさんは非常に太っているのだった。だから坂道などを歩くと、ハァ、ハァ、と大変な息づかいになる。その、ハァ、ハァがイヤホンから耳に入ってくるのだった。この旅行中ずっと、ツアーの一行は〝ロトフィの吐息〟をきかされたのである。

チュニジアはよく晴れていて、空は抜けるように青かった。

3

私は後に、ハンニバルのことを調べて短編小説を書いた。その調べでわかったことをここに簡単にまとめておこう。

旅行の時にはほとんど知識ゼロで観光したところを、その後の勉強によって補足しようというわけである。しかし、私がハンニバルについてもっと知りたいと思ったのは、カルタゴをこの目で見たという体験のせいであった。つまり、まずは見てしまったからこそ、知りたくなり、調べたのだ。言ってみれば、そこへ行ったからこそ勉強したのであり、そこまでが私の旅行だと言うこともできるのだ。

チュニジアを理解するには、あの地の歴史をざっと知っていないと話にならないのだ。

だからまず、その前半をまとめてみる。

レバノンの博物館で私はフェニキアの王の石棺を見た。その棺の蓋にはアルファベットの原形が刻まれていた。あの、アルファベットを考案したフェニキア人が海洋商業民族で、地中海で大いに栄えたことは既に述べた。

伝説では、紀元前八一四年に、フェニキア人はカルタゴに港町を建設したのだそうだ。フェニキアの植民市はカルタゴだけではなくて、地中海に面してたくさんあったのだが、その中でもカルタゴは地中海一の繁栄を見せて、それ自体が国であるかのように栄えていった。

カルタゴは、遠くイベリア半島の金属を運ぶ中継地として栄え、シチリア支配の拠点としても重要だった。

ところで、カルタゴが大いに栄える時代とは実は、ローマがだんだん強国になっていく時でもあったのだ。そして、ローマとカルタゴは主としてイベリア半島の支配権をめぐって対立していったのだ。

紀元前二六四年、第一次ポエニ戦争がおきて、カルタゴは負ける。そのせいで毎年多額の賠償金を払わなければならなくなった。そういう頃に、有名なハンニバルは将軍の子として生まれるのだ。

生まれたのはカルタゴだったが、九歳の時に父に従ってイベリア半島に渡る。銀などの鉱山を経営して本国であるカルタゴに送金するためだった。その半島に、新カルタゴという意味のカルタゴ・ノヴァ（現カルタヘナ）を建設したのだ。

やがて、ハンニバルの父が死に、跡を継いだ義兄も死んで、二十六歳のハンニバルは思いがけず領主の跡目を継いだ。

ところが、まさにその頃、勢力を拡大しつつあったローマがイベリア半島にも手をのばしてくるのだ。条約を無視して境界線を越えてカルタゴ領へ侵入してきたりする。

そこで紀元前二一八年、ついに第二次ポエニ戦争が始まる。別名を、ハンニバル戦争と呼ばれる戦争である。

ハンニバルがローマをめざして大進軍をしたのがこの時である。なるほど、イベリア半島からローマに攻めこむのだからアルプス越えがあったのだ。象を率いていたことが有名だが、それはアフリカから運んでいた象で今いる種より少し小ぶりだったそうである。そういう三十七頭の象軍をつれて、険しいアルプスをたった半月で越えたのだ。

ハンニバルは連戦連勝した。しかし、アドリア海側を南下して、ローマより南に出てしまう。そしてそこからローマをうかがうのだが、そうなってからのローマはしぶとかった。政治力で友好国と同盟を結んで一歩も引かないのである。ハンニバルはそこで十五年も一進一退の持久戦を強いられた。

そういう時に、ローマにスキピオという若き将軍が出現する。スキピオはカルタゴ・

ノヴァを陥落させる。そして次にカルタゴ本体を攻めるべくアフリカへ渡るのだ。

本国を落とされてはならじと、ハンニバルもカルタゴをめざす。そして紀元前二〇二年、ザマの戦いでハンニバルは敗れるのだ（その後シリアなどに逃げて再興をはかるが、ローマ軍に追いつめられて自決する）。

それからもカルタゴはかろうじて存続したが、第三次ポエニ戦争がおこり、紀元前一四六年、カルタゴは滅亡する。それ以来そこはローマの属州となり、奥地にいたアフリ族の名から、アフリカ属州と呼ばれるようになる。

つまり、アフリカという名は、もともとは今のチュニジアあたりに与えられた名なのである。英雄スキピオは、アフリカ支配のもとを作った人だというので、大アフリカヌスと呼ばれるようになった。

それ以来、アフリカはローマの支配するところとなったのである。

私は、チュニジア観光の初日でそのことをたっぷりと思い知らされた。

カルタゴ観光で、私たちはアントニヌスの共同浴場を見物したのだ。ローマにあるカラカラ浴場、ディオクレティアヌスの浴場に次ぐ世界で三番目のローマ風共同浴場である。ここはスチーム室だったとか、ここは水風呂だったとかいう大規模なローマ風呂である。

そしてその近くでは、古代の水道橋跡も見物した。まごうかたなきローマ文明の遺跡である。

私はトルコへ行った時にもギリシア・ローマの遺跡ばかり見せられて驚いた。シリア、ヨルダン、レバノンでもローマ遺跡を数々見た。そしてアフリカのチュニジアまで来て、またしても見せられるのはローマ遺跡だったのである。地中海に面するところをまわっていくというのは、ローマを裏側から見るようなことなのかもしれない。

行った順番はごちゃごちゃになってしまうが、この旅行中に私が見物したローマ時代の遺跡を並べて説明してしまおう。

●スベイトラの遺跡

ローマ時代から、ビザンティン（東ローマ帝国）時代にかけての遺跡。神殿や聖堂がたくさん見られる広大なものである。

●エル・ジェムのコロセウム

縦百四十九メートル、横百二十四メートルの巨大な円形闘技場。今も三万人を収容することのできる見事なもので、猛獣がつながれていた地下室などが完全に残っている。

●ブラ・レジア遺跡

大浴場や神殿や劇場の見られる広大な遺跡である。住居跡の床にはモザイク画が美しく残っている。

●ドゥガの遺跡

広大なことではここが随一だ。大劇場があり、大浴場があり、神殿があり、凱旋門《がいせんもん》もある。ローマへと続く（そんなわけないんだけど）舗装された道があり、住宅跡があり、売春宿もある。とにかく大いに歩いて足が棒になるのである。

これらの遺跡を続けざまに見たのではないけれど、時々思い出したようにローマ遺跡を見物させられたということだ。空気が乾いていて、陽ざしが強くてかなりバテた。そこへロトフィさんのハァ、ハァである。

私はスベイトラの遺跡で頭がクラクラしてかぶっていた帽子をどこかへ忘れてきてしまった。

私の妻はドゥガの遺跡で熱中症のようになり、カメラでの撮影を私に頼んでうずくまって休んだ。二人とも、ローマ遺跡の見物となると、またかよ、とちょっとうんざりしたのでことさらにバテたのかもしれない。

個人的には、それらの中ではエル・ジェムのコロセウムが、そのスケールの大きさと、どんなふうに闘技が行われたのかありありと実感できる完全な遺跡だったのが面白く、いちばん楽しめた。

チュニジアの通貨単位はディナール。行った時には、一ディナールが八十五円くらいであった。

4

チュニジアの最北部では小麦の収穫が行われている。ただし八月には、刈り入れが終っていて畑は広大なむき出しの地面のように見えた。道端に、スイカを並べて売っているというシーズンだった。

チュニスから南下していくと、オリーブ畑が広がる。ただしオリーブの畑というのは、オリーブの木が等間隔に生えているだけという単調な景色で面白味はない。ところどころに、畑の仕切りのようにサボテンが生えている。サボテンを有刺鉄線の代りに利用しているわけだ。

あのサボテンはアフリカ原産のものなのか、とロトフィさんにきいたら、メキシコから伝わったものだ、という答えだったので、なんとなくガッカリした。だが、私の行った時期にはそのサボテンに実がなっていた。団扇《うちわ》のようなサイズの葉がつながりあっているサボテンの、葉のてっぺんに小ぶりのキウィぐらいの実がついていて少し黄色く色づいているのだ。その実が食べられるのだそうで、市街地でも台の上に並べて売っている。

食べてみたところ、ザクロのような実であり、細かい種がいっぱいあってほんの少しの果肉がついているだけだ。果肉から汁が出て少し甘いのだが、ほとんどが種であり、その種が硬くて食べにくい。この種は吐き出すのか、ときいてみると、かじって食べちゃってもよい、という答えだったが、それも気障りだよなあ、というものだった。

畑の話を続けよう。チュニジアは南北に長い国だが、国の南三分の一ぐらいはサハラ砂漠にかかっている。その砂漠にさしかかる手前に、山岳地帯があり、ところどころに山岳オアシスがある。そこには、ナツメヤシの畑があった。ヤシと言っても大きな実がなるココヤシではなく、アンズのような実が房になっていっぱいなるというものだ。干したものを食べてみるとちょうど干し柿のようなもので甘い。

そういう収穫期のチュニジアをバスで南下して、我々はケロアンという街に着いた。そのケロアンこそが、私と妻がいちばん楽しみにしていた、この旅行のハイライトであった。そこは七世紀に建設された、北アフリカにおけるイスラム発祥の地なのだ。

「ケロアンのグラン・モスクのミナレットを見るのがこの旅のいちばんの目的なの」

と、例によって予習のしてある妻は言う。

「アラブ人がアフリカ征服をしていくのに、まずエジプトのフスタートというところを基地にしたの。そして次に、チュニジアのケロアンが基地になったの。だから、アフリカで一、二の古さを持つモスクなのよ。もちろん今あるものは再建されたりしたものなんだろうけど。そしてそのグラン・モスクのミナレットが、写真で見ると実に堂々としていて素敵なの」

では、私もその後調べてわかったことをまとめておこう。グラン・モスクは六四〇年に建てられた。ただし、今あるものは九世紀に再建されたものだ。

そのモスクのミナレットは、八世紀に建てられた部分（三段階に分けられるのだが、その最下段であろう）を含む。いずれにしても古いものである。

イスラム世界でケロアンは、メッカ、メディナ、エルサレムに次いで四番目の聖都であって、巡礼に来る人も多いのだ。ケロアンへの七回の巡礼は、メッカへの一度の巡礼に値する、とまで言われている。

そういうイスラムの聖地を、私たちは見物した。例によってモスクは、円柱の立ち並ぶ内部と、中庭と、ミナレットからなっている。堅牢《けんろう》な砂色の石造りである。そしてミナレットは、確かに雄大だった。回廊をまたぐようにあって、四角いずんぐりした塔の上に、少し小さな四角い階、その上にもう一段小さい四角い部屋という形であり、てっぺんはドーム屋根になっている。そのいちばん下の塔が八世紀のものらしい（もちろん、何度も修復されているのだろうが）。

塔というよりはそれは、ギリシア・ローマ時代の灯台のような形であった。そして私はこの時まだよく知らなかったのだが、アフリカのイスラム国ではミナレットが四角柱であることが多いのである。そういう四角いミナレットの原形が、このケロアンのグラン・モスクのミナレットなのかもしれない。

ようやくアフリカのイスラムを見ることができた、というような気がして、とても気に入ったのであった。

この街では、シディ・サハブ霊廟へも行った。ムハンマドの同志が眠るという廟である。もともとは七世紀に建てられたものだが、現在あるのは十七世紀に改修されたもの。アラベスク模様の装飾が壁にも床にも天井にも、ふんだんにほどこされた華麗なところだった。

ここで私たちは、正装して、赤いトルコ帽をかぶっている、この上なく気が重そうな五、六歳の少年を見た。親戚もみんな正装して晴れやかな様子なのに、少年だけは泣きだしそうな顔をしている。

こういう少年をトルコのトプカプ宮殿でも見た、と思い出して私は笑った。少年はその日、割礼のために廟へ来たのである。今は病院でそれをする人が多いのだが、霊廟でやるほうがありがたいのである。

霊廟の中庭では少年の親族がお祭り騒ぎで、私たち観光客にもお菓子やバラ水をふるまってくれた。

旅行中、最もイスラムを感じた瞬間だったかもしれない。

ケロアンのメディナ（城壁で囲まれた旧市街）もよかった。絵皿や、衣料や、絵はがきや、その他の土産物の店がずらりと並んだ市場だと思えばよい。羊肉の店や、香辛料の店などもある。人がいっぱいぞろぞろ歩いている。ケロアンはカーペットを産することでも有名で、それを売っている店もあった。

そういう旧市街を歩き、時には何か土産物を買ってみるのは実に楽しい。

5

しかし、このチュニジア旅行はバラエティに富んでいた。だんだん南下していくと、山岳アドベンチャーのようにもなるのである。

セルジャ峡谷という、断崖の続く峡谷をレザール・ルージュという列車で行ったりもした。とても綺麗《きれい》な観光列車で、ヨーロッパ人観光客がいっぱい乗っていたが。

そして、ジェリド湖という塩の湖を横断したりもした。地図で見ると広大な湖なのだが、ほとんど乾いていて湿地帯という感じなのだ。だが、少し掘ると濃い塩水がわき出して、塩を生産していた。

次に、ついにサハラ砂漠の始まるところへ行き、駱駝《らくだ》に乗って砂漠見物をした。ドゥーズというチュニジア最大のオアシス・タウンでは、馬車でオアシスめぐりをしたり、サハラ砂漠の動物のいる動物園に行った。そして、オスマン・トルコの支配時代の代官（ベイ）の屋敷跡のホテルに泊る。

それから、私たちはマトマタという小さな村に着いた。そこには、ベルベル人の穴居住宅があるのだ。

地面に円形の大きな穴を掘り下げ、次に、横に穴をうがっていってそこを部屋にする、という住居である。部屋はいくつも掘り、ここは寝室、ここは居間などと使い分ける。そういう家の一軒を見物させてもらったが、快適そうな住空間だと感じた。

しかし、ここにベルベル人というのが出てきてしまったので、簡単に説明しておこう。ベルベル人とは、北アフリカからサハラ砂漠に先史時代から住んでいる先住民である。人種的にはコーカソイド（白色人種）で瞳《ひとみ》が青いというのが不思議だが、古すぎるのでどこから来たのかはわからない。紀元前六〇〇〇年頃からの中石器時代文明の、文字や絵が北アフリカには遺《のこ》っているが、それは多分ベルベル人の手になるものだろうとされている。

つまり、紀元前八〇〇年頃にフェニキア人がカルタゴを建設するより前に、もともとここにいたのはベルベル人なのだ。ベルベル人はベルベル諸語を話し（もちろん今はアラビア語も話すバイリンガル）、モロッコで人口の三五～四〇パーセント、アルジェリアでは二〇パーセント、チュニジアでは一～二パーセントを占める。全体では一千万人ぐらいベルベル人がいるそうだ。

ついでに、カルタゴ以後のチュニジア史をまとめてしまおう。

カルタゴが滅んでローマの支配下に入ったチュニジアだが、五世紀になって、思いもよらない民族の支配を受ける。いわゆるゲルマン民族大移動というやつのあおりを受けて、もとはヨーロッパのバルト海近くにいたヴァンダル族（ゲルマン民族のひとつ）が、フランスあたりに進み、イベリア半島に入り、ジブラルタル海峡を渡ってアフリカに来て、ついに四二九年、カルタゴを陥落させるのだ。つまり、ローマからチュニジアを奪い取り、それどころかローマをたびたび襲っておびやかしたのだ。そのことがローマ帝国滅亡の一因とも言われている。

ヴァンダル王国は文化的遺産を何も残していないという、野蛮で、カトリック信者を迫害した悪役のイメージの強い国である。このヴァンダル族はベルベル人を迫害した。だからこそベルベル人は穴の中に住むようになったのでは、とも言われている。

しかし、約百年続いたヴァンダル王国は、五三四年にビザンティン帝国に敗れて、滅亡する。ヴァンダル族は奴隷にされたりして、ついに消滅してしまう。

チュニジアをビザンティン帝国が支配することとなった。だがそれは長くは続かない。前に言ったように、七世紀にアラブ人がやってきて、イスラム化するのだ。この時、ベルベル人もイスラムに改宗したので、アラブ人とはなんとか友好的にやってこれた（アラブ人のほうに、少しは田舎者、未開の人、とベルベル人を見るような差別意識はあったかもしれないが）。

そして十五世紀には、北アフリカはオスマン・トルコの支配を受ける。レバノンの説明の時にも言ったが、オスマン・トルコは代官を送ってきて税金を取るばかりなので現地の人には嫌われている。

十九世紀には、フランスがチュニジアを支配した。だが、フランスはチュニジアの王朝の存続を認めるといううまい支配をしたので、あまり嫌われなかった。

そして、一九五六年にフランスから独立した、というのがチュニジアの歴史だ。ほとんどずーっとどこかに支配されていたのである。

ベルベル人は文化的に素朴である。クスクスという、砕いた小麦に羊肉のシチューをかけたような料理はベルベル人のものだ。私も食べたが、なかなかおいしいものである。ジョージ・ルーカスは『スター・ウォーズ』を撮るにあたって、主人公ルーク・スカイウォーカーの故郷の星のイメージを、マトマタなどに求めて、この地でロケをした。ルークの育った叔父さんの家が、穴居住宅だったではないですか。

あの家は今、撮影の時のままの姿で、ホテルになっている。穴をもっと掘って増築したのであろう。そしてそのホテルのバーの名前が、スカイウォーカー・バーであった。そんな不思議なムードのところにまで来てしまったのである。

私は、チュニジアの印象は何だろうか、というのを頭の中で考えていた。そして、印象があまりないんだよなあ、と思ってしまう。

ケロアンはイスラムの聖地で、あそこだけにはムードがあった。だがそれ以外には、なんだか文化が感じられないのだ。ここで言う文化とは、何かを買った時の売り子の態度とか、はにかむような笑いの中の遠慮の具合とかいう、生活の美しさである。

どうもチュニジア人は、ヨーロッパのほうを見ている。フランス人が遊びに来て金を落としてくれることばかり望んでいるような気がする。そしてホテルのボーイたちは、なるべく仕事が楽なようにと考える怠け者の従者みたいなのだ。

つまり、ずーっと他民族に支配されてきた国には、国民性が育たないのかもしれない。ああこれが、この国の人の誇りなんだな、という感じがないのだ。

観光地を見て、ホテルに泊って、ショッピングもしたのに、まるでテーマパークの従業員みたいな感じの人にしか出会わなかったような気がする。悪い人がいたということではないのだが、民族の美しさみたいなものをとうとう発見できなかったような、そんな感想を私は抱いたのである。

6

チュニジアで私にわかってきたことがもうひとつあるので、それを簡単にまとめておこう。

あの国をぐるりと一周して、最後にまた首都のチュニスに戻ってきた。そこで私たちは、市の郊外にあるシディ・ブ・サイドという美しい町を観光したのだ。地中海を見下ろす丘の上にある小さな町だ。ゆったりとした石畳の坂道があり、土産物店やカフェが並ぶ楽しいところだった。

建ち並ぶ家々の壁が真っ白でまぶしいほどである。そして、すべての家で、ドアがチュニジアン・ブルーと呼ばれる濃くて鮮やかな青色に塗られているのだ。フランスの植民地時代にはパウル・クレーがここに滞在して感銘を受けたのだそうだが、まさにクレーを思わせるブルーの扉、窓わく、手すりなどなのだ。思わず写真を撮りまくってしまう美しさだった。

私は土産物店でチュニジアの鳥籠というものを買った。下半分が木製で四角くて、上半分は針金で球形に作った面白い形の鳥籠である。ただし、実際にその籠で小鳥を飼うのならば、高さが八十センチぐらいはなければ用をたさないだろうが、私が買ったのはその半分くらいのサイズで、飾って形を楽しむためのものである。

ロトフィさんに案内されて、家と家の間の路地などを歩いた。どこへ行っても、家の壁は白く、ドアはブルーで美しい。

ある一軒の家のドアの前で、ロトフィさんがドアに取りつけられている金属製の飾りを指さした。それはほっそりとした下向きの手の形をしていて、ノッカーの役をしているように見えた。

「これは、ファティマの手、というもので、ドアの飾りにしたり、アクセサリーになっていたりして、とてもよく見られます。この手には幸運を招くという御利益があると信じられています」

その説明をきいて、私は小声で妻にこう言った。

「ファティマとは、あのファティマだね」

すると妻はこう答えた。

「そうよね。今のチュニジアはスンナ（スンニ）派の国だけど、ファティマ朝の時はシーア派の国だったのよ」

少しずつイスラムの国々をまわっている間に、私たちにはその辺のことがわかってきたというわけだ。

私は、イランへ行った時にシラーズで、シャー・チェラーグ廟というものを見物している。そこで、どうしてイスラムは一神教のはずなのに、聖人の廟なんてものがあって信仰の対象になっているんだろう、と疑問に思った。だがあの時は、その疑問の答えを何も知らなかったのだ。

それが、何カ国かをまわっているうちに、ぼんやりとわかってきた。

簡単に説明しておこう。シーア派とスンナ派の違いとは何か、にかかわる話である。

イスラムの開祖ムハンマドは六三二年に特に後継者を指名することなく亡くなった。そこで、カリフと呼ばれる後継者が長老の中から選ばれていった。三代目カリフまではムハンマドの同志たちであった。四代目のカリフになったのが、ムハンマドのいとこだったアリーだ。アリーは、ムハンマドの娘ファティマと結婚していたので、ムハンマドの娘婿でもあった。

誰にも文句のつけようがない、血のつながった正統のカリフであるように思えた。ところが、そのアリーがまだ存命中に、ウマイヤ家のムアーウィアはエルサレムで自らカリフたることを宣言する。そしてダマスカスを都とし、ウマイヤ朝を開く（六六一年）。

この時、それは筋が違うであろうと、あくまでムハンマドの血を引くアリーへの忠誠を守り抜く一派が生まれた。それを、アリーの党派という意味のシーア・アリーと呼んだのだ。それが後にはアリーを省略して、シーア派となる。

ついでに言っておくと、スンナ派のスンナとは慣行とか、昔からのやり方という意味で、特にムハンマドの正しい行い、そういう正しい基準という意味になった。そういうスンナに従う人々がスンナ派なのである。

さて、シーア派では、ムハンマドの血を引く正統の後継者をイマームと呼んで指導者とあおぐことになった。アリーは第四代カリフであるとともに、初代イマームでもあった。そして彼の子のハサンとフサインが、それぞれ二代目と三代目のイマームとなる。

ところがシーア派のイマームは、ことごとく非業の死をとげるのだ。ハサンは毒殺され、フサインはウマイヤ朝の軍勢に家族もろとも虐殺された。シーア派のイマームは十二代まで続くのだが、十二代目を除く全員が殺されており、十二代目は行方不明になってしまった（そのことをシーア派の中の十二イマーム派では、十二代様は今もおかくれ中なのだ、としている）。

そういう代々のイマームを、聖人と崇《あが》め、廟に祀って拝むのがシーア派の人々なのだ。私がイランで見たシャー・チェラーグ廟は、イランへ来た唯一のイマームである第八代のイマーム・レザーの、彼のためによく戦った弟を祀った廟だったのだ。

というわけで、シーア派では何人もの聖人を認めており、巡礼して拝んだりするのだ。

さて、エジプトを中心として北アフリカにあった王朝がファティマ朝（九〇九～一一七一年）だ。アリーとファティマの血を引くというウバイド・アッラーフを救世主として建てた王朝なのでファティマ朝というのであり、シーア派だった。

そのファティマ朝がチュニジアから興ったものなので、そこに、ファティマの手、という信仰の対象が残っているのである。

ファティマ朝は十二世紀に途絶えてしまい、それに代ってエジプトにサラディンがアイユーブ朝（一一六九〜一二五〇年）を建て、スンナ派に移行するのだが。

以上、わずらわしいことを述べてしまったが、シーア派とはそういう始まりのものか、というのと、チュニジアもかつてシーア派だったことがあるので、ファティマというムハンマドの娘を今も崇めているのか、ということだけわかっていただきたい。

昨今の世界情勢から、シーア派はテロを支援したりするこわい一派、のように感じている人もいるかもしれないが、そういう人たちがいたとしても、多くの信者は狂信的でもなんでもなく、穏やかな人たちである。

むしろ、シーア派は聖人様を尊敬して拝んでしまうような点において、どちらかと言えば土俗的で、とっつきやすい宗教の感じである。

だから私はかつてシーア派の国だったチュニジアを回っていて、実にしばしば小さな聖人廟を見たのだ。村にひとつぐらいの割で、交番ぐらいの大きさの建物にドーム屋根ののっかっているものがあり、きいてみるとそれはすべて、名前も正確には伝わってないような地方の聖人の廟なのだそうだ。村ごとに聖人がいたみたいなことらしいのだ。

チュニジアのイスラムに対して私は、そんな民間宗教みたいな味わいも感じ取ったのである。だんだんと、そんなものまで感じ取れるようになってきたのだ。実際に行って、自分の目で見てみることの威力と言えるかもしれない。

オアシス・コラム⑥ モスクのこと

モスクのことをあらわす言葉には、マスジド、ジャミイ、メスキータ（スペイン語）、ガーマ（エジプト方言）などいろいろあって混乱する。とにかく、イスラムの礼拝を行う場所で、原形はメディナのムハンマドの住居であり、方形の壁に囲まれたスペースの一部に屋根を取りつけたものだそうだ。

したがってたいていのモスクは屋根に覆われた場所と中庭を持っている。モスクの内部で最も重要なものは、メッカの方向を示すミフラーブだ。壁につけた浅い窪みで、アーチ型になっていることが多い。タイルなどで美しく装飾されている。

集団礼拝が行われるモスクにはミンバルという説教壇がある。外には礼拝を呼びかけるアザーンを流すミナレットと、礼拝前に身を清めるための水場がある。

礼拝時間でなければモスクの内部を見せてくれる場合もある。イスタンブールではブルー・モスクやスレイマニエ・モスクを見ることができた。

トルコにはいたるところにモスクがある。村などのモスクは小さなドームを持つか普通の屋根の平家で、ペンシル型のミナレットを持っている。ミナレットは田舎へ行くほど高くなる傾向があるのだそうだ。

トルコではアザーンの音量はあまり大きくない。アザーンの音が一番大きかったのはエジプトで、カイロでは都会の喧騒に負けじと大音量で流れていた。

カイロはモスクの多い街で、ミナレットの形がいろいろで見て楽しい。旧市街の入口であるズウェーラ門の上から眺めると面白い。エジプトではモスクに入れる。モスクに異教徒を入れないのはモロッコとイエメンだ。モロッコはフランス統治時代の政策でそうなっている。イエメンでは、モスクに異教徒なんて、という感じだがたまに男性観光客は中庭にまでは入っていいよ、なんて時もある。

ミナレットの形は、シリアから北アフリカ方面は四角柱で、バグダッドを中心にトルコ、イラン、中央アジア方面は円柱である。ウズベキスタンのミナレットは、そもそも街がオアシス・タウンであり、隊商のための陸の灯台のようで旅情をさそう。

国によってはちゃんとしたモスクらしい建物があまり多くないところもある。ヨルダンではショッピングセンターの二階の一部屋がモスクだったり、民家のような建物がそれだったりした。しかし礼拝時間には、人々が集まって礼拝していた。

トルコの田舎のオトガル（バス・ターミナル）でも、マスジドと書かれた小部屋があってお祈り用のカーペットが敷いてあり、運転手たちの祈りの場だとわかった。

ホテルの部屋にはメッカの方向を示す矢印が天井などにつけられている。

・第六章・

東トルコ

―――― 聖書と民族問題 ――――

夕陽を浴びて長い影を落とすネムルート山上の神像の頭部だ。東のテラスと西のテラスにほぼ同じものがあるのだが、これは夕陽を正面から浴びているのだから西のテラスのもの。いちばん右にあって陽をよく浴びているのがゼウスの頭部である。その後ろに山の稜線のようなものが見えるが、アンティオコス１世の墳墓の一部である。

1

　さて、二〇〇三年の旅である。アフリカのチュニジアまで見物してしまった私としては、次にどこへ行けばいいのか。

　思い迷うのはこういうことである。順にひとつずつ西へ進んでいこうと思っていた私は、エジプトを飛ばした格好になっている。だからここは、エジプトへと戻るべきなのか。それとも、古代エジプトの遺跡はそう見たくないものなあ、という気持ちを優先させて、モロッコまで進んでみるところだろうか。

　その年が明けた頃から、私はいずれとも決めかねて迷いの中にあった。そして、いつもの旅行会社のその年のパンフレットを取り寄せて、とにかくどちらかに決めなくちゃ、と思った。

　そうしたら、妻が思いがけないことを言ったのである。

「今までにはなかった新しいツアーのコースがあるわ」

　妻が開いたパンフレットのページには、東トルコ紀行、の文字があった。

「五年ぐらい前に一度だけこのツアーがあったけど、その後はなくなっていたの。今年はやるんだわ」

トルコはいいな、と私は思った。過去に二度行って、いいところだな、と気に入っていたのだ。しかもトルコ料理はおいしくて、私は自宅でもそれを作るほどになっているのだ。

東トルコ周遊の旅は、最初と最後にイスタンブールのアタチュルク空港を利用する以外は、これまでに行ってない地域ばかりをまわるものだった。二回目のトルコ旅行で私はカッパドキア、カイセリというあたりまで行ったのだが、それは中央トルコのあたりであった。東トルコへは行ってないし、行く人もそう多くないところなのである。

だが、歴史的にはなかなか重要なところらしい。旧約聖書にゆかりのあるところや、古代の幻の都などをまわるようである。

「東トルコへ行けば、よく写真で見る、岩山に巨大な人物像の首から上だけが並んでいるという、あそこへも行くのかな」

と私は言った。写真で見て、何という不思議な景観なのだろうと憧れていたのだ。

「ネムルート山ね。もちろんそこへも行くわよ」

それでは、一度原点に戻って、トルコの残り半分を見ることにしよう、と心が決まった。年に一度の海外旅行がノルマのようなものになってはつまらないので、お楽しみに戻そう、というような気もあったのだった。

というわけで、八月に出発する旅行に、私たち夫婦は春先に申し込んだ。そして、はたしてこの旅行は実現するのだろうかと、大いに気をもんだのである。

というのは、この二〇〇三年というのは、アメリカを中心とする数カ国の軍が、イラクのフセイン政権打倒のために侵攻したまさにその年だったのだ。

東トルコはイランとも、イラクとも国境を接している（ほかに、アルメニアやシリア、グルジアとも接しているが）。つまりは、今現在戦争をしている国の隣国なのだ。のん気に観光旅行などしていられるのだろうか、という危惧《きぐ》があった。

私は五月頃、こういう読みをしていた。

フセイン政権が倒れた後の混乱の中で、イラク北部のクルド人が独立のための活動を活発化したら、この旅行は中止になるだろうな、と。なぜなら、イラクのクルド人が独立運動に走れば、必ずトルコの東部に住むクルド人が、支援のための活動を活発化させるだろうからである。そうなったら、自国のクルド人の独立運動を抑え込んでおきたいトルコ政府は、イラク北部へ軍を派遣するだろう。イラクのクルド人と、自国のクルド人を力で抑え込もうとするわけだ。

そうなったらクルド人もテロを活発化させたりして、東トルコは大争乱になる。旅行どころではなくなるのだ。

さて、そんな情勢になったらあきらめるしかない東トルコ旅行なのだが、はたして無事に行けるのか。

八月になった。幸いなことにイラクのクルド人は国がどうなっていくのかまず見極めよう、という感じであり、目立った動きをしていなかった。そのおかげで、私たちは東トルコへ行けたのである。

またしても多くの人から、そんなところへ行って大丈夫なんですか、こわくないんですか、と言われてしまった。私は決して命知らずの冒険野郎ではなくて、安全なゆったりツアーしかしていないのだが、ある種の人には、無謀な旅ばかりしている、と見られているのだった。

2

まずは、日航とトルコ航空の共同運航便でイスタンブールに着く。前の二回のトルコ旅行ではそういう便がなく、エール・フランスを使ってパリ経由で行ったのにくらべると、数段楽である。イスタンブールに夕方着いて、夜の十時発の国内線で、黒海に面したトラブゾンという街に十一時半頃に到着するのだ。イスタンブールのアタチュルク空港が新しくなっており、以前の空港ビルは今は国内線用のものになっていた。その空港ビルでのんびりと絵はがきを買ったりして、この国のことはよく知っているからと、私は余裕綽々《しゃくしゃく》だった。

トラブゾンのホテルに一泊して、翌朝からが旅の始まりである。黒海に面した都市で、イワシが名物だという。昔、トロイ戦争の時にこの地の人が兵士として参戦したのだが、髪が長かったので女性かと思われ、それが女性だけの兵士の部族アマゾネスの伝説になったのだと、現地ガイドのツナさんが教えてくれた。

そのトラブゾンにはアヤ・ソフィアがある。アヤ・ソフィアはコンスタンティノープル（現イスタンブール）にあるキリスト教の聖堂だが、一時期ここに代替の総本山を造ったのだ。十三世紀初頭に、第四次十字軍というものがコンスタンティノープルを陥落させ、ラテン帝国を建国してしまったことがあるのだが、その時一部の人々がトラブゾンに逃げて、ここに一時しのぎのアヤ・ソフィアを造ったのだ。本物のアヤ・ソフィアとは比べものにならないが、それでもなかなかの聖堂であり、内部にはキリストや天使を描いたフレスコ画が残っている。我々は、観光客もそう多くないそこを、ゆっくりと見物した。

初日の観光では、トラブゾンから四十六キロ南の、岩山に貼りついたようなスメラ修道院の見物が特筆すべきものであろう。シガラ山の標高一六〇〇メートルの位置にある、切り立った岩肌にへばりつくように建てられた表側から見ると四階建ての修道院なのだ。周辺には村もなく、どうしてこんなところにこれを造ったのかとあきれてしまう。トルコの人にさえ〝夢の地〟と呼ばれているのだそうだ。

四世紀に、二人のギリシア人修道士がこの地を訪れ、大きく割れた岩の間を教会堂として使用したのが始まりだそうだ。修行のためには、そういう極限状況のような場所がいいということなのだろう。その後拡張や破壊を経て、現在の形になったのは十四世紀頃のことだそうだ。外から見ると、垂直の岩壁に薄っぺらな四階建ての建物がへばりついているように見えるのだが、近づいてみると裏手にアパートメント風の宿坊がいくつかあるのだった。もっとも、ふもとの登り口からは急な坂道を四十分も登らなくてはいけないのだが。

その日の夕方、トラブゾンに戻って、街を見渡せる高台ボズ・テペの屋外カフェへ行った。黒海が近いので湿度は高いが、風は涼しい。

そこで、炭火を使ったサモワールでチャイを飲む。サモワールには小さな蛇口が二ついていて、一方から濃いチャイが出て、もう一方からは熱湯が出るからそれで薄めるのだ。子供たちがゆでとうもろこしやスナック菓子を売りに来て、からかってやると楽しそうに笑う。

この東トルコの旅行を、私たち夫婦は、健康面では小トラブルを体験しつつも、精神的にはこの上なくくつろいで、楽しんだ。トルコ人をますます好きになってしまった。

その要因のひとつが、現地ガイドのツナさんの人柄にあったと思う。いろんな国で何人ものガイドを見たけれど、ツナさんほどいい人に出会ったのは初めてだった。

三十歳ぐらいの青年である。きくところによると、トルコ人ではあるが、以前はギリシアに住んでいた家だったとか。それが、第一次世界大戦後の、トルコとギリシアの大規模な住民交換が行われた時に、トルコに戻ってきた家柄なのだそうだ。

裸足でスニーカーをはいている、というおしゃれな青年だったが、本人が言うには、運動神経はまったくないのだとか。兵役の時には大変苦労をしたそうだ。

このツナさんが、とにかく親切で、仕事が完璧《かんぺき》で、しかも自分も旅を大いに楽しんでいるのだ。東トルコへは十年以上前に一回来たことがあるだけであり、何を見ても珍しくてしょうがないらしい。この十年で大いに変った東トルコを見て、「わあ、こんなに都会になっちゃったんだ」と驚いているのだ。

ホテルからバスで出発すれば、まずミネラル・ウォーターを安く買える店へ案内するというような、日本人好みの気配りのできる青年だった。その店で店主がもたもたしていると、自分で箱からペットボトルを出して水売りの役をしてくれるという、労を惜しまない人でもあった。

そして、あきれてしまうほど子供好きなのである。物売りの少年を見てさえ、「可愛いよねえ」と言っている。そんな善人と旅をしていると、自然にこっちの心までのどかになってくる。

そして、以前にもトルコ人は日本人に好意的だなあとは感じていたのだが、田舎へ来てみればますますその傾向が強かったのだ。道行く大人が、我々のバスのほうへニコニコ笑って手を振ってくれるのだ。バスがどうしようもなく細い道に入ってしまい進退に窮していると、男たちが四、五人がかりで道の脇に生えている木の枝を引っぱって道を広げてくれたりするのである。みんな、なんていい人たちなんだろうという気がして、東トルコの旅はゆったりと快適だった。

3

次の日は、バスで三百キロほど南下して、エルズルムという古くから東部の中心都市として栄えた街へ行く。ただしその前に、そこへ行くために通った道の景色のことを言っておこう。バスが進むにつれてだんだん標高が高くなってくるのだが、周りはずーっと緑濃い美しい森だったのだ。

私は前回のトルコ旅行で中央トルコにも足をのばし、トルコの山はほとんど禿山、という印象を受けていた。どこも砂漠や土漠というわけではなくて農業をやってはいるのだが、でも緑は濃くなかったのだ。緑の少ない農業国とは奇妙だな、なんて思っていた。

ところが東トルコを旅してみて、そこが豊かな森林や牧草地を持つ、日本人に嬉しい緑の地であることを知った。

峠の草地で、シートを敷いてピクニックをしているトルコ人の家族に出会った。お父さんと、大人の女性が四人、小さな男の子と女の子の一行だ。チャイを飲み、お菓子を食べていた。みんなとても楽しそうで、子供たちは照れ屋さんでおとなしい。話しかけてみて、女性四人は、お父さんの妻と、妹二人と母だということがわかった。女性たちは頭にスカーフをかぶっていた。

このお菓子を食べろ、なんてすすめてくれる。甘いクリームをビスケットではさんだような菓子だった。チョク・サオールと覚えたてのトルコ語でお礼を言うと、とても喜んでくれる。いっしょに写真を撮ったりした。峠の下に見える山肌には、針葉樹が隙間なく生えていて、豊かな眺めだった。

エルズルムには午後になって到着した。標高一八五三メートルの高地にあって、夏でも涼しく爽《さわ》やかなところだ。その代り冬は昼間でもマイナス二十度から三十度で、夜はマイナス四十度にもなるのだそうである。冬はスキー場として賑わう街で、我々が泊ったホテルもスキー客用のものだった。

まずヤークティエ神学校に行く。セルジュク時代の建築様式で、一三一〇年に建造されたもの。タイルを張った太めのミナレットがあり、青と煉瓦色の網目模様がとても美しい。

次に、古い住宅街の中にあるウチ・キュンベットを見る。十三世紀から十四世紀にかけて造られた三つのドーム型霊廟。そのうち、エミール・サルトゥク（セルジュク時代の、トルコ語部族の小侯国の首長）のものは、八角形の建物に円錐《えんすい》の屋根という珍しい形をしていた。三十分ぐらい見物していたのだが、土地の子供が自転車で遊んでいただけで、観光客は一人も来なかった。

そこから、少し歩いてチフテ・ミナーレ神学校に行く。一二五三年に、セルジュクのスルタンによって建てられたメドレセ。正面の入口の上に二本のミナレットが建っている姿は印象的で、街のシンボルとなっている。現在は博物館になっており、ここには見物客がたくさんいた。

大まかに言ってエルズルムで見られるものは、セルジュク期からオスマン期にかけてのトルコの宗教施設であった。トルコではあるが、地方の侯国として独自の首長を立てていたということらしい。

さてそこで、旅の中での人間模様の話をしよう。我々はこの旅行中ずっと一台のバスを使っていた。ほとんど下ろしたての新車であったのはラッキーだと喜んで。

そのバスの運転手が五十七歳の大ベテランのシュクルさんだった。そして助手が三十代前半のアーメットさん。

そのシュクルさんは父親がエルズルムの人だそうで、街のことを隅から隅まで知っているのだった。いや、実はシュクルさんは東トルコ中のことをよく知っていた。どこへ行っても知り合いがいるという怪人だったのだ。親分肌で、お世辞を言ったらチャイでもおごってくれそうな、精悍なジジイだった。

善人のツナさんは、「シュクルさんはこんな道も知っているんだね」と言って尊敬していた。

そのシュクルさんは、助手のアーメットさんに運転を代ってもらえばいいのだが、ほとんど全行程を自分で運転した。そして、助手に対向車をさばくなどの仕事を言いつける時には、大声を張りあげて「アーメット!」と叫ぶのだった。まさに、親分が子分に何かを命じる口調だった。

アーメットさんは優しい笑顔を持った真面目な人だった。子供がまだ幼くて、この仕事を頑張るしかないんだ、とでもいう雰囲気が漂っていたが、私たちに向ける表情はとても優しかった。

旅の中で、何回ぐらいあの、「アーメット!」という叫び声をきいただろう。シュクルさんは悪い人ではなく、親分肌の精悍ジジイだからその口調になるだけなのだが、アーメットさんの忠実な服従ぶりにも、ある意味感心してしまったものだ。

バスが農耕地をどんどん行った時、一面のヒマワリ畑の横を通ってみんなが歓声をあげたことがあった。盛んに花が咲いているシーズンだったのだ。ヒマワリの花はみんな私たちのほうを向いていた。

ツナさんがバスを止めてくれて、しばらくヒマワリ畑で遊んだ。一輪の花が、人間の頭よりもでかかった。

「これは、種を食べる種類のヒマワリです」とツナさんが教えてくれた。

みんながバスに戻った時、アーメットさんがとびきり大きな花をひとつちぎって持ってきて、みんなに花と並んだ写真を撮るようにしてくれた。私は、あなたとヒマワリの写真を撮りたいな、と言い、アーメットさんはニッコリ笑ってポーズをとってくれた。その写真が、ちゃんと私の旅のアルバムの中にある。

4

次の日は一日かけての大移動である。まずはトルコの東端をめざして、ひたすら東へと進む。そして、アルメニアとの国境にぶつかるところにアニ遺跡があり、そこを見物。それを見たら今度は南下して、アララト山麓《さんろく》のドゥバヤジットまで行く。全行程六百キロである。

バスはアラス川という川に沿う道をひたすら東へと進む。川がくねって流れる豊かな景色である。

トルコ東部では、真新しい道や、道路工事中の様子をあちこちでいっぱい見た。つまりその地方の開発が国の主導で大いに進められているということだ。だからツナさんが、わあ、こんなに都会になっちゃった、と驚きの声をあげる。

ということはまた、そこいらはつい最近まで大変な田舎だった、ということである。農業で生活する人々が、昔から変らぬ生活をしてきたのだ。

その農民たちの多くがアルメニア人である。

さて、弱ったな。いきなり、よくわからない謎《なぞ》のアルメニア人が出てきてしまった。

イランのイスファハーンへ行った時、ザーヤンデ川に架かる石橋を造ったのはアルメニア人の技術者です、と教わったものだ。

それから、レバノンのベイルートでは、内戦で失われていたアルメニア教会があそこに再建されています、と言われて目に止まった。

アルメニア人はいろんな国で思いがけず出現して、私はずっと、それはどんな人たちなんだろう、と思っていた。そのアルメニア人の、本拠地に私は来てしまっているらしい。

順を追って説明しよう。私たちの乗ったバスは、東から流れてくるアラス川をさかのぼるように東進している。そのアラス川というのは、旧約聖書の中で、エデンの園からは四本の川が流れだしている、と書かれているその川のひとつなのだ。ほかには、チグリス川、ユーフラテス川もそうなのだが。

つまり、アラス川を源流までさかのぼれば、そこはエデンの園（があったと想定されているだけだが）なのだ。では、今アラス川をさかのぼっていくとどこへ着くか。

そこは、かつてソ連にのみ込まれていたが、ソ連がロシアになった時に独立できたアルメニア共和国である。

アルメニアを百科事典で引くと次のような説明が出てくる。

「旧ソ連邦の南西部で、現在アルメニア共和国として独立している部分と、トルコ東部のアルメニア高原を中心とする地域の歴史的な呼称」

つまりこう考えればいい。アルメニア人は今のアルメニアや東トルコに、古代から住んで文明を持っていた。だが、そこはペルシアとギリシアに囲まれた土地だったので、古来しばしばその両方から攻められ、一時は国を失ったりもしたのだ。そこでアルメニア人は世界中に散らばり、技術者集団として生き抜いた。

アルメニアはトルコ人にも支配される。南下してきたロシア人にも支配される。そして国の半分はソ連領になり、半分はトルコ領とされていたのだ。現在は、そのソ連領だったところがアルメニア共和国として独立しているのだが、トルコ領の部分はそのままなのである。

私は何も知らないまま、アルメニア人のふる里へ来ていたのだ。

言うまでもないことながら、そのあたりに住む人々は、国籍としてはトルコ人ということである。でも、民族としてはアルメニア人なのだ。二十世紀初頭には、トルコ人の手で大虐殺をされたこともあるのだが、現在では激しい独立運動をするようなこともなく、田舎のトルコ人として平和に生きている。

八月、九月は農業地帯の結婚のシーズンだそうだ。ツナさんは、この地方でのお見合いのしかたや、結婚式のあげ方を教えてくれた。花婿の家では国旗を、花嫁の家では白い旗をあげて結婚式のあることを人々に知らせ、村中の人々が祝福に集まってくるのだそうだ。

そういう風習を持っているのは、アルメニア人たちだったのである。

アルメニアは、ローマより早く、世界で最初にキリスト教を国教にした国だった。だから今も、アルメニア教会があちこちにあるのである。

さて、私たちはアニの遺跡に着いた。そこは、広大な草原にほんのわずかの壊れかけた建物の遺跡が散在するというところだ。紀元前から栄え、かつては十万の人が住み、千の教会が建てられたところだそうだ。今は滅びの美の中にあってもの悲しいほどだ。アルメニア人が造ったウラルトゥ王国の都だったのだが、一二三九年に侵入したモンゴルの破壊を受けて廃墟になったのである。

すぐ近くに険しい崖《がけ》があって、崖の下には川が流れている。そして川のむこうはアルメニアだ。現在はそんなに緊張していないが、かつてはそこはソ連だったのであり、歴史的にロシアと仲の悪いトルコとしては重要な軍事拠点であった。現在も、アニの遺跡を管理しているのはトルコ軍である。

砂がサラサラに乾き、草が茂るだけの遺跡の中を、やっと残っているいくつかの教会などを見るために歩いていると、大粒の雨がポツリポツリと降ってきた。雨はほんの一時降っただけですぐにやんだが。

そして私は見た。乾いた砂の上に落ちた雨粒が、あっという間に蒸発して消えるのを。短い雨ではあったが、それにしてもその雨は地面をまったく濡《ぬ》らさなかったのである。なんだか、幻想の都で夢を見ているような気がした。

5

アニの遺跡を見物したあとは、更に百キロぐらい南下して、ドゥバヤジットに向かう。しばらく進むうちに、バスの窓の外についに問題の山が見えてきた。アララト山である。

トルコの国内で最も高い山で、標高五一二三メートル。二つの頂上を持つその山は、夏でも雪を戴《いただ》いている。雲がかかって見えないことが多いのだそうで、善人のツナさんは、見えるといいねえ、と言っていたのだが、運よく頂上までよく見えた。

旧約聖書の、ノアの箱船の話に出てくるあのアララト山である。大洪水があって、箱船を造ったノアの一家と、一つがいずつの動物は生きのびたのだが、百五十日たってようやく陸地に着く。そこがアララト山だ。

アニの遺跡の説明の中で、アルメニア人がウラルトゥ王国を造っていたと言ったが、トルコの東端のあたり一帯をウラルトゥ王国は支配していたのだ。その、ウラルトゥの、イスラエル語読みが、アララトなのである。

つまりそのあたりは、旧約聖書（ユダヤ教）にもゆかりの深い土地なのだ。キリスト教徒なども、一度は行ってみたいアララト山、というふうに感じている。

ドゥバヤジットはそんなに大きな街ではない。そこは、アララト山観光の拠点として大きな意味のあるところなのだ。

でも、観光ポイントがないことはなくて、次の日我々は小型バスに乗り替えていくつかまわった。まず、ノアの箱船の跡、というものを見に行く。

割に最近、アメリカ人の熱心な宗教グループが発見したもので、山の岩壁に、巨大な船のような形に見えなくもない崖がある、というだけのものだ。どこがそんな形なのかな、と首をかしげている人もいる、という程度のもの。どう考えても、宗教の神秘伝説が大好きなアメリカ人以外には、見る価値なんてないぞ、というしょうもないものであった。

それから、隕石《いんせき》が落ちた穴を見物。一九三八年に隕石が落ちて、直径三十五メートル、深さ六十メートルの穴がまるで井戸の穴のように垂直に穿《うが》たれている。世界で二番目に深い穴だそうだ（今は半分くらい埋まってしまっている）。

隕石が落ちたのならまるで爆発があったように周辺の土がふきとばされ、月面のクレーターのようになるはずだと思うのだが、まっすぐの竪穴《たてあな》なのが不思議だった。地層が硬いためらしい。

しかしまあ、わざわざ外国から来て見るようなものではなかった。単なる穴にすぎないんだから。

それよりも、そこはイランとの国境に近いところで、国境の検問所を見ることができたほうが興味深かった。トラックの長い行列が税関審査を待つためにできていた。トルコには石油が出ない。そこでこのあたりのトラック運転手は、イランへ行ってガソリンを買ってきて国内で売って利ざやを稼ぐのだそうだ。いかにも国境の街という話で面白い。

見物して、ここは見る価値があったな、と思ったのはイサク・パシャ宮殿だった。オスマン・トルコの時代に大地主の地方官が建てた宮殿だ。一六八五年に建築が始まり、一七八七年に完成したものだとか。険しい山の中腹にあって、天然の要害をなしている。なぜか、イスタンブールのトプカプ宮殿に似ていると説明するのだが、トプカプには似ていない。似ていないが、見事な宮殿であって夢中で写真を撮りまくってしまった。部屋数はハマムやハレムなどを含めて三百六十六にも及ぶという壮大なものである。

この宮殿の主は、クルド人のこの地方の大地主だ。つまり、オスマン・トルコではそういう地方の有力者を代官のように起用したのだ。そして現在も、この地方の大地主制は変っていないのだそうだ。この宮殿の現在の主は、トルコ政界の大物だそうである。

さて、そういう観光をしながら、実は私と妻は健康面の危機に瀕《ひん》していたのだった。五千メートル以上のアララト山の山麓を巡っているわけであり、そのあたりもかなり標高があるのである。二千メートルぐらいはあったのではないか。

そういうところで、真夏の陽ざしを浴びる。気温は四十度近くあったと思うが、乾燥しているのでなんとか我慢ができた。しかし、暑さは我慢できるとしても、陽ざしの恐ろしさを忘れてはいけないのだ。

隕石の落ちた穴を見物していた時、ろくに日陰もなくて、私たちは直射日光を浴びていた。そして無用心にも妻は、半袖《そで》のシャツを着て、腕をむき出しにしていたのだ。そこへ、薄い空気を通過した紫外線が降りそそぐ。

そのため一種の日射病のようになってしまったのだった。その夜妻はホテルで下痢状態になってしまった。紫外線を浴びすぎるとお腹をやられるとは私たちも知らなかったのだが、ものがろくに食べられなくなってしまった。次の日から妻はずっと長袖の服装で通し、なんとか旅行を続けていくのだったが。

6

さて、イサク・パシャ宮殿の主はクルド人の大地主だという話が出た。そうなのだ、東トルコには、アルメニア人だけではなく、クルド人もいるのである。そしてもちろん、大地主のクルド人なんてのは珍しい存在で、大多数のクルド人はどちらかと言えば貧しい。

テント生活をして、羊を追っている人たちをよく見た。おそらくクルド人であろう。テントは今風の青のビニール・シートのものであった。

アララト山の写真を撮るのに格好だというビュー・ポイントにバスが停まり、山の写真を撮った時のこと、道の脇にバラックのような小さな家があった。その家から五歳ぐらいの男の子と、三歳ぐらいの女の子が出てきてその辺をうろうろした。

妻は女の子のほうを見ながら、男の子にこう言った。もちろん、日本語で言ったのである。

「妹？」

そうしたら男の子は、「うん」と答えた。ものの見事に日本語で会話が成立したのがおかしかったが、考えてみれば、あの状況できくことはそれしかないわけだ。私は男の子にボールペンをやった。

その子たちが、多分間違いなくクルド人である。トルコ語とはまるで別物のクルド語を話す、トルコのほかイランにもイラクにもいて、自分たちの国を持たないクルド人。なのに長らくトルコ政府はクルド人はトルコ人だと言い張り、クルド語はトルコ語の方言だと強弁していた。第一次世界大戦後には、アルメニア人と同様に、クルド人も大虐殺（この虐殺はトルコ政府には否定されている）されたことがあって、そのことはトルコの傷になっている。クルド人の独立をめざす地下活動もあるということだ。

しかし、一介の旅行者にそこまでは見えてこない。そもそも、トルコ人とクルド人を見分けることも私にはできないのだ。

だがまあ、なんとなく雰囲気でわかる。たとえば、この東トルコ旅行中に何度もあったことなのだが、観光客に子供がまとわりつく。草の茎で作ったおもちゃのようなものを買えと、断っても断ってもついて歩くのだ。険しい崖を登るところでは、子供たちがむらがって、ここが登りやすいと教えたり、手を引いてくれたりする。おだちん目当てのことである。そういう子たちが、クルド人の子供であろう。

しかし、そんなにスレている感じはしない。ちょうど夏休みなので、お小遣い稼ぎをしているだけという感じだった。子供好きのツナさんは、悪い子たちじゃないですよ、悪いことはしませんよ、と弁護していたが、インドを知っている私たち夫婦にしてみれば、ほほえましいような光景であった。インドの子供の物乞いは生活のかかったプロだものねえ」

「子供の半分遊びのおねだりよね。

というのが妻の感想であった。

さて、そういう東トルコで、我々は次の街ヴァン（Van だが、ワンと表記することもある）へやってきた。

ヴァン湖という、トルコ最大の湖のほとりにある街だ。そのあたりも、かつてウラルトゥ王国の都のひとつがあったところである。

ヴァン湖は日本の琵琶湖の五倍の大きさである。そこも標高があって、ほぼ一年中涼しいので、ホテルにエアコンがない。なのに私たちが泊った夜は珍しく暑くて閉口した。

ひとつ、どうでもいいような雑情報を教えよう。ヴァンには、ヴァン猫という珍しい猫がいる。右の目と左の目の色が違うのだ。一方がグリーンで、一方が金色だったりする。そう多くいるのではないが、買い物に行った絨毯屋にヴァン猫が飼われていて見せてもらったところ、本当に目の色が違っていた。このヴァン猫の写真の絵はがきもあって買った。

ヴァンを拠点にしてホシャップ城に行った。ヴァンから六十キロ東にあるオスマン時代の対イラン戦用の城塞。一六四三年にそれまであったセルジュク・トルコの要塞を利用して再建されたもので、かつては三百以上の部屋があり、モスクやハマムもあった。

しかし今は、石造りのところしか残っておらず、滅びの美の中にある。小高い山のてっぺんにあるので、遠くからの眺めが面白い。

次に、チャウシュテペを見る。ウラルトゥ王国の時代、紀元前八世紀に造られた都市国家の遺跡。平地にのしかかるようにナマコ型に連なった丘があり、遺跡はその上にある。古いので残っているものはそう多くないが、神殿跡や、倉庫、貯水池、店舗の跡などがある。神殿にはヒッタイトの神が祀られていた。

アクダマル島はヴァン湖に浮かぶ小さな島である。岸から渡し船で渡る。島には、十世紀にアルメニア人によって建てられたアルメニア教会がある。円錐形の尖った屋根を持ち、外壁にはアダムとイブ、ガブリエルとイエス、ダヴィデとゴリアテなどのレリーフがある。キリスト教の最も古い形をしのばせる味わい深い教会だった。教会の下の水辺におりてみると、水は温く、少しヌルヌルしている。塩分濃度が高いのだ。

次々といろいろな遺跡を見ていって、歴史の古さと多層性に驚かされる。そもそも、チグリス川とユーフラテス川の上流である東トルコは、メソポタミアの北限であって文明が古いのだ。世界で最初に麦の耕作が行われたのがこの地なのである。青銅器時代にはハッティ人、フルリ人、ミタンニ人が現れて町が大きくなっていった。紀元前二〇〇〇年頃にヒッタイト人（最近はハッティ人とは別民族だとされている）が来て文明を築く。ヒッタイトは鉄器を使って大いに栄え、エジプトと戦争をするほどの大国となった。

だがそのヒッタイトが滅びてからは、アッシリアが拡大した。紀元前十世紀頃に、ウラルトゥ王国、フリギア、トラキアが建国。それがペルシアに支配され、そのペルシアをアレキサンダー大王が滅ぼす。

大王の死後は、ペルガモン王国や、コンマゲネ王国などが並び立つ。そして、ローマとパルティア（アルサケス朝ペルシア）の国境のあたりだった時代があり、アルメニア人が小さな王国をいくつも造った。ビザンティン帝国の領土にもなった。

イスラム教が生まれて、アッバース朝の支配を受ける時代があった。そして十一世紀からはセルジュク・トルコの侵入を受け入れ、やがてオスマン帝国の支配を受けるのだ。

東トルコはユダヤ教やキリスト教にまつわる土地でもある。びっくりするほどいろんなものが、ここに生まれているのだ。それなのに、今ではトルコの田舎であり、このところようやく開発の手が伸びてきたところなのだ。

7

ところで、妻に続いて今度は私が体調を崩してしまった。ヴァン湖のアクダマル島から、岸へと戻る渡し船の中で、日陰に入らずすわって陽ざしを受けていたせいで、紫外線にやられたのだ。その夜、いきなり下痢にみまわれ、以後ずっとお腹の調子が悪かったのである。そう激しい腹痛ではなかったから、旅を楽しみ、食事もできたのだが、時々、予定外のところでツナさんにトイレ休憩を頼まなければならなかった。

ところが、旅の最後、イスタンブールに着いてツナさんはこんなことをうちあけたのである。

「実はぼくも、シュクルさんに辛いものばかり食べろと言われてそうしたせいで、お腹をこわしてずっと下痢気味だったんです。シミズさんと同じでした」

なんだかおかしく旅は続いた。

ヴァンの対岸、タットヴァンの町で昼食をとった。この旅では、かなりディープなトルコ料理を、どれもうまいと感じて楽しんだのだ。東トルコは肉料理が名物で、各種のケバブを体験することができた。

さてそのタットヴァンのレストランでは、ビールを出さないというのだ。酒にはかなり自由なトルコなのに。

その町は軍隊の町だそうで、レストランでは将校らしき軍人がランチをとっていた。私は、ビールを出せないのはそのせいだな、と睨んだ。つまり、勤務時間中で酒を飲む訳にはいかない軍人が、おれたちも飲めないんだから他の客にも出すなと、レストランに命令しているのだと思うのだ。

　さてそこで、我々のツアー・メンバーの中に四十代の独身女性がいた。その人は悪はしゃぎをするタイプの人で、トルコ人の青年を見ては、いい男だわ、と騒いだり、あらモテちゃったわ、と歓声をあげたりするのだった。それも旅の楽しみなのだから何の問題もないのだが。

　だがその女性が、そのレストランで、二人で食事する若い軍人に目をつけたのだ。「二人とも二枚目よねえ」などと言い、近寄って声でもかけようかという様子になった。

　そのとたんに、私の妻が低いが力強い声で忠告した。

「あの二人にふざけちゃダメ！」

　そのこともこの旅行記には書いておくべきだと思うのである。ここまでに、トルコ人は親切だとか、日本人に好意的だと語ってきた。だからと言って、どのトルコ人にも馴《な》れ馴れしくしていいわけではないのだ。

　トルコでは、警官と軍人にはふざけてはいけない。トルコ人は男性的な誇りを何より重んじているので、仕事中にその誇りを踏みにじられたようなことになると、烈火の如く怒るのである。トルコで警察とか軍隊を敵にまわすと、本当に二、三日牢に入れられるおそれがあると、ちゃんと忠告しておきたい。

　さて、下痢をおさえ込もうと、暑いのに腹に使い捨てカイロをあてている私を乗せて、バスは高原から一気に下り、さらに西へと進む。そのあたりから五十キロも南へ行くと、今現在戦争をしているイラクとの国境なので、そっちへは近づかないようにして西進するのだ。

窓の外は乾燥した農地だ。麦の収穫が終ったところなのでほとんど緑がない。牧草刈りのシーズンでもある。

そしてついにディヤルバクルに着く。古くはミタンニ王国の都だったところで、ビザンティンや、オスマン・トルコなどに支配された。東トルコはどこもそんなふうで、歴史がシンプルな街などないのだ。チグリス川上流の古い城塞都市である。

ディヤルバクルのウル・ジャミイはアナトリアで最も古いといわれる六三九年建造のモスクだ。シリアのダマスカスにあるウマイヤ・モスクに似た作りで、ミナレットも小さく四角いスタイルだった。この街を通りすぎていった様々な時代の様式の混在したモスクで、古さに味があって、なかなか見ごたえがあった。モスクの前には人だかりがあり、タバコの葉を売る人が並んでいる。モスクの脇には賑やかなバザールがあった。

街は周囲五・五キロに及ぶ城壁に囲まれている。その一部はチグリス川にそって建っているのだが、黒い玄武岩で造られていて、かなりの存在感だ。城壁には七十二の塔があり、東西南北に四つの門がある。城壁の大部分はコンスタンティヌス帝によって完成されたのだそうだ。

要するに我々はメソポタミアに来ているのだ。人々の顔になぜか余裕のようなものを感じたのはそのせいなのかもしれない。

なお、我々の泊ったホテルの隣が大きなスーパーなので夕食後行ってみた。街の八百屋には新鮮な野菜が並んでいるのに、スーパーの野菜はかなりひどい。スーパーは季節外れの野菜でも一通り揃えておかなきゃいけないから鮮度が悪いのよね、というのが妻の推理であった。

私たちはここで、スマクという、肉料理に使う香辛料を二袋買った。するとレジの若い娘さんが、外国人がどうしてこれを二袋も買うんだろう、という顔をしてクスクス笑った。つまり日本人が、お茶づけ海苔《のり》を何袋も買うフランス人を見たような笑いなのであろう。

8

さてまた次の日、ディヤルバクルから更に西へと進む。するとついにユーフラテス川にぶつかり、そこに巨大なアタチュルク・ダムがある。トルコの国家予算の多くをつぎ込んだ一大事業であり、巨大なダム湖ができている。水力発電もしているが、このダムの主目的は灌漑《かんがい》なのだ。すなわち、東トルコは土地はいいのだが水の便が悪くて農業に向いていなかったのが、このダムによって事情が一変したのである。気候もいいので年に三回の収穫ができるようになり、どんどん開墾されるようになったのだ。そのせいで人口も増えている。

そのダムを見物してから、バスはダム湖をまわり込むように北上して、キャフタという小さな街に着く。キャフタは何もないところだが、我々がそこに泊るのは、ネムルート山（ネムルート・ダー）を見物するためである。

私が、出発前から、あそこも見物するのかと楽しみにしていたこの旅行のハイライトである。

ホテルにチェックインしてから、４ＷＤ車に乗り替えて目的地に向かう。一時間ほど行くうちに、だんだん夕刻になってきた。

やっとある山の九合目ぐらいのところまで来て、そこがチケット売り場だ。だが、そこからは徒歩で三十分ばかり山を登らなければならない。草もろくに生えていない禿山《はげやま》を登るにつれて山頂が目に入ってくる。だが、そこにあるのはただ小石を積みあげただけの、石のボタ山のようなものである。

ついに山頂に着く。そして、小石を積んだボタ山の大きさに圧倒される。それは直径百五十メートル、高さ五十メートルの小石の山なのだ。ただ石を積んだだけだから、ピラミッドのような急な斜面にはならなくて、サラサラの砂で造った山のようになだらかである。

それは、古代の王の墳墓なのだ。紀元前一世紀頃、この地にコンマゲネ王国というものがあった。その国のアンティオコス一世の墓だそうである。

アレキサンダー大王の死後、彼の征服した領土は四つに分裂した。そのうち、小アジアはセレウコス朝の国となったのだ。だが、セレウコス朝は力が弱かったので、その内部にいくつもの国が独立した。ペルガモン王国とか、ポントス王国などがそれらで、そういうもののひとつに、コンマゲネ王国もあったのだ。

アンティオコス一世の墳墓は決して盗掘ができないそうだ。なぜなら、ただ小石を積んだだけのものだからで、掘っていっても、上から石が崩れ落ちてくるばかりなのだ。この墓を盗掘するには、すべての小石を取りのけるしかないのである。

そういうわけで、この墓は一度も発掘調査をされたことがない。

さて、そういう墳墓を取り巻いて一周できるように道がつけてある。そして、そこをぐるりとまわると、東と西の二カ所に、やや広いテラス状のところがある。東のテラス、西のテラスと呼ばれている広場だ。そこに、私の見たかったものはあった。あっと驚くような光景が目に入ってくる。

巨大な石の神像の頭部だけが、ざっと五つか六つ、平らな地面に置いてある。そして石像の頭部は倒れていたりするのではなく、すべて同じ方向を見て正しく立ててある。だから、首まで地面に埋まった石像の、頭だけが地表に出ているようにも見えるのだ。

しかし、そうではないことがすぐにわかる。ひとつが三メートルほどの頭部がいくつも立っている背後に、巨大な石像の胴体部が、椅子《いす》にかける姿で並んでいるからだ。この巨像から頭部が落ちたんだなと、容易に想像がつく。

しかし、すべての頭部が落ちている原因は不明である。地震があって落ちたのだ、という説もあるが、それにしてはうまく頭部だけ（それもすべて）落ちているのが変だ。だから、後の世にイスラム教徒が偶像を嫌って頭部を落としたんだ、という説のほうが説得力があるが、それも詳しいことはわかっていない。

そして、落ちた頭部が正しく同じ方向を向いて立っている理由も不明である。地震などで落ちたものなら、横倒しになっていたり、逆さまになっているものがあったほうが自然だと思うのだが。

おそらく、後世の人間が、何であれ神像の頭部をころげさせておくのはおそれ多いからと、正しく立て、同じ向きにしたのであろう。

だからこそ、なんとも言えない不思議な景観になっているのだ。岩だらけの広場に、巨大神像の頭部があって、みんな同じ方向を見ているのだから。

コンマゲネ王国はアレキサンダー以後のヘレニズム文化の国だった。そのことが、ネムルート・ダーにある神像からもわかる。たとえばその中のひとつは、ギリシア神のゼウスの像である。しかしコンマゲネ王国ではそれは同時に、アフラ・マズダでもある、としているのだ。アフラ・マズダはペルシアで生まれたゾロアスター教の主神である。同様に、アポロンの像は、ゾロアスター教の光の神、ミトラスでもあるとしている。そんなふうに、東西の神がいっしょくたにされているのだ。

そのほかの神像は、国の女神であるコンマゲネ、ヘラクレス（同時にアルタグネスであり、アレスでもある）、アンティオコス一世自身、などである。ほかに、ライオンの像とワシの像があり、ワシも頭部が落ちている。

夕陽を浴びて黄色く輝くような神像の頭部を見るのは、なんとも不思議な体験であった。その頭部を自由にさわれて、もたれかかって写真を撮ることさえできるのだ。いにしえの、幻を見たような気がした。

私たちの4WD車がホテルに戻ろうとする頃には、陽が落ちてすっかり夜であった。そのあたりは標高もあり、人口は少ないところだ。夜は本当に暗くて、星がびっくりするほど見える。私は生まれて初めて自分の目で天の川をくっきりと見た。

9

次の日はシャンルウルファ（通常はウルファと略して呼ぶ）の街を観光した。ここはなんと、旧約聖書でイスラエル民族の父祖とされているアブラハムの生まれたところだという。旅行後調べたところ、普通にはアブラハムが生まれたのはメソポタミアのウルだとされている。ウルは現在のイラクにあるユーフラテス川下流の古代遺跡である。その説のほかに、トルコのウルファ生まれ、という伝説もあるんだと考えればいいだろう。ここもメソポタミアではあるのだから。

そんなわけで、アブラハムが生まれたと伝えられる洞窟があって、巡礼者が列を作ってお参りをしていた。ユダヤ教徒にとってもキリスト教徒にとっても偉大な預言者だし、それどころか、イスラム教でもイブラヒムの名で呼んで預言者として尊んでいるのだから、巡礼者はひきも切らないのだ。巡礼団のバスが駐車場にたくさん駐《と》まっていたが、見てみると、イスラエル、ヨルダン、サウジアラビアなどのバスがあった。

ウルファからほんの少し南下すればシリアとの国境だ。だからここは古代から、中東とアナトリアとの接点にある街として商業が栄えたのだ。

この街がどんな王朝に支配されてきたかの歴史はもう省略することにしよう。ヒッタイト、ビザンティン、イスラム王朝など、全部というのが答えなのだから。

ヒッタイト時代に建てられたウルファ城を見物。そのほか、いくつかのモスクも見事だった。

アブラハムにちなむ池が公園の中にあって、そこには見ていて気持ちが悪くなるほどうじゃうじゃと魚が泳いでいた。アブラハムが火刑にされようとした時、火が水に、薪《まき》が魚になったという伝説があり、聖なる池の魚は誰も食べないので増えたのだ。

なお、アブラハムはここでは死んでいないので誤解のないように。彼は神に導かれて約束の地カナンへ行った人物なのだから。

キリスト教もイスラム教もごちゃまぜの聖地、という印象がウルファにはあった。その意味では、ぐるりと巡ってきた東トルコの集大成のようなところと言えるかもしれない。

さて、ウルファからもう少しシリアの国境近くまで行くと、ハランという小さな村がある。ハランは、カナンへ行こうとしたアブラハムがしばらく住んだ、という伝説のあるところだ。イラクのウルに生まれたという説でも、ハランに一時住んだ、という話は共通である。

そしてここには、アッバース朝時代に建てられたアナトリア最古のモスクの遺跡がある。この遺跡がなかなか味わい深いものだった。

壁のいくつかと、大きなアーチ型の入口、そして上部が少し壊れている四角柱のミナレットが残っているだけなのだが、ミナレットはかなり高くて見事なのだ。ほかがほとんど失われているので、崩れかけのミナレットだけが天に語りかけているような印象である。

ハランは、暑いことで有名なところだ。ガイドのツナさんが、冷房のきいたバスから急に降りると暑すぎて気絶する人もいます、と注意したくらいなのだから。あの時、いちばん暑い時間を避けて夕方に着くように行ったのだが、それでも四十三度くらいあったと記憶している。

そういうものすごい暑さの中で、私は、下痢をおさえるために使い捨てカイロを腹にあてていたのだ。だから朦朧《もうろう》としたような意識でいて、滅びつつあるようなミナレットの美にことさら感じ入ったのかもしれない。

ハランにはとても珍しいとんがり屋根の家がある。石と泥で、円錐形の屋根を作るのだが、そのてっぺんは穴が開いていて、そのせいで涼しいのだ。ひとつの屋根が四畳半くらいの部屋をおおっていて、そういう部屋を蜂《はち》の巣のようにつないでいって一軒の家となる。そういう家の一軒が観光用に公開されていて、チャイをご馳走になった。家の中は涼しくて、こういう家は暑さしのぎのために生まれたんだなと実感した。

その日の夜はウルファに戻って一泊。

そして次の日は、ガジアンテップに到達した。かなりの都市だが見物するところはほとんどない。私たちはその街の空港から、イスタンブールへ飛ぶのである。

その日は日曜日で、ガジアンテップの人々は浮き足立っていた。なぜなら、サッカーの地元チーム、アンテップがホームで試合をする日だったからだ。街中がそのことに興奮している感じだった。

トルコでも、サッカー熱はものすごい。かなり辺鄙《へんぴ》な田舎にも、スタンドは小さいが、きれいな芝生の生えたサッカー場があったりするのを見た。ちょっとした街なら必ず立派なサッカー場がある。

ガジアンテップのレストランで昼食をとり、サービスをしてくれるウエイターの青年たちに我々が、ほんのお愛想のつもりで、今日の試合はアンテップが勝つといいね、と言ったところ、大変に喜んだ。そして、我々全員にチャイをおごってくれたのである。

トルコ人にはそんなところもある。

さて、旅行のほうはこれでほぼ終りだ。ガジアンテップからイスタンブールへ飛行機で飛び、半日のイスタンブール観光をしたのだが、それはもう省略しよう。

東トルコは中東とアナトリアのはざまであり、ユダヤ教、キリスト教、イスラム教の三つの宗教にゆかりの地であり、歴史の十字路のようなところだった。そういうところを、ツナさんという善人の案内でじっくりと見てまわることができて、この上なく満足した私たち夫婦だった。結構ハードな旅ではあったが、得たものは大きかったような気がする。

オアシス・コラム⑦　バザール、スークのこと

トルコには有名なグランド・バザールがあるが、観光客が多く値段も高い。

そもそもトルコのバザールはモスクの付属施設として作られたものだ。王族や貴族、金持ちがモスクを作る場合、モスクとともに学校や病院、そしてバザールを作る。そのバザールの家賃収入を他の施設の運営費にあてるのだ。

バザールの中には、同じ商売の店が集まっている傾向がある。革製品屋ばかりの通りがあり、貴金属屋ばかりの地域があり、本屋の並んだ場所があるという具合だ。商品を見比べたり、どっちがまけるかなどと値段比べをするのに便利なのかもしれない。

グランド・バザールは大きい建物で、真ん中に一番古い部分があり、建て増しされていったものだ。古い部分の天井などは重厚で見ごたえのあるものである。

イランのイスファハーンのイマーム広場にあるバザールは土産物だけでなく、生活必需品の店が多い。迷路のように道が伸びていて、店が脈絡なく並んでいる。

ウズベキスタンでは、タシケント、サマルカンド、ヒヴァのバザールに行った。共産時代に建てられた体育館のような建物の中に、肉、野菜、米、チーズ、菓子、キムチなど品目ごとに店が集まって出店していた。それ以外の布、糸、電球、おもちゃな

どは建物の外か、周辺の店にある。

アラブ圏ではバザールではなく、スークという言葉を使うが、スークはもともと同業者の集まりをさす言葉らしい。塩のスーク、香辛料のスーク、家具職人のスークなどのように使う。イエメンのサナアの旧市街は、昔その場所にあった塩のスークから発展した街なのだそうだ。そこには、食品、衣料品、生活雑貨、土産物など様々なものが売られている。また、職人たちの地域もあり、家具屋、金物屋、パン焼き屋、クッション屋、油ひき屋などがあった。そういう店の並びのすぐ横に住宅街があったりして、その雑然とした感じが面白いのだ。

イエメンでは地方に行くと商店街のようなものがない。代りに、曜日市が開かれるのだ。街々によって決まった曜日に市がやってくる。サナアに近いシバームという街で曜日市を見たが、食品、衣料品、生活雑貨、車の部品など様々のものを売っていた。

スークと言えばモロッコが面白い。多くの街に旧市街があり、規模は様々だがスークがある。特に面白いのはフェズとマラケシュのスークで、モロッコ観光の目玉である。城壁に囲まれたフェズの旧市街は丘陵地帯にあるため坂が多い。カラウィン・モスクを包むようにスークが広がっていて、とにかく道は狭く、迷路のようである。ここでも同じ商売の店が集まっていて、モスクの周りには数珠《じゅず》の店が並んでいた。

・第七章・

モロッコ

―― 迷路の国 ――

フェズの市街の中にあるなめし革職人街スーク・ダッバーギーンの、革染めの工場を上から見たところ。フランス語でタンネリともいうここは必見の観光ポイントなのだ。ただしここは鼻が曲がるほど臭い。ミントの葉を鼻の前にかざして見物するのだ。

1

エジプトのことを気にしつつ、二〇〇四年の八月に私と妻はモロッコへの旅をした。モロッコには、欧米人にとって幻想的な異郷といったロマンチックなイメージがあるのではないだろうか。だからこそ、古くは『モロッコ』や『カサブランカ』という映画があり、最近では『シェルタリング・スカイ』があるのだ。

そんなわけで、どんなところなのか何も知らないのに、エキゾチックなムードのあるところ、と憧れるような思いがわくのだ。

エール・フランスの便で、パリのシャルル・ドゴール空港乗り替えでカサブランカに入った。だがその夜はホテルに泊るだけで、翌日は早朝からバスでラバトへ、更にフェズへと移動するのだ。カサブランカを見物するのは旅の最終日の予定である。

カサブランカから首都のラバトまでは九十キロ。高速道路があって快適な旅である。海岸線に近い道を東進するのだが、勘違いしやすいのはその海のことである。つい、地中海かと思いがちなのだが、そのあたりはジブラルタル海峡よりも西なので、海は大西洋なのだ。

高速道路の分離帯に、ピンク色の夾竹桃《きょうちくとう》が咲いている季節だった。現地ガイドは、やや太りぎみのモハメッドさん。モハメッドさんはアラブ人だが、運転手とそのアシスタントはベルベル人だった。モロッコ人の四〇パーセントがベルベル人（この数字は四〇から六〇まで諸説ある）である。

モロッコの通貨単位はディラハム。この時一ディラハムが十三円ぐらいだった。

ラバトに着いて、一通りの見物。まずは、現在使用されている王宮を外から見る。王宮があるということはモロッコは現在も王国なのだ。今の国王はムハンマド六世。ただしこの王宮は冬の宮殿として使われていて、この時は王はタンジールの別荘にいて留守だった。

次に、ムハンマド五世の霊廟と同じ敷地内にある、ハッサンの塔を見た。ムハンマド五世は現王の祖父で、一九五六年にフランスからの独立を勝ちとった人物だ。

その霊廟は一九七三年に完成したものだからまだ新しい。内部の装飾は豪華なアラビア風だが天井の漆喰と金の装飾はアンダルシア・スタイルだという。そうか、モロッコはジブラルタル海峡をはさんでスペインとはすぐ隣の国なんだものな、と思う。それから、チュニジアの歴史の話をした時に、一時イベリア半島にいたゲルマン民族のヴァンダル族というのがアフリカに渡り、チュニスを都として栄えたことに触れたが、そのヴァンダル族の住んでいたところがスペインのアンダルシア地方という地名になっているのだ。そのように、モロッコはスペインとの関係が深いのだ。

霊廟の中には、ムハンマド五世と、その子ハッサン二世（現王の父）と、その弟ムーレイ・アブドラの石棺が安置されていた。

そして廟を出るとすぐ前の広大な敷地に、四角柱の大きなミナレットが見える。それがハッサンの塔だ。十二世紀にここにハッサン・モスクというものが建てられたのであり、そのミナレットだ。ただし、建築を命じた王が四年後に死んだため、予定の半分の高さで工事は中断した。それでも四十四メートルもあるのだが、太さの割に低いずんぐりとした印象になっている。塔の前には石柱が崩れかけた形で百本以上立っているが、それがモスクの残骸《ざんがい》だ。十八世紀の大地震でモスクは破壊され、柱と壁の一部が残っているだけなのである。

ラバトは現在の首都だが、十二世紀から十三世紀にかけてのムワッヒド朝の時代にも都とされていた。さて、どうしたものか。モロッコの歴史上の王朝について、くどくどと語ってもわずらわしいだけなのはわかっている。これは旅行記なんだから、歴史の勉強になってはいけないのだし。でも、モロッコにはかつて都であって今も栄えている都市がいくつかあって、我々はそこを順に巡っていくのである。その理解を助けるために、ここに王朝史の簡単な一覧表を作っておこう。

紀元前十二世紀から　　カルタゴの植民地。

紀元前一世紀から　　ローマの領土。

五世紀　ヴァンダル王国の支配。
六世紀　ビザンティン帝国の支配。
八世紀　ウマイヤ朝の支配。
七八八〜九二六年　イドリス朝　都は初めムーレイ・イドリス、二代目からフェズ。
一〇五六〜一一四七年　ムラビート朝（ベルベル王朝）　都はマラケシュ。
一一三〇〜一二六九年　ムワッヒド朝（ベルベル王朝）　都は初めマラケシュで、後にラバト。
一二五八〜一四六五年　マリーン朝（ベルベル王朝）　都はフェズ。
一五四九〜一六五九年　サアード朝　都はマラケシュ。
一六六六年〜現在　アラウィー朝　都は初めのうちメクネス。
ただし、一九一二〜一九五六年はフランス保護国で都はラバト。独立後も首都はラバト。

というわけで、ラバトで見るハッサンの塔はムワッヒド朝時代のものだったのである。

そのあと、市の外れにあるウダイヤのカスバというところをゆったりと歩いて見物した。

カスバというのは、モロッコ観光におけるキーワードのひとつなのでざっと説明しておこう。カスバとはアラビア語のマグリブ方言で、中心都市、街、という意味だ。だからひとつの意味は中心街ということで、アルジェリアのカスバなどはそれである。だが、要塞化した城のこともカスバといい、モロッコではその意味のカスバをあちこちで見ることになる。ちょっとした城塞だったり、それよりは大規模な城塞都市だったりして、その中に兵士もその家族もすべて住んでいた、というものだ。ウダイヤのカスバは城塞都市のほうで、今はもう兵士はおらず、普通の住人が住み、中にはモスクもある。

細い道が迷路のようにあって、可愛い家が建ち並んでいるという面白いところだった。そういう小さなタウンを城壁が囲んでいると思えばよい。

モロッコの都市部では女性も顔をかくさず普通の洋服を着ているので、ヨーロッパの田舎町を歩いているような感じであった。

2

さてその日の午後はバスで二百キロほど走ってフェズへと向かった。その途中、メクネスで昼食をとったあと、マンスール門という立派な門を見物した。

そして次に行ったのがヴォルビリス遺跡。またしてもこれか、と思ってしまうローマ遺跡だ。一世紀から三世紀にかけて栄えたところで、十八世紀の地震で崩壊したのだが、今は発掘されている。神殿や列柱通りや浴場跡などがある。チュニジアでもいくつか見た古代ローマ人の都市だった。住宅跡の床には見事なモザイク画が残っている。ローマ人というのは、世界中をローマにしてしまうんだなあ、という感想がわいてしまう。

そしてそのヴォルビリス遺跡とは谷をはさんで向かいあう小高い山の上に、ムーレイ・イドリスの街があった。なだらかな山肌に白い家並みがぎっしりと寄り集まって山頂まで続いているというところである。家々の白壁と緑色の瓦《かわら》屋根がなんとも美しい。

モロッコ最初のイスラム王朝であるイドリス朝の、最初の都だったところである。ムーレイ・イドリスは、ムハンマドの娘ファティマの子孫で、アッバース朝に追われてこの地まで逃げてきてここに王朝を開いた人で、聖人として崇められているのだ。山にへばりついた階段と坂道の町だから車は入れない。だが、谷の反対側の道路から全体を見渡すことができる。つい写真を撮りたくなってしまうような、味わい深い古都というたたずまいだった。

そして夕方、ついに我々は幻想の都フェズに着いた。

フェズは三つの地区からなる都市である。ひとつはフェズ・エル・バリで古いフェズという意味。九世紀のイドリス朝の時作られた。次がフェズ・エル・ジェディドで、新しいフェズ。これは十三世紀～十四世紀のマリーン朝の時に作られた。そしてもうひとつが新市街で、フランス統治の時代に作られたフランス人の街だ。

フェズ・エル・ジェディドにある王宮の門のあたりもチラリと見物（中には入れな

い）したのだが、見て面白いのは断然フェズ・エル・バリである。

ブー・ジュルード門というタイル装飾の美しいイスラム風の青い門をくぐると、その中がメディナだ。

メディナというのも、モロッコ観光のキーワードのひとつなので説明しておこう。

本来は、アラビア語で街を意味するのがメディナだ。だが、事実上は大都市の中の旧市街がメディナということになる。市街地は城壁で囲まれ、いくつかの門がある。そしてその中に入ってみれば、千年前と何も変らぬ混沌のイスラム世界なのだ。

メディナの中は、人のあふれかえった迷路だ。なぜこんなにめちゃくちゃに道をつけたんだ、と言いたくなるぐらい狭い道が入り組み、ある道は行き止まりになっていたりする。旅行者が案内なしで歩いたら絶対に道に迷うところである。

場所によっては、道の幅が一メートルぐらいのところもある。しかも、フェズのメディナにはゆるいアップダウンがあって、階段になっているところもあるのだ。そういう道なのだが、馬や驢馬《ろば》が大きな荷物を背負って歩いている。道の狭いところで前方から来る馬とはち合わせしたら、道の脇の家にへばりついてやりすごさなきゃいけない。

そういう複雑きわまりない道に建ち並んでいるのは、商店や、小さな工場だ。ありとあらゆる物を売っているのだが、同じものを売る商店が集まっている傾向があった。洋服屋の集中しているところをやっと通り抜けると、次はカバン屋ばっかり、というような様子なのだ。香辛料屋、果物屋、金物屋、木工屋なんてふうに、次々に商店が現れる。金属加工の町工場が並ぶところでは、ガンガンという音がうるさい。店は商品を道にまで並べて売ってるし、金属職人や木工職人は道にはみ出て仕事をしていて、よけながら歩くのが大変である。

しかし、そんなメディナの中をガイドについて歩くのはとても楽しかった。

そういう混沌のメディナを歩いていると、ふいに大きなモスクにぶつかったりする。カラウィン・モスクという九世紀に建てられたモスクは、現存する中では北アフリカ最大のものだそうである。非常に華麗なものだそうだが、モロッコではモスクへは異教徒は入れない決まりなので、見物することはできない。入口からチラリと中をのぞけただけである。

それから、アッタリーン・マドラサという神学校があって、こっちへは入れた。まぎれもなくここはイスラム世界なのだと納得する。

そして最後につれていかれたのがスーク・ダッバーギーンというなめし革職人街であった。一軒の革製品屋に入ってその屋上へ出る。この時、ミントの葉をくれるのは、革が臭いので鼻の前にその葉をかざしていろ、ということである。実際、ものすごい臭いのするところであった。そして、屋上からは下に、革を染色している工場が見える。色別に釜《かま》がたくさん並んでいて、男たちがそこで革を染めていた。ちょっとよそでは見られない面白い光景である。作業風景を見物したあと、その店で革のスリッパを買った。

3

フェズのメディナの中で、一軒の民家を訪ねてミント・ティーをごちそうになった。家は道路に面しては小さなドアがあるだけで、入ると狭くて窓のない通路がある。だが、そこを抜けると中心部が中庭になっていて吹き抜けであり、思ったよりも明るい。ミント・ティーをいれるのは一家の主人である男の仕事らしい。

ポットに、茶葉と、砂糖と、生のミントの葉を入れて、湯をそそいで煮立てる。ポットを高々とかかげてカップに注ぎ、一度はポットに戻す。そして、二度目にカップに注いだものを飲む。ミントの爽やかな香りがしておいしいお茶であった。

そんな訪問で感じとったモロッコ人の雰囲気は、おだやかで親切な人、という感じであった。女性も顔を出しているので、我々とそう変らない人という感じがする。

モロッコの料理は、いつもながらのアラブ風であり、羊肉や鶏肉がよく出てくる。チュニジアの料理にも似ていて、クスクスもあった。ただし、モロッコならではのものが、タジンという土鍋《どなべ》で煮たタジン料理である。

タジンは、底の浅い丸皿のような部分に、すり鉢《ばち》を逆さにしたようなふたをする鍋で、ふたの中央は穴が開いている。その中に、羊肉や鶏肉や、野菜や漬けたオリーブなどを入れて火にかければ、蒸気がこもって蒸し煮になるというものだ。なかなかおいしい料理だった。

この旅行のガイドのモハメッドさんは三十歳ぐらいだったが、なんとなくいい加減であった。悪い印象を持つほどではないのだが、ほどほどのガイドでのりきっていくような感じなのだ。

フェズのホテルで、朝、ドルをディラハムに交換しようと思ってフロントへ行ってみた。すると係のホテルマンが、九時にならないとマネー・チェンジはしないのだ、なんて言う。そこで九時に行ってみると、今日の分はもう終った、なんて答えるのだ。ところが、九時十分に行った人はマネー・チェンジをしてもらえた、なんてことがおこる。

そのように、モロッコ人は少しいい加減なのである。初め私は、モロッコ人はインド人のようにどこかいい加減なところがあるなあと思ったのだが、いろいろ体験していくうちに、モロッコ人のいい加減さと、インド人のいい加減さには違うところがあると気がついた。

インド人は、そうしたほうが得になるから抜け目なくいい加減なのである。たとえば、インドのホテルマンに無料のものをくれと言うと、そこにあるのが見えているのに、もうない、なんて言うことがある。それは、この後、チップをはずんでくれるイギリス人の団体が来るなんて時で、その時にサービスしたほうが得なのでそういうことをするのだ。インド人のそういう、生きるためのしたたかさには怒るよりも感心してしまう。

ところがモロッコ人のホテルマンは、その時ラクをしたいからいい加減なだけなのだ。なるべく仕事をしないのが利口な生き方だと思っているかの如くだ。

これは旅のもう少しあと、マラケシュのホテルでのことだが、朝、ホテルのレストランでビュッフェ・スタイルの朝食をとる。その時、コーヒーはボーイに頼まなければならない方式だった。そこで、手を上げたり、イクスキューズ・ミーなどと言ってボーイを呼ぶ。すると、ものの見事にボーイは目をそらせてあらぬ方向を見るのだ。何度呼んでも気がつかないフリをする。ついに私たちは、フロア主任という感じの女性にコーヒーを頼んだ。その女性に命令されて、ようやくボーイはコーヒーを持ってくる。

これは怠け者のサーバント根性だな、と私は思った。つまり、仕事はなるべく少しにしておくほうが得だ、という考え方で、気をまわしたりすることを放棄しているのだ。

インドではその逆に、働き者のサーバント根性を見ることができる。客がものほしげにキョロキョロするだけで、寄ってきて何か御用ですか、と言うようなところがあるのだ。そのように迅速にサービスをすれば、チップにもつながるではないか、と考えるのである。

インドもモロッコもかつてヨーロッパ人の支配を受けていた国だが、この違いは宗主国がイギリスだったか、フランスだったかの違いなのだろうか、なんて思ってしまう。もしくは、インド人のほうが生きるために必死なせいなのか。

モロッコ人は現在も、なんとなくフランスのほうを見ている。我々が旅したのは夏だったが、どのホテルへ行ってもバカンスを楽しむフランス人がいっぱいいた。ジブラルタル海峡をフェリーで渡れば、車で来れてしまうのである。

そのようにフランス人が来てくれればなんとか生きていける、とモロッコ人は思っているかのようだ。夏のリゾート地としてやっていけるのである。だから観光地のムードが、なんとなくヨーロッパ人向けのエキゾチックなテーマパークみたいなのである。

そういう意味で、自国に対する矜持《きょうじ》みたいなものが薄いような印象があった。もちろんこれは、全体から受ける印象で、個々のモロッコ人を見て善人だなあ、と感じるようなこともちゃんとあったのだが。

ひょっとするとモロッコ人に自国を誇る感じが弱かったのは、オスマン・トルコの支配を受けてないからかもしれない、なんて私は珍妙なことを考えてみる。オスマン・トルコは最盛期には北アフリカの大部分を支配するのだが、それもアルジェリアまでで、モロッコにまでは手をのばせなかったのだ。

そして、オスマン・トルコは支配した土地にベイという代官を送って税金を取るばかりで、善政をしていない。だから、レバノンでもチュニジアでも、「オスマン・トルコの時代は暗い時代でした」とガイドからきくのである。そして、トルコがいなくなってこの国はよくなりました、と。

モロッコにはその、暗いトルコ時代がないので、フランスとうまくやっていければそれでいい、というような鈍い満足感があるのではないだろうか。

次に語るのは以上の話とは直接の関係はないことだが、モロッコを一週間旅行している間に私は、モロッコ人同士の喧嘩を三回目撃した。街中で、大声でわめきたてたり、殴りかかったりの喧嘩を見たのだ。大事に至るようなものではなかったが、双方が頭に来て言い争っていた。殴りかかって仲裁されていたり。そのことから短絡的な結論は出さないでおくが、半分ヨーロッパのようなアフリカの国、ということが何か作用しているのかなあ、なんて思ったりする。

4

さて、旅の記録に戻ろう。フェズは青い彩色の陶器でも有名なところで、工場を見学し、フェズ陶器をいくつか買った。

そして翌日はサハラ砂漠をめざして一日南へ進む。イフラン、ミデルト、エル・ラシディアといった街を通りすぎて行くのだが、それはミドルアトラス、ハイアトラスという二つの山脈を越える行程である。深いアトラス杉の森、高原の草地、ダイナミックに褶曲《しゅうきょく》した地層にそった谷ぞいの道など、変化に富んだ美しい風景だ。だんだんベルベル人の構成比が大きくなってくる。

その日の夕刻、ついにエルフードの街に着くが、ホテルに入る前に、カスバを見物した。

カスバには、ひとつの城塞のような建物の場合と、小さなタウンを城壁が囲んでいる城塞都市のようなものがあり、ラバトのウダイヤのカスバは後者だと言ったが、エルフードで見たものは前者である。それは、四隅に四角い塔の部分を持った、三階とか四階建ての土で造られたマンションのような外観のものだ。その中に通路があり、何十世帯もが住んでいる。

そういうカスバを山間部ではいっぱい見たし、新しく建ったホテルやマーケットもその様式で造られていたりする。そしてこのカスバの中が、これまた迷路なのである。我々が見物したカスバの中には五千人も住んでいるのだそうで、入口近くの広場にはモスクや売店もあった。そして城塞の中の通路を行くと、光がなくて真っ暗である。通路は複雑に入り組んでいるが、ふいに光のある中庭に出たりもする。カスバの中では、一階から三階へつながる階段があったりするのだそうだ。二階へは、三階から下る別の階段で行くのだ。

つまりそこはもともと敵と戦うための城塞なのだから、攻められにくいように中が迷路になっているわけである。実に不思議な味わいがある。

一軒の家のドアが開いていたのでのぞいてみたら、今は電灯もあって、美しい絨毯が敷かれた暮しやすそうな居間があった。

このあたりまで来ると、全身を包む真っ黒なマントのような服を着ている女性もいる。子供がカスバの中の通路で遊んでいたりする。ベルベル人の一家には平均八人の子供がいるそうだ。

ホテルは、入口がカスバ風の造りになった、コテージ・タイプのものだった。そして我々は翌日、まだ日の昇る前におきて、4WD車で一時間十五分運ばれる。サハラ砂漠の日の出を見に行ったのである。

砂漠の中の道なき道を行く。そして着いたところで、二人で一頭の駱駝に乗り、更に砂漠の奥へ。

着いたところはまさにサハラ砂漠そのものといった感じの、砂の丘のつらなりだった。チュニジアでも砂漠を見物したが、あの時はここから砂漠という感じの端っこを見た印象だったのに対して、ここはまさしく砂漠そのものという感じだった。駱駝からおりて砂丘の稜線のところにすわり込み、日の出を待った。やがて日が昇れば、やはり感動的なながめだった。

ホテルに戻って朝食をとったあと、ワルザザートに向けて出発した。

まずは、街はずれの化石の工場へ行った。アトラス山脈というのはかなり高い山脈なのに、なんとアンモナイトなどの化石がこれでもかというほど出るところなのだ。それを、装飾品や、建築資材に加工しているところを見物して、小さなアンモナイトなどの土産を買ったのである。

次に見たところは、トドラ渓谷。美しい川をはさんで崖がそそり立つ景勝地で、モロッコ人もピクニックに来るところだ。我々はここで昼食をとった。

エルフードからワルザザートまでは、カスバ街道というところを行くのだった。おおむね山中の乾燥地帯なのだが、ところどころにオアシスがあって、そこにはヤシなどが生えていて、畑もあり、人が住む村がある。カスバ式の住宅もいくつかある。白い四角い小屋があり、ドーム屋根がついているのは、その地方ごとの聖人廟である。

エルケラマグナという、バラで有名な小さな村も通った。バラ畑があって、香水や、バラ水や、バラ石ケンなどを売っていた。

その夜はワルザザートに泊る。そこは、映画産業で有名な街だった。モロッコでは、ヨーロッパやアメリカ資本の映画がよく撮影されるのである。『アラビアのロレンス』も『グラディエーター』もこのあたりで撮影された。

翌朝、ホテルを出て、アイト・ベン・ハッドゥ村を見物した。そこは、世界遺産に登録されているクサールである。

クサールもモロッコ観光のキーワードだ。土壁の家が寄り集まって建ち、要塞化している村がクサールである。カスバの寄せ集め、と考えればわかりが早い。なだらかな丘の上に、土色の家やカスバが、積み重なるようにあって、ひとつの城のように見える。

ある家の屋上にあがって、隣の家の一階へ行く、というような立体的な家並みである。現在はそこに住んでいるのはベルベル人の五、六世帯だけで、ほかは川の対岸に造られた新しい村に住んでいるのだが、そういうベルベル人の一家を訪問した。家畜といっしょに暮すような家だったが、ソーラーシステムの発電機があってテレビも見ていた。パン焼き釜や石臼《いしうす》もあってなんだか暮しやすそうだった。

そこを見せてもらったあとは、一気にマラケシュまで二百キロを進む。そのためには、ハイアトラス山脈のいちばん高い峠、ティシュカ峠を越えなければならない。標高二二六〇メートルである。

道は九十九折りになり、ものすごい登りだった。峠のてっぺんでトイレ休憩。そして、またしても九十九折りの道を一気に下る。下りに入ってしばらく行くと、川ぞいに小さな村々があり、人々の生活をかいま見ることができる。夕刻にはマラケシュに着いた。

5

マラケシュはムラビート朝、ムワッヒド朝、サアード朝の時代に都だったところで、フェズに次ぐ古い街である。

マラケシュで最も見るべき建物はクトゥビアのモスクだ。十二世紀に建設された大モスクで、一万人がお祈りできる。ここへも我々は入れないが、外観を見るだけでも圧倒されるのが、クトゥビアの塔と呼ばれるミナレットだ。四角柱の形で、高さは六十五メートルもある。スペインのセビリアにあるヒラルダの塔（九十三メートル）に次いで世界二位の高さなのである。夜はライトアップされる。

バヒア宮殿は十九世紀アラウィー朝のハッサン一世が妻たちと住んだ宮殿。フランス領時代にはフランスの将軍リヨテが住んでいた。中庭や、会議室、ハレムなどがあり細密画や彫刻も見事なイスラム宮殿だ。まさに輝く宮殿といった味わいである。

サアード朝の墓地は、サアード朝の代々のスルタンが葬られている大墓廟群。三つの部屋があり、男王のエリア、妃のエリア、子供のエリアに分かれている。長い行列に並んで、やっとのことで前へ出て王たちの墓のある部屋をのぞくと、棺がいくつも並んでいる。部屋の内部は色鮮やかなモザイク・タイルで飾られている。

そしてマラケシュでもメディナを歩いてたっぷりと味わう。住宅地区を抜けて、スーク（市場）の地区に入ると、またしても店や工場の並ぶ迷路だ。革製品を造っている一角を抜けると、金属のランプシェードを造っている一角があったり。木工の作業場を見て、古道具屋街に出たり。ここでも同じ商売の店がかたまっている。フェズのメディナとほぼ同じ味わいだが、マラケシュは街が平らで坂道はない。そして、スークの中に車が入ってくるのが大きな違いだ。

フンドクという、隊商宿（キャラバン・サライ）もある。ハマム（公衆浴場）もあって、男と女は入口が別であり、その間にジュース屋があった。

そういうスークをさんざん歩いて、土産物屋に入ったりもして、そろそろ夕方近くなってきたなという頃、我々はふいに大きな広場へ導かれる。その広場には人がむらがり出ていて、屋台の店を出す準備をしている。アクロバット芸人や、へび使いや、原色の服を着た水売りなどもいる。

その広場こそが、一年中お祭り騒ぎの屋台空間、ジャマ・エル・フナ広場だ。広場を囲む商店の二階に上ってバルコニーから見物したのだが、まさにそこは毎日が祭りの異世界だった。まだ陽が落ちる前で、多くの店は準備中なのだが、それでも熱気ムンムンだった。

私たちのグループの若い夫婦はそこでその日の夕食をとったのだが、私と妻は、酒なしの夕食はつらいのでやめにした。でも、店の間をふらふらと歩いていると、若い売り子がエスカルゴの塩ゆでを試食させてくれた。よく見ると、屋台には日本語のメニューもあるほどで、ここは外国人観光客用の屋台広場なのだとわかるのだった。

マラケシュは観光用の古都なのだ。だが、そこにはイスラムのざわめきの味わいがある。アラビアンナイトの中の世界にまぎれ込んだようなムードを味わうことができる。

それを十分に味わったら、モロッコ観光は終ったようなものである。

その翌日はカサブランカへ戻り、ハッサン二世モスク（一九九三年の完成）を見物したりした。とんでもなく壮大なモスクで、ここのミナレットは二百メートルもの高さがあるのだが、これは現代建築のコンクリート製なので、世界一の高さとは言わないのだろう。そして、カサブランカのホテルには映画『カサブランカ』にちなむリックのバーなんてものがあるので、そこで一杯飲んだのだった。

そして、なんとなくこんなことを考えた。

モロッコというのは、なんとなくヨーロッパ人にとって、さいはての地のイメージがあるのかもしれない。

パリで人生をしくじったアメリカ人のリック（ハンフリー・ボガート）は、だからカサブランカへ来てバーを経営しているのである。すると第二次世界大戦が激化して、イルザ（イングリッド・バーグマン）はアメリカへ疎開するためにモロッコへ来るのだ。モロッコは当時のヨーロッパから出る時の玄関のような意味あいなのである。

そのせいで、モロッコにはエキゾチックなムードがあるのではないだろうか。そしてそのことが、モロッコの独自性を少し奪っているのかもしれない。

ただ、ひたすら印象に残るのは、ここは迷路の国だ、ということである。あんなに国中に迷路のようなものがある国は珍しく、そのことだけは、モロッコの不思議な魅力だと言うしかない。アンモナイトの化石を土産に、幻想の国から私は帰国の途についた。

オアシス・コラム⑧　道のこと

観光地だけではなく、そこへバスで向かう道のながめも面白いものだ。たとえば、都市を出て郊外にさしかかると、いろいろなものを運ぶトラックに出会う。イスラムの国々では家畜といえば羊なので、羊を乗せたトラックにはよく出会う。特に犠牲祭の前や、家畜市の近くには多い。

東トルコでは牧草の刈り入れ時だったので、後ろから見ると車が見えないくらいたくさんの牧草を積んだトラックの車列で渋滞していた。ロバも自分の背丈より高く牧草を積んでいる。田舎へ行くとロバが働いているのを見ることが多い。人も乗せるし、薪や、収穫した野菜などをいっぱい背負ってポコポコと歩いている。

シリアやヨルダンのデザート・ハイウェイでよく見かけて、不思議だったものがある。砂利や砂を運んでいるトラックが多いのだ。まわりが砂漠で石だらけなのに、なぜ石を運んでいるのかと思った。しかし、シリアのバグダッド・カフェの近くで、道路脇にケーブルを埋める工事の準備をしていて、一面白っぽい土に、よそから運んできたらしき赤い砂で埋設部分のしるしがつけてあった。こんな使い方があるのかと納得した。

イエメンの道を行くと道端の感じがインドに似ている。店や畑のたたずまいが似ているだけでなく、南部のほうに行くと男性の着ているものが、北部のワンピース型ではなく、腰巻布とシャツに変るからだ。肩掛け布を頭に巻いて、腰巻の裾をからげて、ジャンビーアなしで歩いている人を見ると、まったくインド人にそっくりだと思う。

イエメンの幹線道路では、死んだ犬をしばしば見かけた。たまには羊も死んでいる。もちろん車にはねられたのだが、あんなに見たのは、ラマダン中で運転手の気が立っていたからなのだろう。

バスの窓から見る風景から感じ取ることは多い。電柱（コンクリート製が多い）の太さからだって、その国の経済状態が見えるような気がするのだ。

イスラムの国では羊や山羊の放牧をよく見るが、イエメン南部では駱駝《らくだ》を数十頭追っている人々を見た。イエメンの男性はカートという嗜好品を噛むのだが、それはピンクやブルーの薄いポリ袋に入れて売られる。その袋をポイポイ捨てるので、道路沿いはポリ袋の花が咲いたように見えるのだ。なんとかならないのか、と思ってしまう。

七〇年代にインドへ行った時、田舎の使い捨ての生活用品は素焼きの土器や、木や紙で作られていた。だから道端にゴミが落ちていても、いずれ土に返るものだった。ところが、八〇年代以降は道端は石油原料の消えないゴミばかりになってしまった。

・第八章・

エジプト

——— ナイル川にアザーン ———

カイロにあるイブン・トゥルーン・モスクは879年に建てられた。ミナレットは13世紀に再建されたものだが、それにしても古い。このらせん階段状のミナレットはまるで夢の中に出てくるもののようで、ちょっと忘れられない。モスクというのはお祈りの時間以外にはほとんど人がいなくて、静かでまるで異世界にいるような気がした。

1

二〇〇五年に、私はイスラム巡りの旅をひとまず完結させることにした。この旅行記をまとめよう、という企画が集英社との間で決まったからである。そこで、年に一度のお楽しみ、というローテーションをこの年だけは年に二度にした。とりあえず安全に行けて、ぜひ行きたいと思っている国があと二つ残っていたからである。

そのうちのひとつエジプトに、一月に行った。これまで何度も先送りにしてきたエジプトだ。あまり興味のない古代エジプトの遺跡ばかり見せられそうで、はたしてイスラム国の味わいなどあるんだろうか、と懸念してつい後まわしにしていたのだ。

それについて、まず最初に報告をまとめておこう。私にとってエジプトはどんな国だったのか、のまとめだ。

予想通り、エジプトでは古代遺跡ばっかり見せられた。参加したツアーが〈エジプトを極める〉というもので、有名な遺跡はもれなく見せてくれたのだ。ピラミッドも、数々の神殿も、古代ファラオの墓の中も見た。

この旅行では、エジプトの旅行会社が現地サポートをしてくれて、ここまで有能で気のきいたサービスをする会社はほかで見たことがないなと感心したのだが、現地人ガイドはつかなかった。ガイドは、カイロ在住の日本人の石原さんが務めたのだ。この、イギリス人の夫を持つ石原さんが名人だった。古代エジプト史を芝居っ気たっぷりに名ガイドして、数千年の歴史をスコンとわからせてくれるのだ。

古代エジプトにはあまり関心がない、と思っていた私だが、やはり現地へ行って実物を見てしまえばその壮大さに圧倒されたということを言っておこう。ピラミッドも数々の神殿もやっぱりすごいのである。そして石原さんの名ガイドがあったおかげで、古代エジプト史の概要が頭に入ってしまった。その価値もよくわかり、さすがの古代文明だと圧倒されたのである。関心がないどころか、大いに学んで知的興奮を覚えた。

ただし、この旅行記には、古代エジプト史のことはあまり書かないことにする。それを書きだしたら連載で三回分くらい費やしてしまうのだが、イスラムの国々を回る旅行記で古代エジプト史を語りだすのは脱線であろう。だからその辺のことはあまり書かないけれど、古代エジプトもすごいものだったと、ここでちゃんと言っておこう。

それで、イスラム国としてのエジプトの味わいのことだが、なんと、それは思いがけず濃厚なものだったのである。エジプトはとても敬虔なイスラム国であった。

国民の、約九割がイスラム教徒である。そして約一割が、アフリカに伝わった古いキリスト教であるところのコプト教の信者だ。私はエジプトで、歴史の古さから来る美しい生活文化を持った、敬虔なイスラム教徒を大いに見たのである。詳しくは後述するが、偶然にもエジプト人の宗教性をかいま見るにはふさわしい時期の旅行だったのもよかった。そして私は、伝統に裏打ちされた生活文化を持っている人間は美しいという持論を再確認できたのだった。その意味で、エジプトを旅して私は、古代エジプト文明にも感心したが、現代のイスラム国エジプトも好きになったのである。

順を追って話していこう。

旅の第一日目はカイロに着いてホテルに宿泊するだけだった。そして二日目は早朝三時三十分にモーニングコールで起こされた。ラムセス中央駅午前六時発の列車でアレキサンドリアに行くのである。

行くうちに、朝霧が晴れてきて朝日が昇る。通過する駅の上りホームには、カイロに出勤する人々が増えてくる。のんびりとした日常生活の味わいがあった。

カイロからアレキサンドリアまではナイル川のデルタを行く旅で、椰子《やし》の木が所々に生える田園地帯の光景だ。家々はイスラム国ではよくあることだが、外観がそっけない。いい家だなあと、ひとにうらやましがられることがないように、と考えているのだ。

家の屋根は平らになっている。そしてそこに、藁《わら》だの材木だの壊れた自転車だの、雑多なガラクタが必ず積み上げてある。それは、降水量が少ないので、屋根の上を物置きに使うってことだ。後に見るのだが、カイロの市街地でもビルの屋上はガラクタだらけだった。高層のホテルだったのでそれが見えたのだが、カイロは上空から見てはいけない都市だな、と思った。

さて、のどかな田園風景の中に、時々妙なものが見える。土でできている紡錘形のこんもりしたドームのようなものだ。高さは三メートル以上で、大きなものは二階建ての家より高い。巨大な蟻塚のような形だが、ところどころに穴があいていたり、木の棒が突き出していたりする。

あれは何だろうと妻とあれこれ推理するうちに、鳩《はと》小屋ではないか、という意見が出た。あとで石原さんにきいたところ、正解。

鳩料理はエジプトの名物で、後に私たちも食べた。鉄分が多くいかにも元気が出そうなもので、おいしい。

土で小屋を作っていつも餌をやっているとそこに鳩が帰ってくるようになり、中に卵を産む。卵からかえった雛《ひな》が育って飛びたつ直前に食べるのだそうだ。姿焼きで食べると肉が柔らかくて、結婚式には必ず出されるご馳走なのだとか。

二時間半の列車の旅をして、我々はアレキサンドリアに着いた。

2

まずグレコローマン博物館へ行く。ポンペイの柱はシーザーの敵ポンペイウスがここで殺されたという伝説からこう呼ばれるのだが、実際にはローマのディオクレティアヌス帝が建てた図書館か、もしくはセラピス神殿にあったとされるコリント式の円柱だ。今は一本しかない。

カイトベイの要塞はマムルーク朝のスルタンが十五世紀頃に建造した要塞。海に突き出した埠頭《ふとう》の先端にあり、その場所は古代七不思議の一つ、ファロス島の灯台があったところである。

要するに、アレキサンドリアで見たものはギリシアやローマの味わいのものばかりだった。石原さんは、アレキサンドリアはヨーロッパの匂いのする街、カイロはアラブの匂いのする街、ルクソールは古代エジプトの匂いのする街だと教えてくれた。アレキサンドリアはアレキサンダーの造った街なのだから当然のことである。

ここで、長いエジプトの歴史をごく簡単な一覧表にしてみよう。ざっと頭に入れておくと、エジプトで見物するものへの理解が早いから（年号には諸説あるのだが、『三省

堂　世界歴史地図』を参照した）。

〔古代エジプト王朝時代〕紀元前三〇〇〇年頃から紀元前三三二年まで。
これを更に細かく分けると次のようになる。
初期王朝時代（紀元前三〇〇〇年頃～紀元前二六六〇年頃）
古王国時代（紀元前二六六〇年頃～紀元前二一八〇年頃）
　ピラミッドが大いに建造された時代。
第一中間期（紀元前二一八〇年頃～紀元前一九九〇年頃）
中王国時代（紀元前一九九〇年頃～紀元前一七八〇年頃）
第二中間期（紀元前一七八〇年頃～紀元前一五六〇年頃）
新王国時代（紀元前一五六〇年頃～紀元前一〇七〇年頃）
　古代エジプトの最も栄えた時代。トトメス三世、宗教改革のアメンヘテプ四世、
ツタンカーメン、ラムセス二世など人材も豊富。
第三中間期（紀元前一〇七〇年頃～紀元前七五〇年頃）
末期王朝時代（紀元前七五〇年頃～紀元前三三二年）
　後半はペルシアに支配されていた。
〔アレキサンダー領時代〕紀元前三三二年にアレキサンダー大王に征服され、アレキサ

ンドリアが建設された。

〔プトレマイオス朝時代〕紀元前三〇五年から紀元前三〇年まで。アレキサンダーの死（紀元前三二三年）後、部下だったプトレマイオス一世が開いた王朝。クレオパトラ七世が最後の女王。つまり、クレオパトラは古代エジプトの最後の女王ではないのだ。マケドニア人の王朝であり、ギリシア系だった。そのせいでグレコローマン博物館にはクレオパトラの頭像があるのだが、あまり美人の像ではなかった。

〔ローマ帝国の支配時代〕紀元前三〇年から紀元後三九五年まで。

〔ビザンティン帝国の支配時代〕三九五年にローマ帝国が二つに分裂すると、エジプトはビザンティン帝国（東ローマ帝国）の属州となった。六四一年まで。

〔アラブ世界の支配時代〕六四一年から一五一七年までは、アラブ人の植民地となり、イスラム世界になった。王朝の移り変りをざっと並べてみると、ウマイヤ朝、アッバース朝、トゥールーン朝、再びアッバース朝、イフシード朝、ファティマ朝、アイユーブ朝、マムルーク朝となる。

〔オスマン・トルコの支配時代〕一五一七年から一八八二年まで。一七九八年にフランスのナポレオン軍がエジプトに遠征してくるが、オスマン・トルコ軍とエジプト軍で撃退した。

〔イギリスの支配時代〕一八八二年から一九二二年まで。

〔イギリスと癒着したエジプト国家時代〕一九二二年から一九五二年まで。

〔エジプト共和国〕一九五二年にナセル等をリーダーとするクーデターがおこり、現在のエジプトが成立した。


というわけで、アレキサンドリアで我々が見るのはプトレマイオス朝の頃や、ローマ支配時代の物なのである。その昔、シーザーとクレオパトラが結婚したのがここなんだなあ、という感慨が浮かぶ。

話は変るが、エジプトの通貨単位はエジプト・ポンドである。補助単位はピアストルで、一ポンド＝百ピアストル。私が行った時には一ポンドが約二十円であった。それで、トイレに行くと係員がいて一ポンド渡さなければならなくて、ついつい小額ポンドを神経質に集めてしまうのであった。

エジプトには、国産のビールもワインもあって、旅行者がホテル内などで飲むことには何の支障もない。ホテルにサウジアラビア人がいると、エジプト人の旅行スタッフはこっそりと、彼らは酒を飲みに来ているんですよ、と教えてくれた。

ところが、そういう酒の飲める国なのに、エジプト航空の飛行機の中では酒が出ない。ただし、客が持ち込んで飲むのは自由だという、ヘンなルールだった。私はもちろん、スクリューキャップ式のワイン（コルク栓だと栓抜きが危険物だとみなされるので、抜くことができない）を持ち込んだのだが、飲もうとするとスチュワーデスがワイングラスをサービスで出してくれた。禁じているのか許しているのか、よくわからない話である。

3

三日目はバスで内陸地方に戻り、カイロ郊外のギザに達した。有名な、クフ王、カフラー王、メンカウラー王の三大ピラミッドがあるところである。カフラー王のピラミッドにはあの有名なスフィンクスもある。
ピラミッドとは、自分の目で見てしまったら圧倒されるしかないものだった。今からおよそ四千五百年も昔に、どうしてこんなに正確な四角錐《しかくすい》の石の建造物が造れたのか、ただただ信じられないような気分になる。そして見るだけではなく、私たちはその中に入ってみたのだ。クフ王のピラミッドで、初めは這《は》って進まないと天井に頭をぶつけそうな狭い通路を行き、やがて天井の高い広い通路に出る。そこの両側の壁が上へ行くほど内側にせり出して狭くなっている構造なのを見て、私はついに降参した。ピラミッドのすごさを思い知らされたのだ。

あの形の石の建造物って、造るのが簡単なような気がしないだろうか。正方形の石の段を造り、その上に少し小さい正方形を積み、段々に重ねていけば自然に四角錐になると思える。ところが、あの斜度を持っていて正確に四角錐で、てっぺんが尖っている建造物は容易に造れるものではないのだ。砂を積んで山を造ってみれば、もっとゆるやかな山にしかならず、てっぺんはなだらかになる。力学的にはそれが安定した姿なのだ。

それを、尖った正確な四角錐にするにはものすごい力学的な計算が必要なのだ。そういう計算によって、内部通路の壁の石が少し斜めに組んであって、上へ行くほど内側にせり出しているという形になっているのである。そのようにして、全体の重さを空間に逃がしているのだ。古代エジプトの数学能力には舌を巻くばかりである。

カフラー王のピラミッドには、神殿や参道やスフィンクスなど、附属の施設がそっくり残っているのでピラミッド・コンプレックスと呼ばれる。スフィンクスはいろんな映像で見た通りのものだが、自分の目で見ることに価値があるわけだ。私はスフィンクスに尻尾《しっぽ》があることを発見して面白がった。

あと、太陽の船博物館を見物。王が蘇《よみが》える時のための巨大な木造船があるが、その木材は輸入されたレバノン杉である。中東やメソポタミアと交流があったことを物語っている。

そうそう、こういう話をきいた。古代エジプトのファラオの絵や像に、顎《あご》のところから下向きに四角い角のようなものが出ていることに気がついたことはないだろうか。ツタンカーメンのミイラがかぶっていた黄金のマスクなどにも、顎から四角いものがのびている。あれは木製のつけ髭なのだそうだ。木をくりぬいて軽くして髭の形に造り、紐をつけてその紐を耳にかけて使ったのだとか。

なぜつけ髭をつけるかというと、メソポタミアの人間は髭が濃くて顎から黒々と髭がたれていたが、エジプト人は髭が薄くてそういうふうではなかった、だからつけ髭をつけたらしい。

この話は、私がなんとなく感じている、メソポタミア文明がいちばん古くて一歩先を行ってたんじゃないだろうかという仮説に都合がいい。先進の文明の地の人には黒々と髭があると思えばこそ、それを追いかけるエジプト人（数学力はエジプトのほうが上だった気がするが）は、つけ髭をつけたのだ、と考えられるからである。このあたりのこと、素人の思いつきにすぎないのだが。

その日の夕刻、パピルス屋へ行って古代エジプト風な絵の描かれたパピルスを買った。詳しい説明は省略するが、路上で近寄ってきて「パピルス十枚十ドル」なんて売っている人のパピルスはバナナの葉で造られた偽物で、数年で色あせてしまうのだそうだ、という情報だけお教えしておこう。

その日のホテルは窓からピラミッドの見えるコテージ風のところで、景色は最高だった。

四日目はギザ以外のところをまわって有名なピラミッドを見物するという、ピラミッドづくしの日だった。

メイドゥムで崩れピラミッドを見物。ここは内部に入った。

ダハシュールでは屈折ピラミッドと赤のピラミッドを見る。赤のピラミッドへも入るというのを、疲れていたからパスした。近くに軍の基地しかないという寂しいところだった。

サッカラでジェセル王のピラミッド・コンプレックスを見物。階段ピラミッドと呼ばれる六層の段々になったピラミッドで、見物したうちではいちばん古いものだ。初めはこのように階段ピラミッドだったものが、四角錐のピラミッドに進歩したのではないかと言われている。

メンフィスの遺跡を見る。博物館のように展示してあるラムセス二世の巨像や、ギザにあるのよりは小さいスフィンクスなどを見た。メンフィスで見るものは新王国時代のもので、ピラミッドとはだいぶん時代が違う。

その日の夜、夕食をホテルですました我々はギザの三大ピラミッドに照明やレーザー光線を当てて浮かびあがらせる音と光のショーを見に行った。イヤホン・ガイドで日本語を選べて、「私はスフィンクスである」なんていう重々しいナレーションをきくものだ。一時間近くあるショーで、少々長すぎて退屈だった。

そもそもこの時は一月で、夜になるとかなり寒いのだ。二重のウインドパーカを着て、その上に毛布を借りて体に巻きつけていても震えがきた。

冬のエジプトはどんな気温なのかというと、例のあの、砂漠の地方には一日の中に四季がある、という表現がまさにあてはまった。空気が乾燥しているから、陽がさすとすぐに暑くなり、陽が落ちるとピューッと寒くなるのだ。昼は三十度ぐらいあり、夜は零度近くにまでなる。しかし、そんなところへばかり行っている私たち夫婦は案外平気であった。

4

五日目はナイル川を南へさかのぼってルクソールへ。ルクソールはかつてテーベと呼ばれたところで、中王国時代や新王国時代に都として栄えた。だからここからの観光は、主に新王国時代の遺跡を見る、ということになる。

見たものはどれも素晴しかった。日々、エジプト新王国時代の歴史がどんどん頭に入ってくるので刺激的でもある。そのファラオは誰だっけ、とか、その神様は何の神だっけ、などと頭の中は大混乱である。

カルナック神殿は巨大であり圧倒される。ルクソール神殿はそれよりは小さいが、夕方ライトアップされた姿を見物したので美しかった。ルクソール博物館では民族ダンスのショーをやっていた。

六日目はルクソールから直線距離で百キロほどナイル川を下流に行って、アビドスでセティ一世葬祭殿を、デンデラでハトホル神殿を見物した。そして夕刻、ルクソールのホテルに戻る。

ホテルの部屋の窓からはナイル川が見えた。そしてよく考えてみたら、この旅行中、どこへ行ってもホテルの窓からはナイル川が見えるのだった。

それもそのはずなのである。エジプトの国土利用率はなんと五・五パーセントであり、それ以外はすべて無人の砂漠地帯なのだ（現在は国土利用率を二五パーセントに上げる計画が進められている）。つまり、人が住んでいるのはナイル川の流域だけであり、古代の遺跡もそこにしかないのである。考えようによっては、エジプトは非常に細長い国だとも言えるのである。

それで、どこでナイル川を見てもほぼ同じ印象であった。カイロで見ても、ルクソールで見ても、アスワンで見てもほとんど同じくらいの川幅なのだ。これは考えてみれば不思議なことである。

ナイル川は世界でいちばん長い川だ。エジプトはナイルの賜物である、という言葉を古代ギリシアの歴史家ヘロドトスが残しているが、まさしく、その川がなければ古代エジプト文明はなかった、というぐらいのものである。そういう大きな川なのに、どこで見てもほどほどの川幅なのだ。たとえば中国の長江（揚子江）の河口あたりが、まるで海のように広くて対岸が見えないくらいだというのとは大違いである。

つまり、エジプト人とナイル川のつきあいの深さをそこから感じ取ることができるのだ。ナイル川が毎年氾濫《はんらん》して人々を苦しめ、一方では土地に養分を行きわたらせて農業をしやすくしたという話はよく知られているであろう。そういう数千年にわたる川とのつきあいによって、エジプト人はナイル川を自分たちの手でコントロールしているのである。

ナイル川の流域には、無数に用水路が引かれて、緑豊かな農地となっている。ルクソールの市街地を出て郊外へ出かける時のこと、ナイル川に近い農地、住宅地を行く道は用水路に沿った道だった。土地は平らで、水量豊かな用水がひたすらのびて、まるで水郷地帯のようだった。レタスやキャベツの畑が広がっている。

風がなくて用水は静かで、鏡のように風景を逆さに映している。緑色の木と、青い空と、白い四角い家が逆さまに映っている光景は奇跡のように美しかった。エジプトにはこんなに静かな景色もあるのか、と感動した。ナイル川しかない国、それがエジプトなのである。

七日目は、ルクソールのナイル川西岸を見物してまわった。ルクソールの東岸は神殿や市街地のあるところだが、西岸は、陽の沈むところ、からの連想であろうか、墓や葬祭殿の集まる地帯となっているのである。見るものが多いのに街や店はほとんどなく、早朝に出発して、さんざん観光をして、やっと昼食が食べられたのは三時すぎ、という強行軍であった。

王家の谷は新王国時代のファラオたちの地下墓が集まっている谷。ここで、ツタンカーメンの墓の中を見物した。

ハトシェプスト女王葬祭殿へも行った。古代エジプトで最初の女王だった人の葬祭殿である。三層のテラスを持つ見事なものだ。一九九七年に、ここで反政府組織による無差別テロがあり、日本人観光客で撃ち殺された人もいるというのは記憶に新しいであろう。現在では警備が厳重で安全そうに見えた。

貴族の墓も墓掘り職人たちの村の跡も見た。

王妃の谷ではネフェルタリ（ラムセス二世の妃）の墓の中を見物した。日本の技術によって内部の壁面が色鮮やかに修復されていて、息をのむほど美しい。

ラムセウムというのはラムセス二世葬祭殿。メムノンの巨像という、新王国時代の巨大な石の座像も見た。

ところで、この日の観光でもそうだったのだが、前日のアビドス、デンデラ観光などでも、警備態勢がものすごく厳重だったのである。どの遺跡へ行っても、必ず入口で手荷物はX線検査をされ、人間は金属探知ゲートを通らされる（もっとも、それがビービーと探知音を鳴らしても誰も注意を払わなかったが）。

アビドスとデンデラへ行った日など、朝まずルクソールの観光バスの集合所へ十台以上のバスが集まり、その先頭と後尾にツーリスト警察の車がついて、一列になって行くのである。だから遺跡ごとの観光時間も決められている。

つまりそれは、一九九七年のテロ事件以後の安全対策なのだ。エジプトの外貨収入の内訳で第一位は観光収入（三十二億ドル）なのだそうだ。そのほかには、海外への出稼ぎの人の仕送り、石油輸出、スエズ運河の通行料など。

だからあのテロ事件によって観光客が減少したら大打撃なのであり、安全であるってことを懸命にアピールしているのだ。

ということは、観光客がバックパックをかついで気ままに遺跡をめぐり、入場券を買って見物するということはできないのである。個人の旅行者は、前夜のうちにホテルで、遺跡をまわるツアーに申し込んでおかなければならないという方式だった。

5

八日目はバスでアスワンへと向かう。そして途中、エドフでホルス神殿を、コム・オンボでコム・オンボ神殿を見物した。

それにしてもエジプトには、レリーフの見事な巨大神殿がいくらでもあるのである。あんまりいろいろ見て、どれがどうだったのか記憶があいまいになってくるほどだ。

ところで、エジプトを旅しているうちに、私にはひとつ疑問が浮かびあがってきたのである。その疑問とは、どうしてエジプト人は観光客に対してかくも友好的に手を振るのか、というものだ。ルクソールでも、アスワンでも、商店街をバスで通り抜けるような時、道にいる人々がバスのほうに手を振ってくれるのだ。ようこそ、という感じに。それはなぜなんだろう、と三日間ばかり考えてしまった。

トルコで、我々のバスにトルコ人が手を振ってくれるのは、彼らが妙に日本贔屓《びいき》だからである。しかしエジプト人は日本人に対してだけではなく、すべての観光客に手を振っているのだ。外国人観光客なんかうんざりするほど見慣れているだろうに。

私は、まだ一歳ぐらいの子供がお母さんにだっこされていて、その子がしきりに我々に手を振っているのを見た。そこからわかるのは、そうするもんだよ、という教育がなされているってことだ。

エジプトの国家収入の第一位が観光収入だという話をしたが、だからこそエジプト人は観光客を好意的に迎える気分にもなるのだろうか。それが子供にも教育されているのかも。

たとえば我々が遺跡の入口の前にたむろしている時に、下校途中の小学生が手を振ったり声をかけてきたりするのは、インド的なケースかもしれない。つまり、可愛い子だね、とあめ玉やチョコレートをくれるかもしれないという期待があるのかも。

しかし、バスに笑顔で手を振るのはそれではない。それは生活習慣になっているって感じなのだ。

イスラム教では、旅人には親切にしよう、ということを教えている。その教えが体にしみ込んでいるのかもしれないな、と私は思う。だんだんと、エジプト人がとても敬虔なイスラム教徒だとわかってきたからだ。

そして、エジプト人は感謝を表現する、ということにも気がついた。商店で何かを買うときちんと礼を言うのだ。なんでもないことのように思うかもしれないが、中東やチュニジアやモロッコではそういう体験をまったくしなかったのだ。

あるスークを歩いていた時のことだ。小さな出店がいっぱい並んでいる中に、オレンジなどの果物を積みあげて売っている出店があった。十歳くらいの少年と、その兄らしい十五歳くらいの少年が店番をしていた。

いい光景なので、妻が写真を撮った。すると小さいほうの子が気づいて、あっ、という顔をした。そういう時のために妻はキャンディーをポケットに入れているので、それをその少年にあげた。

そうしたら兄のほうの少年が、立ちあがって、両手を大きく広げて喜びの表現をしたのである。つまり、「弟よ、よかったねえ」というのを態度であらわしたのだ。

そのこと全体の中に、感謝を伝える、という生活文化がある感じがして、とてもいい気分になった。

それから、こういうことにも気がついた。ホテルのレストランなどで、小さなサービスに対して「サンキュー」と言うことがしばしばある。それに対してエジプト人従業員は必ず「ユーアーウエルカム」と、きっちりと答えるのだ。何気なく「サンキュー」と言えば必ずそう返されるので不思議な気がするほどだった。

おそらく、彼らの使っているアラビア語に「ありがとう」に対する「どういたしまして」の言葉があるのであろう。「なんのなんの」かもしれないが。そして、礼を言われたらそう返すのが彼らの文化なのだ。だからホテルに勤めた時に、それが英語では「ユーアーウエルカム」だと習うので、反射的に口から出てくるのであろう。

どうもエジプトにはそういう生活文化がある。もちろん一方では、ピラミッドの近くでラクダに乗らんかね、と言ってくる商人が、とんでもない高値をふっかけてくる、というような事実もあって、私も、エジプト人はみんな正直で親切だ、と言うのではない。ただ、長い歴史を持つ人々ならではの、生活の規範が感じられてそれは美しいと思う、と言いたいのである。

さて、アスワンでは帆かけ船に乗ってナイル川で船遊びをして、石切り場の跡へ行って製造途中の（未完の）オベリスクを見た。

帆かけ船を操る人が、これまでに見たエジプト人よりも色が浅黒くて顔つきもちょっと違う。精悍であり、陽気な感じだ。音楽のセンスもある。

その人たちはヌビア人だった。南エジプトからスーダンにかけて住んでいる民族である。もちろん国籍としてはエジプト人なのだが。

アスワン以南にはそのヌビア文化の味わいもあるのである。アスワンの街にはヌビアンスークという商店街があって、果物売りの少年たちを見たのはそこでのことだった。

それで、九日目にはアスワンでヌビア博物館を見て、ナイル川の島にあるイシス神殿を見物して、アスワン・ハイダムを見物したあと、飛行機でアブシンベルへと飛んだ。

二百キロも飛んで行くのだが、その間ずっと眼下に見えるのはアスワン・ハイダムの建設でできたナセル湖だというとんでもない風景である。湖以外は見渡す限り砂漠で人の住んでいる気配はゼロだ。

アブシンベルには、世界遺産の広告塔のようなアブシンベル神殿がある。ダム湖の底に沈んでしまう運命だったものを、ユネスコが国際キャンペーンをして六十メートル上の陸地に移築したものだ。巨大なラムセス二世の石像があるとにかく有名な遺跡である。

ついにそれを見ることができるのだ。

6

確かにアブシンベル神殿は雄大であり一見の価値があった。ラムセス二世の石像の巨大さには圧倒される。

しかし、その神殿の価値は湖底に沈むはずだったものを移築したことにある。よくぞこんなものを解体して、ここに再現したものだという事実に、ある種の感動をしてしまうのだ。

でも、ほかには見るものもないというので、同じ神殿を三回も見たのはちょっと多すぎた。まず夕刻に見物して、夕食後、音と光のショーを見たのだ。ギザで見たのと同様の、スライド上映とライトアップのショーだが、ここでは三十分あまりだったので、まあ退屈しないですんだ。そして翌朝、夜明け前にそこへ行き、日の出の陽光を浴びるそれを見物したのだ。さすがに、もういいなあという気になった。

なお、アブシンベル神殿から百メートルほど離れて、ラムセス二世が王妃ネフェルタリのために建造したアブシンベル小神殿があり、毎度その二つをセットで見物したのだということを言い添えておこう。

早朝に神殿を見物したその日、我々は飛行機をアスワン経由で乗り継いでカイロに戻った。だから旅の十日目の午後にはもう、カイロにいたのである。

しかし、古代エジプトの遺跡もすごい物だと認めた上で言うのだが、カイロに戻ってみるとその大都市の人間臭さが私には心地いい。特に、世界遺産でもあるイスラム地区の迷路のような道のつき方や、軒を並べる土産物屋の風景などが私には懐しいものになってしまっているのだ。モスクが思いのほかたくさんあるのもいい。

特にカイロでよく耳にしたのだが、この国のアザーンの声は大きい。時間になるとすべてのモスクが、スピーカーを大音量にしてアザーンを流すのだ。しかも、モスクごとにちょっとずつズレているから、街中にウアンウアンとアザーンが響きわたるという感じである。

石原さんが話してくれたところによると、アザーンの音をもう少し小さくしろとか、何曜日はどのモスクというように当番制にしてすべてのモスクで流すのはよそうとか、行政側がいろいろ取り決めても誰もそれを守らず、どうしても大音量のままなのだそうだ。私はそれをよいことだと思う。イランで意外にもアザーンの音が小さかったとか、エジプトではそれがこんなに大きい、というようなことこそ大切なその国らしさなのだから。

この日は、ハーン・ハリーリというバザールが集った繁華街のレストランでエジプト料理の昼食をとり、その後バザールを散歩した。下町の味わいと、バイタリティーが感じられていいところである。

その後、ズウェーラ門まで歩いて、その門の上にそびえる塔に登った。十一世紀に建てられた、市へ入る三つの門のひとつである。塔の上からはイスラム地区が一望でき、四角柱や円柱、様々なミナレットを見ることができて、面白かった。

ところで、街を歩いていて私は、今日はなんだかエジプト人の機嫌がいいなあ、と感じていた。みんな顔つきが柔和で、これから楽しいことが始まるみたいな様子なのだ。きけば、明日から犠牲祭《ぎせいさい》なのだそうだ。そこにいる時は、それがどんな祭りなのか詳しくは知らなかったのだが、あとで調べたことをまとめてみればこうだ。

ヒジュラ暦の第十二の月は、メッカ巡礼の月である。その月の十日が犠牲祭で、それから三、四日ほどは休日となる。犠牲祭はラマダン月が終った時の、断食明けの祭りと並ぶイスラムの二大祭なのだ。

ヒジュラ暦は完全な太陰暦で閏《うるう》月を置かないから、一年が三百五十四日になって、太陽暦の一年より約十一日短い。だから毎年十一日分ずつズレていくわけで、第十二の月だから冬なんだな、というふうには考えられない。少しずつズレてその月が夏になることもあるのだ。三十二年半で一巡するのである。

私が行った二〇〇五年には太陽暦の一月に犠牲祭があったのだ。そして、第十二の月にある三、四日の休日なんだから、クリスマスにも似た年末の行事だが、この祭りでは必ず朝に集団で礼拝をし、親族、友人などを訪ねあい、新しい服を着たりするのであり、一足早い正月という味わいもある。

旅の第十一日目は、犠牲祭の当日だ。

死者の街と呼ばれる墓地の横を通る。たくさんの人が墓参りに来ている。これも犠牲祭の時の習慣のひとつだそうだ。

その後、シタデルを見物した。シタデルはアラブの英雄サラディンが、カイロを防御するために造った城壁である。ギザのいくつもの小ピラミッドの石を使って造ったのだそうだ。そういう防御策を構じてからサラディンはダマスカスへ行き、十字軍と戦ったのだ。

シタデルの中にモハメッド・アリ・モスクがある。このモスク（ガイドブックによっては、ガーマ・モハメッド・アリとしているものもある。ガーマは、ジャミイと同語源のモスクを意味することば）は一八五七年、オスマン朝支配時代に、スルタンのモハメッド・アリ（これも、ムハンマド・アリと表記する本もある）によって建てられたオスマン・トルコ様式のモスク。壮大で華麗なモスクである。イスタンブールなどで見たモスクとよく似ている。

スルタン・ハサン・モスクはマムルーク朝時代にマドラサ（神学校）として建てられた巨大なモスク。入口を入り、左手の真っ暗な廊下を進むと中庭に出る。中庭は、二つの神学校の共同の庭みたいになっていて面白い。

モハメッド・アリ・モスクでは、現地の旅行スタッフのエジプト人がそこで熱心にお祈りするのを目撃した。その日が犠牲祭なので、とりわけ熱心になったのだろうが、エジプト人の敬虔さはちょっと意外なほどだった。

犠牲祭には、牛とか羊とかを屠《ほふ》って、その肉を食べたり、貧しい人に与えたりする習慣がある。生活にゆとりのある人だけがすればいいのだが、多くの人にとって、今年もちゃんと供犠《くぎ》ができて幸せだった、という誇りになっているのだそうだ。

軽トラックで運ばれているうなだれた牛を見た。供犠をする家には、白い服と白い前かけの専門の業者が大きな刃物を持ってまわってきて、料金を取って屠ってくれる。その作業がついさっきあったんだな、とわかる血の流れるあとや、前かけを血で赤く染めた男たちを、いろんな家の前で見た。それだけではなく、血の手形がいっぱいついた自動車が何台もあった。つまり、とてもめでたい行事なのでみんな大はしゃぎで、子供が血の流れに手をつけて、赤い血の手形を白い自動車などにペタペタつけるのだ。

それが、一種の風物詩なのである。

広場に移動遊園地ができていて、新調の上下揃いの服を着た子供が、親に手を引かれてニコニコしている。それはまさに正月風景という感じだった。

7

第十一日目の夕刻、有名なエジプト考古学博物館は午後六時四十五分に閉館するのだが、私たちはその時間にそこに入った。なんとこのツアーでは、そこを貸し切りで見物するのである。入場者数が多くてごった返しており、人気の高いツタンカーメン関連の展示などは近づいて見ることもむずかしい、という博物館を、小一時間かけて自分たちだけ十数名で見ることができるわけで、贅沢なことだった。ラムセス二世のミイラなどもじっくりと見たが、そのミイラ室には十二体ものミイラがあって、少し気持ちが悪くなってきた。

石原さんは出力全開で重要なものを説明しまくり、あらためて古代エジプトのことが奔流のように頭に入ってきたのだが、ここでは多くを語らないでおく。十二万点の収蔵品数に、ただただ、エジプトの底力を感じるばかりである。

ここできいた、この博物館の初代館長の話には感動した。フランス人でルーブル美術館のアシスタントだったオーギュスト・マリエットは、任務でエジプトに来て発掘事業をして、エジプト考古局の初代局長になったのだ。

その後彼は、エジプトの貴重な文化遺産が海外へ流出するのを嘆き、この博物館を作ったのだそうだ。母国フランスからの再三の譲渡要求をはねのけ、エジプトのために収蔵品を守り抜いたのだという。

ヨーロッパの列強国が、世界中の古代遺跡を発掘して、出土したものはすべて自国の宝だとしている傾向がある中で、立派な人間だなあと心から感心した。そんなことも合わせて、見事な博物館であった。

さて、旅はついに最終日の十二日目を迎える。夕方の飛行機で日本へ帰るという、その日である。

午前中が自由行動の時間であった。その自由時間に、自由に行動できるのかどうかが私と妻の気がかりだった。イスラム地区は道が複雑で、二人で歩いていると迷子になる心配があったのだ。安全かどうかも気になるところだ。

それに関して、アスワンにいる頃だが、ふと妙案を思いついた。この旅行で、現地サポートをしてくれたのがエジプトの旅行会社だということは既に書いた。とても有能でいい仕事をするところだった、というのも。

その会社に頼んで、オプショナル・ツアーを組んでもらうことはできないか、と考えた。アスワンで私はそのプランを添乗員に話し、いろいろと連絡を取ってもらったのである。その結果、カイロのそのほかのオールド・タウンめぐり、というコースが組んでもらえたのだ。その費用は、一人百ドルであった。つまり私と妻とで、二百ドルでカイロをもう少し見ることができたのだ。

その代金は決して高くはなかったと思う。私たちのために、乗用車が一台用意され、運転手と、ガードマンと、ガイドがついたのだから。運転手とガードマンは無口でほとんどしゃべらなかったが、休日の午前中にちょっとした小遣い稼ぎにありついたという顔をしていて、機嫌はよかった。

そして、ガイドをしてくれたのは、エジプト人と結婚してカイロに住んでいる大政さんという女性で、エジプト人と結婚した人ならではの珍しい話をしてくれた。このオプショナル・ツアーに我々は大満足をしたのである。

まず、オールド・カイロという地区へ行った。コプト教徒がたくさん住むところである。

聖ジョージ教会はギリシア正教の教会（マリ・ギルギス）。

聖セルギウス教会（アブ・サルガ）はコプト教の教会。ここには、イエスとマリアがシリアを追われて逃げてきた時、身を隠したと伝えられる地下室がある。

聖バルバラ教会にはコプト美術のイコンなどがたくさんあった。

シナゴーグはユダヤ教会である。ここはかつて、川に捨てられたモーセが王妃に拾われた場所だそうである。

というように、エジプトのキリスト教であるコプト教色の強いところであった。もちろんコプト教徒にとっては犠牲祭は祝日ではないので、血の手形のついた自動車は見かけなかった。

そこから十分ほど歩くと、アムル・モスクがある。意味的には重要なモスクである。イスラム勢力が初めてアフリカに入った七世紀に、フスタートという軍営都市を作ったのだが、そこに造られたモスクであり、アフリカ最古のモスクなのだ。だが、今現在あるものは何度も再建されたかなり新しいもので、そういうありがた味はまったくない。私たちが行った時間はお祈りの直前で、中庭にカーペットを敷いたりして準備していた。

フスタートという街はファティマ朝が滅びるどさくさの中で焼き払われており、アムル・モスクの裏手に廃墟が一部だけ残っていた。

それから自動車でイスラム地区へ行き、次の二つのモスクをまわった。

まずエル・アズハル・モスク。大理石の列柱に囲まれた広い中庭を持ち、特徴的な五本のミナレットが目を引くモスクである。ミナレットのひとつは、四角柱の基壇の上に八角柱の塔があり、そのまた上には四角柱の細い塔が二本並んでいるという珍しいものだ。カイロのモスクのミナレットは他のアフリカのイスラム国とは違ってユニークな形をしていることが多いのだが、その中でも特に面白いものであった。

イブン・トゥルーン・モスクは私がカイロでいちばん見たかったモスクだ。というのはここにとても珍しいミナレットがあるからである。回廊の上にそのミナレットはあるが、それが四角い基壇の上にらせん階段状の塔を持つものなのだ。三角形の厚紙をくるくると巻いた時にできる、下は太くて上へ行くほど細くなるらせん状のミナレットである。エジプト以外ではイラクのサーマッラーの二つだけというらせんのミナレットである。

そういう、イスラム王朝時代のなごりをいくつか見ることができて、カイロの真の姿に触れたような気がしたのであった。

そして、大政さんの話が貴重なものだった。

たとえば、彼女の夫はメッカ巡礼をしたことがあるのだが、そのツアーは四、五十万円もするのだそうで、友人や会社の同僚などにどっさりとお土産を買ってこなければいけないし、大変なんだという話。

それからまた、犠牲祭で供犠した牛や羊の肉は貧しい人に分け与えるものなのだが、それをもらいにやってくる人が、礼を言うでもなく、当然の権利のような顔をしてしゃあしゃあともらっていくので、なんか面白くない、という証言もなかなかきくことのできない話であった。

エジプトこぼれ話としては、こんなのも面白かった。これは石原さんにきいたのだが、彼女が女性の友人の着ているブラウスを、いいブラウスね、とほめたことがあったのだそうだ。するとその女性は、そのブラウスを石原さんにくれたのだ。

ほめてもらって嬉しかったからくれたのではない。人がうらやましがるものを身につけていると、よくないことがおこると信じているからくれるのだ。

アラブ圏には広くあるのだが、エジプトでは特にそれが強い邪視の迷信によるものである。つまり、人が自分のことを、うらやましいなあと思って見る目には、禍いをもたらす力があってこわい、ということをエジプト人は本気で信じているのだ。ウズベキスタン人の家は外観がそっけない、ということを報告した時に、人にうらやましがられないようにするためだと説明したが、それに似た心情がエジプト人には強くあるのだ。

だからエジプトでは、よその子供を、可愛い子ね、とほめるのも禁物である。この子がうらやましがる目で見られて、禍がふりかかるのではないかと本気で心配して、アッラーの名をとなえたりするのだ。

だから、子供が幼くして死なないようにと願って、「物乞い」とか「雑巾」という意味の、悪い名前をつける親もいるそうだ。親しい間柄では、子供を見ると笑いながら、「まあ可愛くない」と言ったりすることもあるのだとか。

それから、エジプトでは子供が多いほど栄えていいことだと思われているので、子供が多いというらやましがられる。だが、うらやましがる目で見られると禍が来ると信じているので、大家族であることを隠そうとする。そんなわけで、かなり親しくなっても、兄弟が何人いる、ということを言わない人が多いのだそうだ。根強い、興味深い文化である。

そういう話に、ディープなイスラム社会をのぞいたような印象を抱いて、私たちのオプショナル・ツアーは大成功のうちに終了したのである。

エジプト旅行をついつい後まわしにしていたことを私は後悔した。ここは、古代エジプト文明もすごいけど、絶対に見なくちゃいけないイスラム世界の代表国のひとつだったのだ。

国民になんとなく礼儀と感謝の心が感じられる居心地のいい国だった。そして、すべてをナイル川が包み込んでいる。

日程が長くて少し疲れたが、私たちは気持ちよくこの国をあとにすることができたのである。

オアシス・コラム⑨　土産物のこと

イスラム圏の国の土産物といえば、なんといっても絨毯であろう。イランのペルシア絨毯、トルコの絨毯は有名で、産地もいろいろあり、質のよいものもたくさんあるが、値段もしっかりしている。パッケージ・ツアーでは絨毯屋がスケジュールに入っていることも多い。買う、買わないは別として、絨毯屋の店内でチャイなどを飲みながら、次々と広げられる高級絨毯を眺めるのも一興である。イスタンブールの絨毯屋に、日本語で「絨毯あります」と書いた看板を見た時は、こんなむずかしい漢字をよく調べたものだ、と思ってしまった。

イスラムの国々では普通、室内では靴を脱ぐので、たいてい床には敷物が敷かれている。したがって他の国々にも絨毯やカーペット類がある。結び目を作って表面の毛を刈った絨毯だけではなく、平織りのキリムや、もう少し複雑な織りのスマックなど、民族や地方によって様々な敷物がある。

イスタンブールには古いキリムを再利用して作った、バッグや財布やクッション・カバーを売っている店があった。女性に喜ばれる土産物かもしれない。

ほかに土産物といえば、ハンディクラフトの民芸品であろう。モロッコのフェズはハンディクラフトの名産地で、フェズ・ブルーの陶器や、真鍮細工《しんちゆうざいく》の器、革製品のクッション・カバーやスリッパなどがある。そのほかにもエキゾチックにデザインされた壺や皿、アクセサリーなどもあって、それらはチュニジアなどにも輸出され、その土産物として売られていることもある。どうもモロッコは、土産物の供給地らしいのだ。私たちがチュニジアで買った陶器とそっくりなものがモロッコにあった。

それと同様に、土産物を供給しているもうひとつの国がインドのようだ。インドの土産物はイエメンやヨルダンにもある。ヨルダンでデザート・ハイウェイを移動中のこと、砂嵐を避けるために立ち寄った大型の土産物店には、インドからモロッコまで様々な国の土産物が揃っていた。土産物の流通市場があるらしいので、気をつけていないと行った国とは違う国の土産物を買ってしまうことになる。

チュニジアでは、ベルベル陶器（ベルベル人が作る素朴な陶器）と、形が独特な鳥籠が面白いものだ。シリアはダマスク織と、民芸品ではないがアレッポのオリーブ石ケン。エジプトではパピルスにエジプトらしい絵を描いたものが代表的な土産物だろうか。ヨルダンならば、瓶の中に砂で駱駝の絵を描いた砂絵か。イランでは、ガラムカールというペルシア更紗、細密画、ミーナーカーリーという繊細な模様を彩色した金属の皿や器がある。それらを、値引き交渉しながら買うのも旅の楽しみだ。

・第九章・

スペイン

―――― 太陽の国のレコンキスタ ――――

ここはコルドバ。手前にグアダルキビル川が流れていて、そこにローマ橋が架かっており、対岸にメスキータのある光景である。175メートル×135メートルの敷地を持つ巨大なモスクである。雄大であり、どこか悲しみが感じられて圧倒される。私はついにこれを見たのだなあ。

1

あれは、イランへ行った年のことだったろうか。その頃にはもうはっきりと、こうなったらイスラム国を順にまわっていこう、と頭の中にプランが出来ていた。トルコはきっかけをもらった国で、ウズベキスタン、イランと見てきたのだから、その次はシリア、レバノン、ヨルダンへ行き、そしてアフリカのイスラム国を東から西へ順に巡っていって、ついに、モロッコにまで到る。

そうしたらその次、最後に行くのはスペインだな、と私は決めたのである。このイスラムの国々を巡る旅はスペインまで行って、そこがすごろくでいう上りであると、そんなふうに初期に私は決めていたのだ。

なぜスペインが最後なのかは、ちょっとわかりにくいかもしれない。今現在スペインはローマ・カトリックを信仰している国で、イスラム教国ではないのだから。

だが、歴史を遡ってみれば、スペインはずーっとキリスト教国だったわけではないのだ。スペインは八世紀初頭から、およそ八百年にわたってイスラム王朝に支配されていたのである。

あまりくどくどとスペイン史について語るのはよすが、簡単な、基本のところだけはわかっていただきたい。

七世紀前半に誕生したイスラム教が、その世紀のうちに中近東へ、中央アジアへ、そして北アフリカへとめざましい勢いで拡大したことはもう何度も書いてきた。私が巡っているのはそれらの国々である。

そして、八世紀初頭に、今のスペインがあるイベリア半島にイスラム勢力が攻めかかったのである。モロッコから、アフリカ系イスラム教徒が、ジブラルタル海峡を船で渡って侵攻したのだ（もちろん、ダマスカスにいるウマイヤ朝のカリフの命令を受けてである）。

その当時イベリア半島にあった国は、西ゴート王国だったが、あっけなく滅ぼされて、それ以来そこはイスラム国となったのだ。

初めはウマイヤ朝、そして中央でそれがアッバース朝に替った時、ウマイヤ朝の血を引く王子がイベリア半島に逃亡してきて、そこに独自の後ウマイヤ朝を立てる。

後ウマイヤ朝は一〇三一年に滅亡。その後は、セビーリャ、グラナダ、トレド、コルドバなど、各都市がそれぞれ独立した小王国となった。そういう小王国が三十ばかりあったのである。

ところが、そこからじわじわとキリスト教徒側の巻き返しが始まる。初めは小さな勢力だったキリスト教徒側が、イスラム王国に戦争をしかけ、国土を少しずつ取り返していったのだ。この国土回復運動のことをレコンキスタというのだが、それは再征服という意味である。この戦争は長く続いた。しかし、確実にイスラム側は追い返されていく。

一一一八年、サラゴサが再征服される。

一二三六年、コルドバが再征服される。

一二三八年、バレンシアが再征服される。

一二四八年、セビーリャが再征服される。

そうなってみると、イベリア半島に残るイスラムの王国はグラナダにあるナスル朝だけとなった。このグラナダは、ここからまだ二百五十年あまり持ちこたえるのだが、一四九二年、ついに陥落する。

とうとう、イベリア半島にイスラム国はひとつもなくなったのだ。元のカトリック国に戻ったのである。

それがまずひとつ、私が最後に行ってみたいと思った理由である。一度はイスラム国だったのに、キリスト教徒に敗れて追い出されたところなのだから、見てみたいではないか。今はカトリックの国なのだが、イスラム時代のなごりがあちこちにありそうで興味深い。

そして、スペインが最後、と決めたのにはもうひとつ理由があった。妻が実に興味深い話をしてくれたのだ。

　妻は独身時代にスペインとポルトガルを駆け足でまわる旅をしたことがあった。その旅行で、コルドバも見ているのだ。

「コルドバで、メスキータというものすごく大きなモスクを見物したの。ところがそれがとても変っていて、大モスクの中央部にキリスト教教会が造られているのよ」

　つまり、イスラム教徒を追い返した後、モスクの内部にキリスト教の聖堂を造ったということらしい。レコンキスタ、という運動を象徴するような暴挙である。

　だが私はそれをきいて、アヤ・ソフィアの運命の逆バージョンではないか、と思ったのだった。

　トルコのイスタンブールにあるアヤ・ソフィア。あまりにもチャーミングな建造物で、私がイスラムにはまるきっかけにもなったものだ。それはもともと、キリスト教のギリシア正教の総本山として建てられた聖堂であった。ところが十五世紀にオスマン・トルコのメフメット二世はコンスタンティノープルを陥落させ、ビザンティン帝国を滅ぼす。そしてその街に入城すると、街の名をイスタンブールに変え、アヤ・ソフィアをモスクに改修せよと命令を出すのだ。

　つまり、キリスト教の聖堂がモスクに変えられてしまったのがアヤ・ソフィアなのだ。そしてメスキータは、モスクだったのに内部にキリスト教の聖堂を造られてしまったものである。東と西に、そんな逆の運命のものがあるのだ。

そこを最後に見たい、と私は思った。そして、このイスラム国巡りの旅をキャッチ・コピー的に言えば、〈アヤ・ソフィアからメスキータへ〉ということになるのだ、と頭の中にワク組みを決めたのである。

二〇〇五年の九月、私はついにメスキータに会いに、スペインに向けて出発した。

2

まずはマドリッドに入る。言うまでもなくスペインの首都であり、大都市である。

イスラム国だって、首都などは大都市であり、高層ビルだってあって現代の顔を持っていた。ダマスカスやカイロやテヘランは立派な都会だった。

ところが、マドリッドは同じような大都会でありながら、どこか雰囲気が違うのである。街のあちこちに由緒のある建物があると、それがほとんどゴシック様式の装飾性豊かなもので、さあどうだ、と圧倒するような感じなのである。イスラム世界では華麗な宮殿でも、外観は地味だったりする。邪視の祟《たた》りをおそれて、派手さは外からは見えないようにする傾向があるのだ。

それに対してゴシック様式の建物は、マイッタカ、と言わんばかりのゴテゴテの装飾性を特徴としている。だから、何かが基本的に違う気がするのである。

違うと言えば、スペインではどの街へ行っても、その地のガイド（法律によってそういう人を雇わなければいけないからついているだけで、ろくにガイドをせず、ただいっしょに歩いているだけだ）が、同じ注意をするのがとても印象的だった。要約するとこういう注意である。

「スリや引ったくりには注意して下さい。それで、バッグを引ったくられたら、それを取り返そうとしたり、犯人を捕まえようとしないで下さい。危険だからです。もともと、バッグの中には小銭を入れておくだけにして、パスポートや大金は別に持っていて下さい」

この注意をどの街へ行ってもきかされたのが、私には少しばかりショックだった。

イスラム国を十カ国ほど巡ってみて、どの国に行った時にも、スリや引ったくりに注意しろと言われたことがないのである。なのに、敬虔なキリスト教国へ来て、つい不安になってくるほどその注意をされる。とても面白いことではないか。

もっとも、スペインの名誉のためにちゃんと言っておくのだが、この旅行中、私たちのツアー・メンバー七人の中に、スリや引ったくりの被害にあった人は一人もいなかった。別にスペインが犯罪だらけの国というわけではないのだ。

さて、マドリッドにいる我々はスペイン広場というところでドン・キホーテとサンチョ・パンサの銅像を見物した。その背後にはセルバンテスの像があり、その当時『ドン・キホーテの末裔』という小説を書いていた私としては、賽銭《さいせん》でもあげて拝みたくなっちゃうのであった。

それから、王宮を外から見物。ベルサイユ宮殿を思わせるような、フランス風の宮殿であった。

そして、プラド美術館を見物したのだが、ここはもう少し時間をとってじっくり見たかったなあ、と思った。ベラスケス、ゴヤなど天才画家にはこと欠かず、スペイン絵画の底力はものすごいのだ。プラド美術館には作品がないが、ピカソ、ダリ、ミロなどもスペイン人である。エル・グレコはクレタ島生まれのギリシア人（エル・グレコとはギリシア人を意味するスペイン語）だが、スペインのトレドで主な仕事をしている。美術界に天才を輩出するのがスペインなのだ。

プラド美術館は見るべきものがびっくりするほどあるいい美術館である。私は特に、ゴヤとベラスケスとボッシュの作品に感嘆した。

さて、その日の午後は自由行動だったのだが、参加メンバーの全員がオプショナル・ツアーに参加した。マドリッドの北西九十五キロにあるセゴビアという古城の街へ行ったのだ。

セゴビアで大いに見る価値のあるものは二つある。そのひとつは、一世紀頃に建造されたローマ時代の水道橋だ。全長七百二十八メートルもあり、最も高いところでは二十八メートルもアーチ型の橋桁《はしげた》がそびえている。イベリア半島というのは、古代にはギリシアの植民市があったり、ローマの支配を受けていたんだな、ということを思い出させてくれる史跡であった。

さて、もうひとつの見ものは、丘の上の城塞都市であるセゴビア自体である。二つの川にはさまれたなまこ型の丘があって、丘の上に可愛い街が広がっている。いかにもヨーロッパの古都、という味わいがあって、女性などは嬉しくなってしまうかもしれない。

そして街のいちばん奥、丘の端にアルカサル（王城）がある。ディズニーが映画『白雪姫』の城のモデルにしたという城で、円柱の塔のてっぺんが三角のとんがり屋根になっているという美しいものである。十三世紀から建造が始まり、何度も大幅な改築が行われてきたというものだ。ただし、中に入ってみると、火事があって損傷しており、豪華絢爛《けんらん》というふうではない。

私はここでガイドから（この旅では、街ごとにスペイン人のガイドと、日本人の現地ガイドがついた。説明をしてくれるのは日本人ガイドである）こういう話をきいた。

一四七四年に、ここでカスティーリャ王国のイザベルが女王に即位しました。

だが、例によって何の予習もしないままに旅を始めてしまった私にはその話の意味がさっぱりわからなかった。イザベル女王の出現はレコンキスタの完了のためにとても意味の大きいことだったのに。

レコンキスタの最後の頃だ。イスラムの王朝はたったひとつ、グラナダだけに残っていた。そしてその頃、グラナダ以外のイベリア半島は、大西洋側にポルトガル王国、中央部にカスティーリャ王国、地中海側にアラゴン王国という三国に分かれていたのだ。

その、カスティーリャ王国にイザベルが女王として即位したのだが、重要なのはイザベルが即位するより前に、隣のアラゴン王国の皇太子フェルナンド二世と結婚していたことだ。

やがて、フェルナンド二世はアラゴン王国の王に即位する。そうなってみると、その二国の王が夫婦だということになり、事実上はスペインというひとつの国にまとまったようになるのだ。その夫婦は後にカトリック両王と呼ばれるようになるのだが、その両王の協力体制によって、一四九二年にグラナダは陥落させられるのである。

要するに、レコンキスタが完了するひとつのきっかけの場所を、私は見たのだった。白雪姫のお城どころではない、歴史上の重大ポイントだったのである。

3

その翌日は、チンチョンという、牛を街中追いまわすことで名高い闘牛の街を経由して、トレドに着く。途中にある風景は、オリーブ畑やぶどう畑ばかりである。スペインというとオリーブ畑やぶどう畑を連想するが、マドリッドのある中央部は内陸性の気候で土地が悪く、荒地やはげ山が多い。

トレドは街全体がひとつの岩盤からなる丘の上にあって、東西と南はぐるりと半円形にまわりこんだタホ川に面している。そして北側は断崖絶壁になっているので、容易に攻め落とせるものではない城塞都市なのだ。

そしてここは、かつて西ゴート王国の都だったところだ。その後イスラム化し、さらにその後キリスト教徒に回復されたわけだが。

私たちはトレドの街が一望できるタホ川対岸のパラドール（国営ホテル）で泊った。テラスから見るトレドは丘の上の美しい古都である。

カテドラル（カトリックの大聖堂）は壮大な教会である。一二二六年に建設が始められ、一四九三年に完成したものだそうだ。

サント・トメ教会へも行った。ここにはエル・グレコの傑作『オルガス伯爵の埋葬』という大きな絵があり、ひたすらその絵を見る。

さて、カテドラルを見物して、私は奇妙な違和感を覚えた。なんと立派な教会かと圧倒されているのも事実なのだが、なじめないなあ、という感想も浮かんでくるのだ。

つまりそれが、イスラム国ばかり巡ってきた人間の感覚である。

教会なのだから、そこにはキリスト像がある。それも、カトリックなので、色つきの像でキリストの生涯が何場面にも分けて、一目でわかるように物語られていたりするのだ。

そのほか、聖職者たちの肖像画も見あきるほどある。有名な画家の手になる宗教画も、天井に近いところまでびっしりと並んで飾られていて、まるで美術館の中のようである。

見ているうちに私には、偶像ばっかりじゃないか、という気がしてくるのだ。偶像崇拝禁止のイスラム圏から来た人間だからである。

大袈裟《おおげさ》に言うと、偶像はやめんかい、という気分になってくるのだ。なんてコケおどかしの宗教なんだ、なんて思ったり。

いや、誤解のないようにちゃんと言っておこう。私は別に、キリスト教よりイスラム教のほうがいい、と思っているわけではないのだ。そのどちらも、語るほどには知らない、というのが本当のところだ。

ただ、これまでイスラムの国ばかり旅してきたので、キリスト教会にはカルチャー・ショックを受けたのだ。イスラム世界では、モスクも宮殿も、植物の模様とか、タイルを並べた幾何学模様、コーランの一節をデザインしたアラビア語の模様などしかなかった。

それが、あまりにも多くの人物像を見て、つい頭が痛くなってくるわけである。おまけに、宗教画というものはキリストの受難のシーンを描くことが多い。胸に槍《やり》が刺さって血が流れている場面とか、両手を釘で十字架に留められている場面とか、亡骸《なきがら》を地上におろしてみんなで嘆いている場面とか。そんな絵ばかり見ているうちに、これではまるで流血美術館ではないか、というような気がしてくるのである。

それは妙な気分であった。そういう違和感がないではないが、私がスペインになじめない、というのとはちょっと違うのである。

まず、スペインでは総じて食べ物がうまかった。パエーリヤも、イカの墨煮も、魚介のフライも、ガスパチョも、ハムも、ムール貝もすべておいしかった。そして、言うまでもないことながら、ビールもワインも自由に飲めるのが嬉しい。

それどころか、私はワインを買ってホテルで楽しんでいたのである。観光地の土産物屋にワインも売っていて、試してみると実に結構な味だったのだ。

バルセロナでの自由時間には、私と妻はデパートの地下の食料品売り場へ行って、ワインと、オリーブの塩漬けのビン詰めと白アスパラガスのビン詰めを買って、そこからホテルまでタクシーに乗って帰り、その夜早速酒盛りをしたのである。そんなことが平気でできるくらいにスペインは気楽な感じだった。

イスラムの国々では、酒はどこにも売ってないわけだし、スーパーのようなものもなさそうだし、店がかろうじてあっても何を売っているのかわからず、つまり、ちょっとこわいような気がしてそう勝手なことはできなかった。どこか根本のところで身構えていたのかもしれない。

ところがスペインでは、文学や映画でよく知っているヨーロッパではないか、という気がしてリラックスしているのである。ただし、リラックスはしながらも、スリと引ったくりには用心して、ショルダー・バッグを斜めがけにして腹の前にしっかりおさえているのであり、そこが奇妙だが。

私は総じてスペインの旅を楽しみながら、心のどこかに、どこからもアザーンの声がきこえてこないのが寂しいなあ、なんて気分を隠し持っていた。

4

次の日は、ラ・マンチャの平原をバスで縦断してグラナダへ向かう。現在はマドリッドからセビーリャまでAVEという新幹線が走っているので、それを利用する旅行プランが多いのだが、私はバスで行くツアーを選んでいた。その理由は、それだと途中のラ・マンチャ地方を見物できるからである。ドン・キホーテにまつわる小説を書いているのだから、そこはどうしても見たかったのだ。

ぶどう畑の多いコンスエグラという小さな村で、丘の上に並ぶ十軒ほどの風車小屋を見物した。こういうものにドン・キホーテは突撃したのか、と大いに納得した。風車の中には売店になっているものがあり、内部を見学できる。私はそこでお土産品のドン・キホーテ像を買った。

プエルトラピセという小さな村で、ドン・キホーテが泊った宿（のモデルとなったところ）を見た。中庭を囲んで部屋が並んでいて、奥にはワイン工場がある。なんだかドン・キホーテとサンチョ・パンサが出現してもおかしくないようなムードのところだった。

私はこの旅で、ラ・マンチャという地名はアラビア語で、乾いた土地、という意味だということを知った。そんな地名にアラビア語が残っているというのが、かつてイスラムの地であったことのなごりであろう。

それから、地名と言えば、セビーリャやコルドバのある地方をアンダルシア地方と言うのだが、アンダルシアとは、チュニジアで、昔ここにヴァンダル族というのが来て支配したと知ったものだが、そのヴァンダル族が一時住んだことによる命名なのである。そんなふうに、スペインはなんとなくアフリカと関りを持っているのだ。

道端から山のてっぺんまでオリーブの木しか見えない風景の中を通ってグラナダに着いた。三時頃にホテルに入ったので、そこからの自由行動の時間に街を歩き、カテドラルと王室礼拝堂を見物した。壮大なゴシック様式の大聖堂と、カトリック両王（イザベル女王とフェルナンド二世の夫婦）の眠る霊廟だ。

そして、グラナダ観光の目玉であるアルハンブラ宮殿を見るのは翌日の午前中であった。

アルハンブラ宮殿というのは、そこを紹介する映像がいつも必ず優美な宮殿部分ばかりなので、いわゆる宮殿かなと思ってしまうのだが実はそうではない。アルハンブラは丘の上にある王都であり、周囲を二千メートルもの長さの城壁で囲った要塞都市なのである。そこには、王の宮殿部分ももちろんあるが、軍隊の駐屯地もあり、重臣たちの居住区もあり、使用人たちの住む一角もあったのだ。城内には二千人が住んでいて、市場やモスクもあったのである。

そういう要塞の、いくつかある城門を閉ざしてしまえば難攻不落だった。だからこそグラナダだけは、ほかのイスラム小王国より二百五十年も長く持ちこたえることができたのだ。

そこで、アルハンブラを見物すべくバスは丘の裏手の坂道を登っていく。その時私は、丘の斜面に懐しいものを見つけたのだ。それはうちわサボテンとその実である。

チュニジアでも、モロッコでも大いに見かけたサボテンである。二度ばかり実を食べたが、種が硬くて可食部分が少ないのであまり気に入らなかったあれだ。あれが、グラナダにも生えていた。

植物相的に、ここととアフリカは近いのだ、ということを何より感じさせてくれた。おお、やっぱりつながっているではないか、というような気がしたのだった。

アルハンブラ宮殿内部の観光は、大変な数の観光客に押されるようにしてまわり、とにかく写真を撮りまくってしまう、というものだった。何より熱心に見てしまうのは、ナスル朝の宮殿群である。

メスアール宮という、宮殿の中で現存するいちばん古い宮殿を見て、次にコマレス宮に入る。ここには四角い池のあるアラヤネスの中庭がある。池のむこうの建物が水に逆さまに映っていてその静寂の美には息をのむ。その池に魚が飼われていて、ほんの少し水面をゆらめかしているから、映った建物も揺れて見えるのだが、それがなんとも心憎い演出のようになっている。

演出と言えば、この宮殿の中には思わず声をあげてしまうほど可愛い仔猫《こねこ》が二、三匹いたのだが、あれも演出だったのだろうか。

コマレス宮から次の宮殿へ出ると、そこにはライオンの中庭がある。十二頭のライオンの口から水が出る噴水（私が見た日は水は出ていなかった）のある中庭で、周囲に三つの部屋があるのだ。ここの回廊にある円柱が、実に美しいものだった。柱が少し細すぎるのだ。だから、部分的には二本の柱を一組にして使っている。

その、柱の細さのせいで、なんとも言えない繊細で優美な印象になっているのである。とても女性的な美しさなのだ。

この繊細さは、ここがゆっくりと滅亡に向かっていった宮殿だからこそのものであろうか、という気がした。

二姉妹の部屋は、ライオンの中庭に面した宮殿随一の美しい装飾で知られる部屋だ。王の寵愛した二姉妹の使った部屋だそうで、天井の鍾乳石飾りの精密さは大変なものだ。ナスル朝宮殿群以外にも、夏の別荘であるヘネラリフェなども見物したのだが、とにかく美しいところであった。ここは確かにイスラムの宮殿だ、と思うと同時に、こんなに物悲しく美しい建物はどこでも見たことがない、という気がした。

それほど優美で華麗なのに、宮殿を外から見ると何の飾りもない要塞のようにしか見えない、というのがまさしくイスラムの様式だなあと、大いに納得してしまった。

アルハンブラ宮殿は、イスラムがスペインに残した宝石なのかもしれない、というのが私の感想だった。

5

さて、午前中にアルハンブラ宮殿を見物した私たちは、その日のうちにコルドバへと向かった。そして三時頃にコルドバに着き、まずいきなり、川をはさんで遠景にメスキータを見た。メスキータとはもともとモスクを意味するスペイン語だが、狭義にはメスキータと言えばコルドバにあるこの大モスクのことなのだ。

外から見てもそれは堂々たる建造物だった。四角柱のミナレットも雄大だし、赤茶色の屋根のつらなりにも重量感がある。何度も増築しているので、どうつながっているのかわからないような印象もあった。

ついにこれを見に来たぞ、と私は思ったものだ。ただし、内部を見物するのは翌日なのだが。

翌朝、まずメスキータの周辺に広がるユダヤ人街を見物した。ユダヤ人街と言っても、今そこにユダヤ人が住んでいるわけではない。レコンキスタが完了した一四九二年に、スペインはユダヤ人追放令を出してユダヤ人を国から追い出しているのである。だからそこは、昔ユダヤ人が住んでいた道の狭い美しい白い家の街並み、ということであって、観光ポイントのひとつなのだ。特に、花の小径と呼ばれている狭い路地は、どの家も窓辺や白い壁にゼラニウムの鉢を飾っていて、絵はがき的に美しいのであった。

それをゆったりと見てから、ついにメスキータに入って内部の見物だ。まずざっと、どんな歴史を持つところなのかを説明しておこう。

後ウマイヤ朝を開いたアブドゥル・ラーマン一世はコルドバを都として、そこに新都にふさわしいモスクを造ろうと考え、七八五年にメスキータの建設を始めたのだ。そして、コルドバの発展とともに、代々のアミール（後ウマイヤ朝では初めのうち、アッバース朝に遠慮してカリフを置かず、王はアミールと称していた）が増築工事を三回も重ねて、ついに九八七年に現在の規模になったのである。

堂の部分とその前の中庭とを合わせると、百七十五メートル×百三十五メートルという巨大なモスクである。一度に二万五千人が礼拝できたという大きさなのだ。

内部に入ってみると、そこはあっと声をもらしてしまいそうな迫力である。これはまるで円柱の森ではないか、と思ってしまう。

もともとそこには千四百本もの円柱があったのだという。その円柱が、赤と白の縞《しま》模様の二重のアーチを支えていて、それによって天井を受け止めている。薄暗い堂内に縞のアーチが張りめぐらされている光景は、幻想的なのを通り越して神秘的ですらある。

ドーム屋根の部分もある。そしてモスクなのだから、メッカの方向を示すミフラーブもあった。ミフラーブというのは普通、壁に窪《くぼ》みをつけて表されるのだが、ここのものはアラベスク模様で装飾された小部屋であった。

歩いても歩いても果てがないような広い建物だった。壮大だが簡素であり、力強い美しさがある。

ところが、モスクのほぼ中央部分に、カトリックのカテドラル（聖堂）があるのだ。柱を六百本ほど取り除き、そこに教会を造ったのだと考えればいい。キリスト像があり、祭壇があり、信者のすわる長椅子が並べられていて、巨大なパイプオルガンがあるという、まさしく教会だ。それがイスラムのモスクの中央に強引に割り込んでいる感じである。

その教会を造ることを許可したのは、レコンキスタ後の国王カルロス一世だが、そこにこういうエピソードがある。

カルロス一世がスペイン王に即位したのは一五一六年のことだが、この王はハプスブルク家の血を引く人物で、後には神聖ローマ皇帝にもなっている（その立場では、カール五世をなのる）。そしてその王は、スペインにはあまりなじんでいなかった。

一方、コルドバがキリスト教側に再征服された以後も、コルドバ市民はメスキータの価値をわかっていて、それを改築したりした者は死刑とする、という法律を作っていたほどである。ところが時が流れ、だんだんとその辺のことがよくわからなくなってきたのだ。

カルロス一世の甥《おい》の司祭が、神聖ローマ帝国にいる王に、メスキータの中にキリスト教聖堂を造ってよいかと許可を求める手紙をよこすのだが、その手紙をもらった時カルロス一世はメスキータを見たことがなかった。そこで、軽い気持で許可してしまうのだ。

ずっと後になって、カルロス一世はコルドバへ来て、改築されてしまったメスキータを自分の目で見る。そして、言ったと伝えられているのが次のことばだ。

「こんなことを私は許可してしまったのか。世界のどこにでもあるものを造るために、世界のどこにもないものを傷つけてしまったのだ」

このことばが、メスキータの悲しい運命を何より物語っていると私は思う。そしてまた、スペインであったことを、どんな説明をされるより直に肌で感じ取るために、このメスキータはぜひとも見るべきものだなあ、とも感じるのである。

6

メスキータを見て、私の旅はほぼ終ったようなものだった。

しかし、ツアーはまだ続いていた。グアダルキビル川にそってセビーリャに入る。セビーリャのアルカサルにはイスラムの痕跡が残っていて見る価値が大きい。イスラム時代の城を、レコンキスタ後にキリスト教徒の王たちが改築したものだが、その際、イスラム技術者を呼び寄せて仕事をさせたのだ。

レコンキスタ後も、スペインに残っているイスラム教徒がいたのだ。それらの人を、残留者という意味のムデハルと呼ぶ。キリスト教徒の王たちも、ムデハルの職人の技術が高いことは認めていて、その技術で城を造らせたわけであり、その結果生まれたイスラムとキリスト教の建築様式の融合した様式をムデハル様式というのだ。セビーリャのアルカサルはムデハル様式の傑作として名高いのである。

見てみると、確かにイスラム風建築である。円柱がアーチ型の梁を支えていて、幾何学的な透かし模様があったりするのだ。アルハンブラ宮殿を思い出す繊細な美しさがあった。

カテドラルは世界三位の大きさの壮麗なものである。つまり、偶像だらけの巨大なゴシック建築だ。

カテドラルに付随するヒラルダの塔は、九十七・五メートルもある見事な塔。もともとは十二世紀に建てられたモスクのためのミナレットだが、レコンキスタ後、上部に鐘楼が造られ、教会の塔になっているのだ。この塔はセビーリャのシンボルのようになっている。私はてっぺんまで登ってみたのだが、とにかくもう息が切れた。

その翌日はドングリ林の多い山道を通り、ロンダという、渓谷の中の闘牛発祥の地を観光した。

次に、ミハスという、家々が白くて可愛い村を見たが、そこはひたすら美しいばかりの土産物屋の集まりである。こういうところがいちばん好き、というような若い女性などもいるわけで、私もそれに異を唱えるつもりはない。

そして、マラガという地中海観光の拠点の街へ行き、そこから飛行機でバルセロナへ飛んだ。旅の最後二日ほどはバルセロナを観光した。

バルセロナは、マドリッドと並ぶほどの大都会だが、どことなく陽気で明るい印象があった。人々が開放的な感じで、リラックスできる街である。

そしてバルセロナでは、いやが応でも、ガウディの作品を見せられるのだ。その天才建築家を味わいつくすのがバルセロナ観光だと言ってもいいようなものである。

サグラダ・ファミリア聖堂と、ガウディが設計した田園都市が公園になっているグエル公園と、彼の作品である二つの住宅を見物した。とんでもない天才だと舌を巻くばかりである。

しかし、それらの観光は私にとって、いちばんの目的を果たした後のおまけのようなものだった。メスキータを見たところで、私のイスラム巡りの旅は完結していたのだ。

現在のスペイン人を見ていて、そこにイスラムの匂いはまったくない。ヨーロッパの中の、やたら陽光の強い垢抜《あか》けない地方に住むちょっと田舎っぽい人たち、なんて他からは見られている感じだった。そして、カトリックへの信仰が根本にあるという印象だ。

だが、ミハスのような観光地では、土産物屋の店先で、必ず兵士の人形が売られているのだった。下から棒で操るようなその兵隊人形が、イスラム兵とキリスト教徒兵なのである。両者が対面して、剣を振り上げているような人形だ。

ここは、イスラムを追い払った歴史のあるところであり、今でもその記憶は薄れていないのだなあ、ということを強く感じてしまった。

そして、旅は終った。とにかく私は、イスラムという文化と、歴史とを、ひと通り見たわけである。思いがけなくも、世界がこれまでとは違う形に見えるという貴重な体験をしてしまった。五十代の十年間を大いに楽しむことができて、この上ない満足感に包まれている。

オアシス・コラム⑩　トイレのこと

アラブ諸国、イラン、トルコのトイレは、ホテルやレストランは別として、原則としてしゃがみ込む方式で、和式トイレに似ている（今、洋式化が進みつつある感じなのだが）。個室の中には便器のほか、水道の蛇口か、大きめのバケツに水を張ったものが置かれ、小さな手桶《ておけ》が添えられている。また時には、水道の蛇口から自由に曲げられるホースがついていることもある。それでお尻を洗うわけだ。その後、お尻を拭いた紙はくずかごに捨てる。

日本にしかシャワー・トイレはないなあと言っている人がいるが、インドやイスラムの国々では水でお尻を洗うのが普通なのである。もちろん温水ではないが。ホース方式は慣れるとなかなか快適である。水洗のことが多いが、下水の施設があまりよくないので、紙は流さずにくずかごへ捨てなければならない。

トルコのトイレは有料のことが多く、ちゃんと値段が書いてある。それはチップではないので、ちゃんとおつりもくれる。きれいに掃除してあって清潔である。

ほかの国でも、トイレに人がいて、掃除してある場合はチップを渡すことになる。ところがこのトイレ使用のチップに、旅行者は振りまわされてしまうのだ。

北アフリカの国々などでは、観光客におつりの小銭をあまりくれない。もう一つ買えばちょっきりにしてやるとか、端数はまけてやる、なんて言うのだ。小銭が不足しているのかもしれない。すると困ってしまうのが、トイレのための小銭がなくなることだ。小銭を数えて、あと二回はトイレに行けるぞ、なんて考えてしまう。私たちはそのことを小銭貧乏と呼んでいた。しかし、掃除人のいないトイレは書くのもはばかられるような状態で、なるべくならば使いたくないものだった。

イエメンでは、日干し煉瓦造りの、あの古代の摩天楼と呼ばれる六階建ての家のトイレに入った。そのトイレは三階くらいにあって、六畳間ほどの広さがあった。ドアを開けて入ると、部屋の手前半分が平らで、その先が坂になっており、その先の壁の下がスリットになっている。平らな部分に脚をのせる石が二つあって、その脇に水道の蛇口とバケツがある。用を足したら、自分で水をかけて流す仕組みだ。お尻を拭いた紙は部屋の反対側にあるダストシュートのような穴に捨てる。トイレから流れていった汚物は下に積んである藁《わら》などと混ざって肥料になる、というシステムだった。乾燥した土地柄なので少しも臭くなかった。

ウズベキスタンやインドでは、街を離れた所では野原で用を足すしかなかった。広い草原などで思い思いに散らばってするのだが、開放的で案外気持ちのいいものだ。

・追補の章・

イエメン

――摩天楼都市の国――

シバームの夕景。街が城壁で囲まれていることがよくわかる。遠くに見えるのがテーブル状の台地で、手前に見える砂地のところが涸れた川床である。こんな街が半砂漠地帯にギュッと寄り集まってあるのだ。高層の家は、上の階ほど細くなっていくので独自の味わいがある。

1

五十代の十年間をかけて、イスラムの諸国を順に見てまわろうという計画を立て、私と妻は年に一度の海外旅行を重ねてきた。行った国を東から西に並べると、ウズベキスタン、イラン、トルコ、シリア、ヨルダン、レバノン、エジプト、チュニジア、モロッコ、スペインである。

かつてはイスラムに支配されたこともあるのに、レコンキスタによってイスラムを追い出し、カトリックの国に戻ったというスペインを、私はイスラム国巡りのゴール地点と決めて、二〇〇五年にこの旅のシリーズを終えた。そして、ほとんど何も知らなかった世界の半分をこの目で見た、という気分になり、満足したのだ。

ところが、日がたつにつれて、私の諸国巡りには大きな欠落があるなあ、という気が強くしてきたのである。イスラム国を巡っていて、どうしてあそこが抜けているんだ、という最重要の国へ私は行ってないのだ。

その国とはもちろんサウジアラビアである。イスラムの開祖ムハンマドが出て、その宗教を生んだ国だ。世界中のイスラム教徒が巡礼をしたがっているという聖地、メッカのある国である。サウジアラビアへ行かずして、どうしてイスラム国を知ったと言えようか、というぐらいのところだ。

でも、サウジアラビアへ行くのはどうも気がすすまないのだ。

その理由はいくつかあって、ひとつは、そこが産油国であるせいで、信じられないくらいに豊かだということだ。ほとんどの国民が金持ちで、下層労働をするサウジアラビア人はいないのである。それらは他国から出稼ぎで来た人がやっている。そういう、ただもう金持ちの国なんて、あまりにも特殊で、独自の生活文化なんか見えやしないだろう、と思うのだ。

そして、あの国ではモスクなどの宗教施設を観光客には見せてくれない。信者しか入れないのである。

更にその上、もし見ることができたとしても、サウジアラビアのモスクは金持ち国になってから再建した、コンクリート製の華麗で壮大なものばかりである。あまり歴史を感じることができないのだ。

そんなわけで、サウジアラビアへは行く気がしないのだが、一方ではやはり、致命的な欠落のような気もするのである。せめて、アラビア半島にある国のどれかに行ってみるべきだろうか、などと考える。

そういう考えでいた時に、イエメンはいい国ですよ、と教えてくれる人がいた。そこは大いに歴史があり、ディープな味わいがあり、アラビア半島の中の最貧国であって、昔ながらの生活文化が残っているのだという。

そう教わる前から、いくつか気になることがあって少し注目していた国でもあった。たとえば、旧約聖書に出てくるソロモンとシバの女王の話で、シバは今のイエメン（エチオピアにあったという説もある）にあった王国である。シバ王国は紀元前十世紀頃に乳香の貿易で大いに栄えた。女王ビルキスはイスラエルへ行きソロモン王にその英知を認められ、王の子を得て、その子が後にエチオピアの初代の王になったという。

また、コーヒーの起源を調べていてもイエメンが出てくる。最初にコーヒーを（薬用に）飲むことを始めたのはイエメンのイスラム聖人であり、後には紅海に面する港町モカから、主にトルコの方面に大いにコーヒーが輸出され、いつしかモカがコーヒーの銘柄のようになったのだという。モカはイエメンの港町の名だったのだ。

はたまた、イエメンには世界最古の摩天楼都市がある、という話も伝わってくる。そう大きくない敷地に、五階、六階建ての塔のような家が、五百年、千年もの昔から建ち並んでいて、まるで摩天楼のようだというのだ。写真で見てみると、なんとも不思議な味わいである。私はだんだん、この国へ行ってみたいなと思い始めた。

予習すればするほど魅力的なのである。イエメンは、近年ようやく石油が産出されるようになったのだが、ずっと産油国ではなかったので貧しい国である。それで、昔のままのアラブ人の生活がいちばん残っているのだそうだ。

　ということは、サウジアラビアの人からは遅れていて貧しい田舎だと思われているってことだが、その一方で尊重もされているのだとか。つまり、イエメンにはもともとのアラブの文化がある、という評価だ。我らのルーツだと感じられているらしい。アラビア半島の人々はイエメンあたりから広がったらしいのである。それでイエメンでは、男はすべてジャンビーアという先の曲がった剣を腹にベルトでとめており、女は黒ずくめの布で全身を隠して誰にも顔を見せない（家の中は別）という習慣が今も守られているのだそうだ。

　どうもそこがアラブ人のルーツであるらしい、という気がしてきた。そこで私は、イスラム諸国巡りの追加として、二〇〇七年についにイエメンへ行ったのである。それは九月のことであり、私の六十歳の誕生日の一カ月ばかり前であった。五十代のギリギリ最後に、気になっていたアラビア半島の国を見ることができたのである。

2

　カタール航空を利用する関係で、カタールのドーハで乗り継ぐ。あきれるほど豊かな産油国のひとつである。どうも、働いているのが外国人ばかりだ。乗り継いだ末、時差があるので出発の日の翌日の午前中に、イエメンの首都サナアに着いた。サナアは標高二三〇〇メートルの高地にある街だが、空気が薄くてしんどいという感じではない。それは、一気圧以下に保たれていた飛行機で来たからかもしれない。

ところで、旅が始まって私は、自分がついにあの興味深いイスラムの行事を、初めて見聞できるのだと知ってその幸運を喜んだ。イスラム社会ではまさにこの旅行の時、ラマダン月だったのである。

これまで何度もイスラム国へ行ったのに、ラマダンにぶつかったことはなかった。エジプトで犠牲祭を見ることができたのは面白かったが、ラマダンは見たことがないのだ。太陽の出ている間は何も食べず、何も飲まないというラマダンだが、我々観光客はもちろん食べても飲んでもいい。

とは言っても、ラマダンの月には、ほとんどのレストランが昼は休んでいるので、観光客も少し不便である。一部のホテルのレストランでようやく昼食がとれる、というふうなのだ。それに、断食中の人間はどうしたって不機嫌になるもので、人々がイライラしていて、喧嘩などもおこりやすい。商店の多くが休みだったりもする。

というわけで、ラマダンのときに来るのはラッキーとは言えないのかもしれないが、これだけイスラム国を巡ってきて、ついにその有名な行事には遭遇できなかった、というのでは寂しいではないか。最後のイスラム旅行で、私はラマダンのイスラムを見ることができるのである。そのことを喜んだのだ。

さて、サナアは二千五百年以上も昔から人が住んでいたという古い街である。乳香の流通拠点であった商業の街なのだ。

乳香とは、特別な木の樹脂の固まったもので、炭火であぶって香りを楽しむものだ。かつてイスラエルやエジプトで宗教儀式に大いに使われたもので、乳香は重さあたりの価格が金と同じだったという。シバ王国の繁栄のもとが乳香だった。ところが、キリスト教が広まると、儀式に乳香を使わないのでシバが衰えたのだそうだ。

サナアの旧市街は世界遺産に登録されている。そこがまさに摩天楼都市なのだ。石と日干し煉瓦で造られた高層の建物が、どの方向を見てもびっしりと建ち並んでいる。五階建てや六階建てはごく普通で、七階とか八階のものもある。そしてすべての建物が、窓などの部分を漆喰《しっくい》で白く飾りたてるように縁取ってあって、なんとも可愛いのだ。薄茶色の建物が白の漆喰で縁取られているのでまるでお菓子の家のようである。家の屋上にはマフラージという接客用の小部屋がある。そういう家が一軒あるだけでも綺麗なのに、かなり面積のある旧市街のすべてが、そんな家で埋めつくされているのだ。だから、おとぎの国に迷い込んでしまったような気がする。モスクの円柱形のミナレットも同様に漆喰でデコレートされていて、景観によく調和している。

旧市街は昔城壁で囲まれていたのだが、今は交通の邪魔なので取り払われている。そして、昔あった市街に入るための門がひとつだけ残されていて、そのあたりは大いに人で賑うスークである。私にはすっかり馴染《なじ》みになってしまったアラブ的喧騒の空間だ。

男性はザンナというワンピースに背広の上着をまとっている。この上着はヨーロッパや日本から来る古着だそうだ。腹にベルトをしてジャンビーアをつけている。そしてマシャダという一メートル四方のスカーフを頭に巻くか肩にかけている。

女性は黒ずくめだ。黒のスカートと上衣とスカーフとベールを身につけている。もちろん顔はまったく見えない。

女性の写真を撮ってはいけない。それは名誉を汚されるようなことらしく、身内の男性などが怒って抗議してくることがある。

それなのに一方では、子供はやたらと写真を撮ってもらいたがり、観光客にまつわりつく。今の子だからデジタル・カメラのことを承知していて、撮られると、自分の写り具合を見せてもらって喜んでいる。

ジャンビーアのことを説明しておこう。すべての男性が、言ってみれば帯刀しているのだからこわいような気がするが、その剣はどちらかと言うと男の誇りの象徴のようなもので、刃は鋭くない。それで、小さないさかいなどでジャンビーアを抜くのはとても不名誉なことだとされている。喧嘩をする時は、両者が長老にジャンビーアをあずけてからするのだそうで、そこから考えても武器の意味あいは薄いのだ。名家の男などは柄の細工が見事な何十万円もするようなジャンビーアを持っているのだとか。

子供はジャンビーアをつけてないが、中には十歳くらいで持っている子もいて、そういう子はぼくはもう大人なんだ、という顔をしている。そういう誇りとつながっている刀なのである。観光客用のお土産ジャンビーアはスークにいっぱい売っており、私もひとつ買った。

3

観光の二日目からは、十五人の客のために六台の４ＷＤ車が用意され、それに分乗して旅をする。４ＷＤ車なのは砂漠を行くからでもあるが、この国には大型バスがほとんど入ってきてないことにもよる。４ＷＤ車はすべてトヨタのものであった。

イエメンはアラビア半島の下端にあり、東西に長い国だが、その西部、紅海に近い一帯は高山地帯であり、そこに首都サナアもある。国の東部はテーブル状の台地と、ワジと呼ばれる涸《か》れた川床のある半砂漠地帯だ。

我々はまず、西部の高山地帯を南下していくのだ。くじ引きで三人ずつ４ＷＤ車に振り分けられ、六台が一列になって進む。その1号車から6号車までが、何度休憩しても必ず番号順に進み、順番が狂うとすぐさま追い抜いて番号順に戻すのを見ていて、私は笑いながらこう言った。

「これはラクダをつらねて旅をしたキャラバンの伝統が残っているんだろうな。順番はきっちりと守らなきゃいけないんだよ」

それは冗談で言ったつもりだったのだが、そのうちに、本当にそうらしいことがわかってきた。たとえば6号車がパンクして修理に時間がかかったことがあったのだが、その時5号車がすぐそれに気づいて修理の応援にかけつけ、携帯電話で1号車に、どこそこで待っていてくれと連絡を入れたのだ。

キャラバンはこのようにして隊列を守ったんだろうなあ、と実感した。

さて、高山地帯を我々は進む。そのあたりは山が高いので雨もそこそこ降り、緑豊かな農業地帯である。峠の上に立って下を見れば見事な段々畑が広がっていて、とても砂漠の国とは思えない。

山にへばりつくように村があって、村の家は土台が石造りで上部は日干し煉瓦でできており、一見すると近代的なビルのように直方体である。丘の斜面にそういう家が建ち並んでいる光景は、立体派《キュービズム》の絵画のようであった。

イッブという古い街をぶらぶら歩いて観光した。十四世紀にオスマン・トルコによって整備された街だそうである。商店街があったがどの店も木製の扉を閉じていた。ラマダン中は、午前中など店を開ける気もしないらしい。

次にジブラというもう少し大きな街を観光。十一世紀後半に栄えたイエメン王国スライフ王朝の女王アルワの都だそうだ。二本のミナレットのある女王のモスクを見物したり、スークを散策したりした。このスークで見つけた思いがけないものは、煮干し。我々が知っているまさにあの煮干しである。スープにするのだとか。きけばイエメンでは、鰹節《かつおぶし》もあるし、サメの干物もあるのだそうだ。砂漠の国と思いがちだが、紅海にも、アラビア海にも面した海洋民族の国だという一面もあるのである。

ところで、4WD車で南下しながら、道の具合や、ところどころにある小さな街などを見て、私はデジャヴのように感じていた。道路脇の広場とか、そこにたむろする人々などを見ていて、これはよく知っている光景だと思ったのだ。その光景は、インドの田舎を行く時に見かけるものとそっくりだった。

しかし、それは奇異なことではないのかもしれない。海洋国イエメンは、海へ出て古来よりインドと交易をしてきているのだ。その意味ではインドの隣の国だと言ってもそう間違っていないのである。そして今現在も、インドからの輸入品が多いし、インド人が出稼ぎに来ている。インド資本のホテルもある。

サービス業などは外国人にやらせるしかない、というのが保守的な部族国家ならではのことである。4WD車で道を行きながら、我々は何度も検問所のようなところで止められ、チェックを受けた。ところがそれが、国や自治体の機関ではないのだ。次の部族のテリトリーに入るたびに検問を受けるのである。イエメンはそんな、小さな部族の寄り集まりの国なのである。

たとえば、サナアの東方にマーリブという街があり、古代シバ王国の都の遺跡があって見所なのだが、今回の我々のツアーはそこへは行かなかった。その地帯の部族が、観光客を誘拐して金を取ることがまれにあるから、ということであった。つまり、ひとつの国ではあるが部族ごとの勝手が横行しているわけである。面白い国と言うべきかもしれない。

4

その日の夕刻、タイズというイエメン第二の都市に着いた。一九四八年から一九六二年までは旧イエメン王国の首都だったところだ。標高は一四〇〇メートル。山間の都市なので坂道だらけである。

ホテルに入った直後、ものすごい雷雨となって、窓から水が入ってきてびしょびしょになる。大騒ぎであった。

夕食後、雨のあがったスークの中を見物。街は大変な賑わいである。人々が上機嫌で浮かれているのだ。

私はなんとなく、ラマダンの正体を見たような気がした。陽が落ちると、人々はいっせいにものを食べ始めるのだ。だからもう夕方ぐらいから、パン屋や菓子屋が賑わう。みんな食べ物を確保して食べてよい時を待つのだ。

そして夜ともなればもうお祭り気分である。食べて、浮かれて、はしゃぐ。子供まが夜遅くまで街で楽しんでいる。大人は夜明け前まで、何度も食べて騒いでいるらしい。

だから午前中に店を開けるような気にはならないのだ。昼頃ようやく店を開け、のろのろと働き、三時くらいになるとイライラしてくる。そして食べ物を確保する。

これは要するに、徹夜祭みたいなものだな、と私は思った。一カ月間、昼は我慢の徹夜祭をやっているのに似ている。

小さな子は断食しなくてもいいのだそうだ。妊娠中の女性などもやらなくてよい。

夜のスーク見物はとても楽しいものだった。

この辺で、イエメンの食べ物の報告をまとめておこう。基本的には、トルコ料理系のものである。羊肉をケバブにしたものがいちばんのご馳走であり、それにサラダとホブスというアラブのパンがつく。ただし、トルコ料理ほど洗練されておらず、味は今ひとつと言ったところか。ただしフライド・ポテトだけは、カラリと揚がっていて非常においしい。ポテト自体もうまいのだが、油がいいのだ。きけば、アワの油で揚げているのだという。スークで、これがそのアワだと説明してくれたものを写真に撮り、後日研究してみたらそれは、エチオピア原産のイネ科の食物で今は世界各地で生産されているモロコシというものであった。中国のコーリャンと同じものである。思いがけないことが世の中にはあるもので、私はイエメンで世界でいちばんうまいフライド・ポテトに出会ったのだった。

ついでに酒の話をしておこう。イエメンでは原則として酒は飲めない。唯一、港町のアデンのホテルでは缶ビールを売っていたが、自室で飲むか、独房のような奥まったバーで飲まなければならないのだった。

ただし、旅行者が国内に酒を持ち込むことは禁じていない。だから私は、ペットボトル数本にブランデーを入れて持ち込み、毎夜寝る前に自室で楽しんでいた。日中は我慢したのである。

そうだ、以前にこの旅行記に書いたことをひとつ訂正しておこう。イランへ行った旅行記の中で私は、イスラミック・ビールというノン・アルコールのビールに似たものがあったのだが、それは薄甘く、泡もろくに立たず、こんなものは断じてビールではない、と書いた。

訂正します。まずいのはイランのイスラミック・ビールである。イエメンでも食事の時にイスラミック・ビールを飲んだのだが、それはドイツからの輸入品で、泡もよく立ち、ビールに似た味がして飲めたものだったのである。しかしまあ、私はイスラム国へ行って酒が飲めるかどうかの話ばかりしているなあ。

違う話をしよう。タイズに一泊して翌日はタイズの観光をした。タイズのすぐ南には標高なんと三〇〇〇メートルのサビル山があり、そこを少し登って市を見渡し、立派なホテルで休憩したりした。人口も多く、繁栄している大都市という感じであった。

そしてまた4WD車に乗り、南へと突き進む。途中、何もない空地にビニールシートを敷いて、ピクニック・ランチとなる。昼食を食べるレストランがどこも開いてなくて、お弁当ということになったのだ。予定されていたスケジュールであり、添乗員くんは前日にパンや野菜を仕入れていたのである。

玉ねぎとトマトを切って缶詰のツナをあしらったサラダと、ゆで玉子と、チーズと、パンと、コーラと、オレンジとリンゴという食事だった。それはそれで楽しい昼食である。

ただ、野菜を切ったりしてランチを用意してくれるのが4WD車の運転手たちであり、ラマダン中だから彼らはいっさい食べられないのだ。そういう、なんだか申し訳ないような昼食タイムだった。

5

その日のうちに、アデン湾に面する大きな港町アデンに着いた。そこは一時期イギリスがインド航路上の要地として支配したところで、町もヨーロッパナイズされている。そして、低地に下がってきたのでとにかくもう暑い。おまけに湿度も高い。げんなりするほどである。

若くして死んだフランスの詩人アルチュール・ランボーが一時期働いていたというランボー・ハウスとか、モスクや港を見物したのだが、私はもうろうとして、早くホテルに入ろうよ、とばかり思っていた。

ところが、その暑いアデンで妻は風邪を引いてしまうのだ。ホテルのバスで、湯がろくに出ず、これはシャワーですますしかないと判断したのが間違いだった。湯量が少なくてあたたまらないことに加えて、暑さがひどい地方(たとえばインドなど)によくある、冷房のスイッチが切れない、という方式だったのである。妻はそれから旅の間中ずっと、主治医にもらって持っていった抗生物質の薬に頼ってなんとか乗り切ったのだった。

それにしても振り返ってみると、この旅行記で私は体調を崩してふらふらになったけど頑張ったということを毎度のように書いている。病弱夫婦のよれよれ旅行記だなあとも思うが、それもあとになってみれば楽しい思い出だ。

さてその翌朝、夜明け前の三時にモーニングコールで起こされて、我々はアデンの空港に向かった。イエメン航空機で、国の東北部にあるサユーンへと飛ぶのだ。そのあたりはハダラマウト地方といい、海洋系イエメン人の多く出る地方なのだ。地形的には、テーブル状の台地があって、それが古代の洪水で深くて大きな谷をきざんでおり、その谷底に村々があるという半砂漠地帯である。地下水脈があってどうにか植物が育つが、農業に適したところとは言えなくて、ナツメヤシの栽培と、蜂蜜《はちみつ》の生産が主な産業だ。川のように見えるところに水はなく、ワジと呼ばれる涸川だ。

サユーンで、アデンで別れたのとは別の4WD車隊と合流して観光が始まる。まずはサユーン旧市街のスークと、旧王宮を見物。王宮は今は博物館になっていたが、白亜の壮麗な建物である。このあたりは、出身者が海外へ行き、事業に成功して戻ってきて宮殿のような家を建てたりすることが多いのだそうだ。また、このあたりの人が、海洋貿易に乗り出してアジアへ行き、シンガポールやインドネシアにイスラム教を広めたのだそうだ。

そんなわけで、かなりの田舎にも見えるのだが、国際的には意味の大きい地方なのだ。

さて、サユーンの三十キロほど西にシバームという街がある。そこがこの旅行のハイライトなのだ。そこは世界遺産にも登録されている世界最古の摩天楼の街なのだ。砂漠の中に、忽然と城壁で囲まれた街があって、その中に、五~八階建ての建物が五百も密集しているのである。

建物は日干し煉瓦で造られている。ここの高層ビルはサナアにあるものと違って、漆喰のデコレーションがなく、シンプルである。上に行くほど少し細くなる建物に、薄茶色や白で彩色がしてあり、とてもすっきりとした美しさである。本当に城壁の中だけに、まるでひとつの巨大な建物のようにも見えるビル群がひしめいていて、夢の中の光景のようである。

私たちはそのシバームを三日続けて見た。まず初日に、そこしかレストランが開いてないというので、シバームをほどよくながめられる場所のホテルへ行って昼食を食べたのだ。そこまで来たのだからと、昼食後シバームの城壁のまわりをぐるりと4WD車で一周した。

その中を見物するのはその翌日のこととなる。

6

翌日、まず午前中にサユーンから三十五キロ北東へ行ったタリムという街を見物した。タリムは八世紀から十五世紀にかけて栄えたハダラマウト王国の首都だったところであり、イスラムのスンニ派の宗教都市でもあった。海洋貿易に出る人が多くて、数多くの見事なモスクを残している。

その街で、アルカーフ宮殿（現在は博物館）と、アル・ムダール・モスクを見物した。このモスクは高さが五十メートルもある美しい白亜のミナレットを持っていた。

そして昼食後、いよいよ摩天楼の街シバームの市内を観光だ。

ハダラマウトは乳香の産地である。だから古来より栄えたのだ。そしてシバームには八世紀頃から今のような高層建築が建ち始めたのだという。つまり、産業があって栄えるが、人が住めるのは城壁の内側だけなので、必然的に家を高層にするしかなかったのだ。

ほとんどの家で、一階は家畜を飼うところであり、二階は物置きだ。そして三階以上に人が住むが、男性と女性は住む階が別になっている。大家族制で、いとこぐらいまで同じ家族という感覚なので、ひとつの家に五十人ぐらい住んでいることも珍しくないのだそうだ。

家と家の隙間は狭く、車は入れない。そんな路地に、羊やニワトリが飼われていたりする。街の中を歩きまわってみると、まさに不思議世界としか言い表せない気分になる。

ある家の三階から、隣の家の四階にロープが渡してあってバケツが下がっていた。隣の家に物を渡すためのミニ・ゴンドラというわけだ。とても可愛らしい。

その日の夕刻、私たちはシバームをながめ渡すワジの対岸の小山に登って、日没を待った。幻想の街が夕陽を浴びて刻々と色を変えていき、美しかった。やがて陽が沈むと、満月が見えた。

満月だということは、苦しいラマダン月が半分すぎたということだ。そう、まだ人々はラマダンの断食中なのである。陽が落ちたとたんに、4WD車の運転手たちが車座になって食事を始めたのは面白かった。

その翌日、いよいよハダラマウト地方をあとにすることになる。でもその前に、やっぱり4WD車はシバームをながめ渡せるところに停車するのであり、もう百枚以上も撮ったぞ、と思うのについ写真を撮りまくってしまうのだった。

私たちは、ワジの谷をたどって、南へと進むのだった。アラビア海に面するムカッラという港町へ出て、そこにある空港から飛行機でサナアに戻るのである。

崖に家々がへばりつく村をたどっていくような行軍だった。その村々のあり方が面白くてつい目を奪われる。谷底ばかりをたどるのではなく、テーブル状の台地の上に出てそこを行くこともあった。そこは、不思議なほど平坦な黒い岩の世界である。蜜蜂を飼う巣箱が置いてあったりした。

ここで、北イエメンと南イエメンの分裂時代のことを簡単に説明しておこう。

イエメンは六二八年にイスラム化したが、当初から北と南では気質も違っていて分裂傾向にあった。北と南で別の王朝があったりしたのだ。一七二九年には、北と南は完全に別の国となる。

十九世紀に入って、イギリスが南のアデンを占領し、支配を強化させる。すると、北ではオスマン・トルコが支配を強める。

しかし、第一次世界大戦に敗れてトルコはイエメンから撤退。北イエメンは鎖国主義のイエメン王国となっていく。

一方南イエメンは一九六七年にイギリスが撤退し、社会主義勢力が国を掌握して、社会主義国となる。その頃には、ソ連からの援助があったりした。

そしてベルリンの壁が崩壊した翌年の一九九〇年に、ようやく南北イエメンが統一したのだ。その後、一度短い内戦があったが、今はとりあえず統一している。

そして最近では、石油も産するようになり、国状は安定している。

ひとつ面白いエピソードを紹介しよう。イエメンのホテルにそなえつけてあるトイレット・ペーパーや、ティッシュ・ペーパーの品質がとても上等なのである。輸入品なのかと思って見てみたら、タイズにある工場で造られた国産品だった。この貧しい国で、どうしてこんなにトイレット・ペーパーが上質なんだろうなあ、と私は首をひねった。

すると妻は即答したのである。

「サウジアラビアへの輸出用のものだからに決まっているじゃない」

なるほど。おそらく正解であろう。

7

飛行機でサナアに戻り、あと二日間、その近郊を観光した。だがそのことはもう、ざっと記すだけでいいだろう。

ロックパレスというものを見物した。巨大な岩に、へばりつくように宮殿が建てられているものである。イマームの夏の宮殿なのだとか。巨岩に宮殿がからみついているようなものなので、遠くから見るとかなり高層のひとつの建物のように見えるのだった。

ハダラマウトにある摩天楼の街シバームとは別の、名前だけ同じシバームという村があった。その村は切り立った崖の下にあるのだが、崖を登った丘の上に、シバームと双子村のコーカバンがあった。昔から、シバームが農業をし、コーカバンが軍事力でシバームを守るという協力体制ができているのだそうだ。

そういう村の畑に、細い木が植わっていて青々と葉を繁らせている。よく見かける畑だが、あれは何なのだろうと思ったら、それがカートだった。カートとは、イエメン人の主に男性が、葉を口の中でクチャクチャと噛《か》んでほのかな幻覚を楽しむという嗜好品《しこう》である。イエメン人の男性はほとんどがこのカートの葉を口の中いっぱいに入れて、片方のほっぺたをびっくりするほどふくらませている。

ラマダン中だったので日中はそういう男性の姿を見なかったが、夜になると、商店の親父も、機織り職人も、青年も、みんなほっぺたをふくらませている。カートはサウジアラビアでは持っているだけで犯罪なのだそうだが、イエメンやエチオピアでは許可されているのだ。そんな、食用にならないものより、何か食べられるものを作ればいいのに、と我々としては思ってしまうのだが、カートの畑はいちばんいい土地にあり、しかも盗まれないように見張りの塔まで建っているのだ。面白いことである。

私たちは、サナアのスークを、夜散策してみた。そしてやっぱり、ラマダン中は夜こそ街の栄えが感じられる、ということを痛感した。

新市街で、たったひとつだけあるスーパーマーケットへも行ってみた。その国の比較的裕福な人が来るという感じの、何でもある店である。

スーパーへ来ても買いたいものなんてひとつもないよなあ、と思った。お土産のジャンビーアや、乳香や、それを焚《た》く香炉はもう別の街で買ったし。

ところが、私はふと思いついてこう言った。

「そうだ。お米を買おうよ」

イエメンでは炊いたお米もよく食事に出たのだ。それが、日本人が外米と呼ぶ長粒種の米なのだが、案外おいしいのである。

私と妻は、スーパーにあったうちでいちばん高い米を二キロ買って日本へ持ち帰ったのである。ただし、その時は知らなかったのだが、これは禁じられている行動だそうである。違法とは知らなかった私はその米を、インド風カレーとライスで食べたり、パエーリヤにして食べたのである。

イエメンに行ってみたのは本当によかった。そこは確かに、アラビアのルーツのようなところだったのである。インド的にざわざわしていて、男性が誇り高くて、部族ごとにてんでんバラバラで、ややこしいビジネスはインド人に、学校の先生はエジプト人などにやらせている。

でもイスラムに対しては敬虔で、モスクで礼拝し、ラマダン月の断食は守る。子供は人なつこく、女の子は可愛い。

もうこれで思い残すことはないな、と私は思った。ノアの箱舟のノアの息子のセムが造ったという伝説のあるサナアを見たのだ。なんだか、話がすべてつながったような満足感を私は抱くことができた。

イスラム国巡りはここに目出たく完結したのだと私は思った。

シバームと、サナアの旧市街で見た摩天楼の街の光景を、私は一生忘れないだろう。

本書は『すばる』二〇〇五年七月号～二〇〇八年四月号に連載されたものを加筆・修正し、新たにコラムを加えたオリジナル文庫です。

集英社文庫　目録（日本文学）

司馬遼太郎　手掘り日本史
柴田よしき　桜さがし
柴田よしき　水底の森(上)(下)
柴田錬三郎　貧乏同心御用帳
柴田錬三郎　江戸っ子侍(上)(下)
柴田錬三郎　宮本武蔵　決闘者1〜3
柴田錬三郎　全一冊江戸群盗伝
柴田錬三郎　柴錬水滸伝　われら梁山泊の好漢(一・二・三)
柴田錬三郎　徳川太平記(上)(下)
柴田錬三郎　英雄三国志一　義軍立つ
柴田錬三郎　英雄三国志二　覇者の命運
柴田錬三郎　英雄三国志三　三国鼎立
柴田錬三郎　英雄三国志四　出師の表
柴田錬三郎　英雄三国志五　攻防五丈原
柴田錬三郎　英雄三国志六　夢の終焉
柴田錬三郎　われら九人の戦鬼(上)(下)

柴田錬三郎　新篇　眠狂四郎京洛勝負帖
柴田錬三郎　新編　武将小説集　かく戦い、かく死す
柴田錬三郎　新編　剣豪小説集　梅一枝
柴田錬三郎　徳川三国志
島崎藤村　初恋―島崎藤村詩集
島田明宏　「武豊」の瞬間
島田雅彦　自由死刑
島田雅彦　子どもを救え！
島田洋七　がばいばあちゃん　佐賀から広島へ　めざせ甲子園
島村洋子　恋愛のすべて。
志水辰夫　あした蜉蝣《かげろう》の旅(上)(下)
志水辰夫　生きいそぎ
清水博子　街の座標
清水博子　処方箋
清水義範　騙し絵　日本国憲法
清水義範　偽史日本伝

清水義範　開国ニッポン
清水義範　日本語の乱れ
清水義範　博士の異常な発明
清水義範　新アラビアンナイト
清水義範　イマジン
清水義範　夫婦で行くイスラムの国々
下重暁子　鋼《はがね》の人《ひと》　最後の瞽女《ごぜ》・小林ハル
下重暁子　不良老年のすすめ
下重暁子　「ふたり暮らし」を楽しむ　不良老年のすすめ
朱川湊人　水銀虫
庄司圭太　地獄沢　観相師南龍覚え書き
庄司圭太　孤剣　観相師南龍覚え書き
庄司圭太　謀殺の矢　花奉行幻之介始末
庄司圭太　闇の鴆毒《ちんどく》　花奉行幻之介始末
庄司圭太　逢魔《おうま》の刻《とき》　花奉行幻之介始末
庄司圭太　修羅の風　花奉行幻之介始末

集英社文庫　目録（日本文学）

集英社文庫　目録（日本文学）

- 高嶋哲夫　M8《エムエイト》
- 高嶋哲夫　TSUNAMI 津波
- 高杉良　管理職降格
- 高杉良　小説 会社再建
- 高杉良　欲望産業(上)(下)
- 高野秀行　幻獣ムベンベを追え
- 高野秀行　巨流アマゾンを遡《さかのぼ》れ
- 高野秀行　ワセダ三畳青春記
- 高野秀行　怪しいシンドバッド
- 高野秀行　異国トーキョー漂流記
- 高野秀行　ミャンマーの柳生一族
- 高野秀行　アヘン王国潜入記
- 高野秀行　怪魚ウモッカ格闘記　インドへの道
- 高野秀行　神に頼って走れ！　自転車爆走日本南下旅日記
- 高野秀行　アジア新聞屋台村
- 高橋治　冬の炎(上)(下)
- 高橋克彦　完四郎広目手控
- 高橋克彦　天狗殺し　完四郎広目手控
- 高橋克彦　いじん幽霊　完四郎広目手控
- 高橋源一郎　あ・だ・る・と
- 高橋千劔破　江戸の旅人　大名から逃亡者まで30人の旅
- 高橋三千綱　霊感淑女
- 高橋三千綱　空の剣　男谷精一郎の孤独
- 高橋義夫　佐々木小次郎
- 高見澤たか子　「終の住みか」のつくり方
- 高村光太郎　レモン哀歌―高村光太郎詩集
- 竹内真　粗《そ》忽《こっ》拳《けん》銃《じゅう》
- 竹内真　カレーライフ
- 武田鉄矢　母に捧げるバラード
- 武田鉄矢　母に捧げるラストバラード
- 武田晴人　談合の経済学
- 竹田真砂子　牛《うし》込《ごめ》御《ご》門《もん》余《よ》時《じ》
- 竹西寛子　蘭　竹西寛子自選短篇集
- 嶽本野ばら　エミリー
- 多湖輝　四十過ぎたら「頭が固くなる」はウソ
- 太宰治　人間失格
- 太宰治　走れメロス
- 太宰治　斜陽
- 多田富雄／柳澤桂子　露の身ながら　往復書簡 いのちへの対話
- 伊達一行　妖言集
- 田中啓文　異《い》形《ぎょう》家の食卓
- 田中啓文　ハナシがちがう！　笑酔亭梅寿謎解噺
- 田中啓文　ハナシにならん！　笑酔亭梅寿謎解噺2
- 田辺聖子　オムライスはお好き？
- 田辺聖子　花衣ぬぐやまつわる…(上)(下)
- 田辺聖子／工藤直子　古典の森へ　田辺聖子の誘う
- 田辺聖子　夢渦巻
- 田辺聖子　鏡をみてはいけません

集英社文庫　目録（日本文学）

田辺聖子　楽老抄　ゆめのしずく
田辺聖子　セピア色の映画館
田辺聖子　姥ざかり花の旅笠　小田宅子の「東路日記」
田辺聖子　夢の櫂こぎ　どんぶらこ
田辺聖子　愛を謳《うた》う
谷川俊太郎　わらべうた
谷川俊太郎　これが私の優しさです　谷川俊太郎詩集
谷川俊太郎　ONCE　—ワンス—
谷川俊太郎　谷川俊太郎詩選集 1
谷川俊太郎　谷川俊太郎詩選集 2
谷川俊太郎　谷川俊太郎詩選集 3
谷川俊太郎　二十億光年の孤独
谷川俊太郎　62のソネット＋36
谷口博之　オーパ！旅の特別料理
谷崎潤一郎　谷崎潤一郎犯罪小説集
谷村志穂・飛田和緒　1DK《ワンディケイ》クッキン

谷村志穂　恋して進化論
谷村志穂・飛田和緒　お買物日記
谷村志穂・飛田和緒　お買物日記2
谷村志穂　なんて遠い海
谷村志穂　シュークリアの海
谷村志穂・飛田和緒　ごちそう山《さん》
谷村志穂　ベリーショート
谷村志穂　妖精愛
谷村志穂　カンバセーション！
谷村志穂　カーテン
谷村志穂　白の月
谷村志穂　恋のいろ
谷村志穂　愛のいろ
茅野裕城子　韓《ハン》・素《スー》音《イン》の月
蝶々　小悪魔な女になる方法
蝶々・伊東明　恋セオリー39　男をトリコにする

陳舜臣　日本人と中国人
陳舜臣　耶《や》律《りつ》楚《そ》材《ざい》(上)(下)
陳舜臣　チンギス・ハーンの一族1　草原の覇者
陳舜臣　チンギス・ハーンの一族2　中原を征く
陳舜臣　チンギス・ハーンの一族3　滄海への道
陳舜臣　チンギス・ハーンの一族4　斜陽万里
陳舜臣　万邦の賓客　中国歴史紀行
陳舜臣　天球は翔ける(上)(下)　アメリカ大陸横断鉄道秘話
陳舜臣　桃源郷(上)(下)
陳舜臣　曼陀羅の山　七福神の散歩道
陳舜臣　炎に絵を　陳舜臣推理小説ベストセレクション
陳舜臣　枯草の根　陳舜臣推理小説ベストセレクション
陳舜臣　玉嶺よふたたび　陳舜臣推理小説ベストセレクション
つかこうへい　飛龍伝　神林美智子の生涯
塚本青史　項羽　騅《すい》逝かず
塚本青史　呉越舷《げん》舷《げん》

S 集英社文庫

夫婦《ふうふ》で行《い》くイスラムの国々《くにぐに》

2009年 8 月25日　第 1 刷　　定価はカバーに表示してあります。

著　者　清水義範《しみずよしのり》

発行者　加藤　潤

発行所　株式会社　集英社

東京都千代田区一ツ橋2-5-10　〒101-8050

電話　03-3230-6095（編集）

03-3230-6393（販売）

03-3230-6080（読者係）

印　刷　大日本印刷株式会社

製　本　大日本印刷株式会社

フォーマットデザイン　アリヤマデザインストア　　マークデザイン　居山浩二

ISBN978-4-08-746467-2 C0195